Immer derselbe Schnee
und immer derselbe Onkel

# いつもおなじ雪と
# いつもおなじおじさん

ヘルタ・ミュラー エッセイ集

ヘルタ・ミュラー

新本史斉 訳

三修社

# いつもおなじ雪といつもおなじおじさん

もくじ

# どんな言葉も悪魔じみた回帰に無縁ではいられない

**ハンカチは持った?**——毎朝、わたしが通りに出ようとすると、門のところで母は訊ねてきました。持っていませんでした。そこでわたしは部屋に戻ると、ハンカチを一枚取ってきました。持っていた朝は一度だってありませんでした、だってわたしは母に訊かれるのを待っていたのですから。ハンカチは、朝、母が守ってくれている証しでした。そのあとの時間と事物のうちにあっては、自分を頼りにするしかなかったのです。**ハンカチは持った?**はそれとなく示された優しさでした。あからさまだったら気まずかったでしょう、農民の日々にはおよそありえないことです。愛情は問いかけを装っていました。ぶっきらぼうであればこそ、仕事で物をつかむ体《てい》の言いようであればこそ、口にすることができたのです。愛想のない声音も、むしろ優しさを際立たせていました。わたしは毎朝、一度目はハンカチを持たないで、二度目はハンカチを携えて、家の門口に立ちました。それからようやく通りへ足を踏み出しました、まるでハンカチといっしょに母もそこにいるような気持ちで。

それから二〇年後、わたしは久しく街で一人暮らしをしていました。機械工場で翻訳の仕事をしていました。朝は五時に起き、六時半には始業でした。毎朝、工場敷地では国歌がスピーカーから流れました。昼休みには労働歌が流れました。けれども昼食をとる労働者の両眼はブリキじみて虚ろで、その両手は油まみれで、食べ物は新聞紙に包《くる》まれていました。ベーコンの塊を食べる前には、ナイフでインクをこそぎ落としました。そんな日々の歩みで二年が過ぎていきました、毎日毎日がおなじでした。

三年目、変化のない日々は終わりを告げました。週に三度、朝早くに、どでかくてごつい、青く光る眼の諜報機関の大男が事務室にやってきたのです。

初回、男は立ったままでわたしを罵倒し、立ち去りました。

二度目は、ウィンドブレーカーを脱ぎ、戸棚から突き出た鍵にかけ、腰を下ろしました。その朝は家からチューリップを持ってきて、花瓶に生けたところでした。男はわたしをじろりとねめつけると、人間のことがよくわかっておいでだと褒めてきました。ねっとりとした声でした。不安で背筋が凍るようでした。わたしはお世辞を拒み、チューリップならわかるけれど、人間のことはどうも、と言いました。すると男は嫌味たらしく、俺はおまえをよくわかっている、おまえがチューリップをわかるよりずっと、と言いました。それから男はウィンドブレーカーを腕にかけ、立ち去りました。

三度目、男は腰を下ろし、わたしは立ったままでした、書類鞄がわたしの席に置かれたのです。それを床に置く勇気はありませんでした。男はわたしを罵りました、救いようのない間抜けで怠け者で、雌犬さながらの淫売婦だと。男はチューリップを机の端に押しやり、真ん中に白紙とペンを置きました。男は吠えました、「書け！」わたしは立ったまま、言われるままに書きました。名前、生年月日、住所。それから、「親しさ、血縁にかかわらず、けっして誰にも口外しません、自分が……」、そこに恐ろしい言葉が続きました、「スパイであることを《コラボレズ》」。その言葉はもう書きませんでした。わたしはペンを置き、窓辺に歩み寄りました。埃っぽい通りを眺めました。舗装されていない道、でこぼこ空《あ》いた穴、不恰好な家々。この荒廃した街路はなお「栄光通り《ストラーダ・グロリエイ》」と名づけられていました。栄光《はえ》ある通りでは、葉の落ちた桑の木の枝に、猫が一匹寝そべっていました。片耳がボロボロの工場の猫でした。猫の上空には黄色い太鼓さながらの朝の太陽が照っていました。「そんなタイプでは《ナム・カラクテル》ありません」、外の通りに向かってわたしは言いました。「タイプ」という言葉を聞いて諜報員は逆上しました。男は紙切れを散り散りに裂き、床に投げ捨てました。しかし勧誘活動について上司に報告しなければならないことに気づいたのでしょう、屈んで切れはしをすべて手のひらに集めると、書類鞄に放りこみました。それから深くため息をつくと、悔しまぎれにチューリップもろとも花瓶を壁に叩きつけました。花瓶は粉々になり、歯軋りめいた音が宙を裂きました。男は書類鞄を脇に抱え、押し殺した声で言いました、「こんなもんじゃすまない、おまえを川に沈めてやる」。わたしはみずからに言い聞かせるように言いました、「署名したら自分自身と生きていけなくなる、そうなればみずから手を下すしかなくなる。手を下してもらうほうがまだましです」。事務室のドアは開いていて、男の姿は消えていました。そして外の栄光通りでは、工場の猫が木の枝から屋根に飛び移ったところでした。枝が一本、トランポリンのように揺れていました。

翌日から嫌がらせが始まりました。わたしは工場を去らねばならないというのです。毎朝六時半、工場長のところに行かねばなりませんでした。工場長の隣には、毎朝、組合長と党幹部が座っていました。かつて母が「ハンカチは持った？」と訊いてきたように、いまや工場長が毎朝訊ねてきました、「よその仕事は見つかった？」わたしは毎回、おなじ答えを返しました。「よその仕事は探していません、この工場の仕事が好きなんです、定年までここにいたいんです。」

ある朝、出社すると、事務室の扉わきの廊下に、わたしの分厚い辞書が置いてありました。ドアを開けると、わたしの仕事机に技師の男が座っていました。男は「部屋に入るときにはノックするものだ。ここはわたしの席、おまえには縁のない場所だ」と言いました。家に帰るわけにはいきませんでした、そんなことをすれば、無断欠勤となり解雇の口実になってしまいます。

わたしは事務室がなくなり、であればこそなおさら、毎日普通に出社しなければなりませんでした、何がなんでも休んではならなかったのです。

日々、わびしい栄光通りを帰る道すがらにすべてを聞いていた友人は、最初のうちは彼女の机の片隅を使わせてくれました。しかしある朝、彼女は事務室のドアの前に立ち、言いました、「入れてあげられない。みんなが言っている、あなたはスパイだって」。嫌がらせは末端まで届き、噂が同僚のあいだで広められていました。最悪でした。攻撃ならば抵抗もできます、でも中傷に為すすべはありません。わたしは日々、あらゆることを覚悟していました、死も覚悟していました。でもこの卑劣には参ってしまいました。どんな覚悟をもってしても耐えられませんでした。中傷は人を汚辱で満たし、窒息させます、これに抵抗するすべはないのです。同僚たちの頭のなかでわたしは、まさにわたしが拒んだものになっていました。もしスパイになっていたら、彼らはなんの疑いも抱かず、わたしを信じたことでしょう。つまりは、彼らをわたしが傷つけなかったがゆえに、彼らはわたしを罰したのでした。

今やいっそう休むことは許されず、かといって事務室はなく友人の事務室にも入れてもらえず、わたしは行き場をなくし階段に立ち尽くしました。何度か段を上り下りするうちに――わたしははからずも、ふたたび母の子どもになっていました。**わたしはハンカチを持っていたのです**。わたしはそれを二階と三階のあいだの段のひとつに敷き、撫でて伸ばしてきちんと広げると、その上に座りました。分厚い辞書は膝の上に広げ、油圧機の説明書を翻訳しました。段上のわたしはまさにくだらない冗談《トレッペンヴィッツ》、わたしの事務室はハンカチでした。友人は昼休みになると、階段のわたしの隣に座りました。わたしたちは、以前は彼女の事務室で、それ以前はわたしの事務室でしていたように、いっしょにお昼を食べました。構内のスピーカーからは相も変わらず、人民の幸福を謳う労働歌が流れていました。彼女は食べ、わたしのことで泣きました。わたしは泣きませんでした。気丈でいなければなりませんでした。まだまだずっと。永遠にも思えた数週間、ついには解雇されてしまうまで。

段上のくだらない冗談《トレッペンヴィッツ》となったあの時期、わたしは**階段**に関してどんな表現があるのか、辞書で調べてみました。最初の段は**昇り口**、最後の段は**降り口**。水平の踏み段がはめこまれた両脇は**階段の類**《トレッペンヴァンゲン》。段と段のあいだに開いた空間は**階段の眼**《トレッペンアオゲン》でした。油にまみれた油圧機械の部品については、美しい言葉を知っていました——**燕の尾**《シュヴァルベンシュヴァンツ》、**白鳥の首**《シュヴァーネンハルス》、螺子を支える留具は**螺子の母**《シュラウベンムッター》。おなじようにわたしは、階段部分の詩情あふれる名前、技術用語の美に驚愕しました。**階段の類**、**階段の眼**——階段にはつまり、顔があるのです。木製であれ石製であれ、コンクリート製であれ鉄製であれ——どうして人間は、この世のごつい事物に自身の顔を書きこみ、生なき素材にみずからの肉の名を与え、体の部位になぞらえるのでしょう？　ひそかなる情愛をこめて呼びかけることで無粋な仕草も、技術分野の専門家にとって耐えうるものとなるのでしょうか？　ハンカチは持った？と訊く母の問いかけとおなじ原則にしたがって、どの生業のどの仕事も進められていくのでしょうか？

子どもの頃、わたしの家にはハンカチ専用の引き出しがありました。なかには前後二列にわたって、三種類のハンカチが積まれていました。

左には父と祖父の男性用ハンカチ、右には母と祖母の女性用ハンカチ。真ん中にはわたしの子ども用ハンカチ。

引き出しはハンカチの形をとった家族の肖像でした。男性用ハンカチは一番大きくて、茶色、灰色、葡萄色の濃い枠線がついていました。女性用ハンカチは少し小さめで、枠線は薄青、赤、緑でした。子ども用ハンカチは一番小さくて、枠線はなく、白い四角のなかに花や動物が描かれていました。三種のハンカチいずれについても、平日のハンカチが前列に、日曜のハンカチが後列に置かれていました。日曜日には、たとえ見えなくとも、ハンカチは服の色に合っていなければなりませんでした。

家にある他のどんな物も、わたしたち自身すら、ハンカチほどに重要であったことはありませんでした。ハンカチはあらゆる場面で役立ちました――鼻をかむとき、鼻血が出たとき、手を、肘を、膝を怪我したとき、涙を流したとき、あるいはまた、噛んで涙をこらえるとき。額の濡らした冷たいやつは頭痛のときに。四隅に結び目をつくると日よけ雨よけの覆いに。何かを忘れたくないときには記憶のよすがに結び目を作って。重い鞄を運ぶときには手にぎゅっと巻きつけて。列車が駅を出るときには別れのしるしに風にはためかせて。ルーマニア語で列車はトレン、バナート地方のドイツ語では涙がトレンであるせいで、列車が線路でキィーッときしむと、頭のなかではいつも泣き声に聞こえました。村の家で誰かが死ぬと、死後硬直時に口が閉じるよう、すぐにハンカチで顎が結ばれました。街の道端で人が倒れて死ぬと、歩行者が自分のハンカチで死者の顔を覆うのが常でした――かくしてハンカチは死者の最初の安息となったのです。

暑い夏の日には、夕方遅くになると、親は子どもらを墓地に、花の水やりに行かせました。わたしたちは二人、三人と連れ立って、墓から墓へ、急いで水やりをすませました。それから身を寄せ合って礼拝堂の階段に腰を下ろし、いくつもの墓から蒸気が切れ切れに白く立ち昇るさまをながめました。それはしばし黒い大気を漂い、消えていきました。わたしたちにとってそれは死者たちの魂でした――いろんな動物、眼鏡、小瓶、お皿、手袋、靴下。そしてそのあいだにも、黒い夜闇に枠どられ、そこここに浮かぶ白いハンカチ。

のちに、ソビエトの労働収容所への移送のことを書くためにオスカー・パスティオールと対話したとき、彼はある年老いたロシア人の母親からバティスタ織りの白いハンカチをもらった話をしてくれました。もしや運よくあんたらは、あんたもうちの子も、もうすぐ家に帰れるかもしれない、とそのロシア人は言いました。息子は彼と同い年で、向きこそ違えおなじくらい故郷から離れていて、懲罰部隊にいるのだと言いました。餓死寸前の物乞いとなったオスカー・パスティオールは、彼女の家のドアをノックして、石炭のかけらをわずかな食べ物に換えようとしたのでした。彼女は彼を家へ招き入れ、温かいスープを与えました。そして彼が鼻水を皿に垂らしたそのとき——真新しい白いバティスタ織りのハンカチが差し出されました。ドロンワークの縁かがりがされ、絹の撚り糸で几帳面に短線と薔薇模様があしらわれたハンカチは美しく、物乞いを抱きしめ、そして傷つけました。それは二重の存在で、一方で心慰めるバティスタ織り、もう一方で絹の短線すなわち彼の荒み具合を測る目盛りがついた巻き尺。オスカー・パスティオール自身もこの女性にとって、二重の存在でした。家に招き入れた世間知らずの物乞いにして、世間に送り出した失われた息子。そんな二重の人物として彼は女性の身ぶりに満たされそして圧倒され、その女性もまた彼にとって二重の人物、すなわち見ず知らずのロシア人女性でありながら、**ハンカチは持った?**と問う、案じる母親だったのです。

この話を聞いて以来、わたしもひとつの問いを抱いています——**ハンカチは持った?**はいたるところにある問いで、凍りつきも溶けさりもせぬ雪さながらに煌めきつつ、この世界の半ばにわたり広がっているのではないでしょうか？　山々と草原のあいだで、あらゆる境界を越え、懲罰収容所、労働収容所が散りばめられた巨大帝国内部にまで入りこんでいるのではないでしょうか？　**ハンカチは持った？**という問いは、槌と鎌をもってしても、数多くの収容所で再教育を行なうスターリニズムにおいても、根絶できないのではないでしょうか？

　わたしは数十年来、ルーマニア語を話していますが、オスカー・パスティオールとの対話ではじめて気づきました――ルーマニア語でハンカチは**バティスタ**というのです。ここでもまた肌感覚に近いのがルーマニア語です、有無を言わせず言葉を事物の核心へ追い立てるのです。まるで素材は迂回することなく、できあがったハンカチとして、バティスタと名のるのです。まるでハンカチならば、いつでもどこでも、バティスタ織りと言わんばかりに。

　オスカー・パスティオールはそのハンカチを、二重の息子を持つ二重の母親の遺品としてトランクの底にしまいました。それから収容所で五年を過ごしたのち、家に持って帰りました。なぜでしょう――彼のバティスタ織りの白いハンカチは、希望であり、また不安でした。希望と不安を手放してしまうと、人は死んでしまいます。

　白いハンカチをめぐる対話の後、わたしはオスカー・パスティオールのために夜遅くまで、白いカードに詩のコラージュを貼り付けました。

　　ほら点々が踊ってる、とベアが言う
　きみが、長脚グラスのミルクのなかに入ってくる

白の洗濯物、灰緑の亜鉛槽
後払い《ナッハナーメ》という言葉では
ほぼすべての素材が照応している
ほら、見てごらん
わたしは列車での移動
石けん皿のさくらんぼ
話してはだめ、見知らぬ男たちと
そして本部のことを

翌週、彼のところへ行き、このコラージュを贈ろうとすると、彼は言いました、「上のところに貼ってくれなくては、**オスカーへと**《フューア・オスカー》」。わたしは言いました、「あなたにあげるものはあなたのもの。わかっているでしょう」。彼は言いました、「上のところに貼ってくれなくては、カードはわかっていないかもしれないから」。わたしはカードをふたたび家に持ち帰り、上のところに「オスカーへ」と貼りました。そして翌週、彼に贈りました、まるで一度目はハンカチなしで門から戻り、そして二度目はハンカチを携えて門に立つように。

次のもうひとつの話も、最後はハンカチで終わります——

祖父母にはマッツという名の息子がいました。一九三〇年代、商業を学ぶべくティミショアラに送られました、家業の穀物取引と輸入雑貨店を引き継ぐためでした。学校ではドイツ帝国からきた教師、本場のナチが教えていました。学業を終えたマッツはついでに商人にもなっていたでしょうが、要はナチ党員へ育成されたのです——計画された洗脳でした。卒業後のマッツは熱烈なナチ党員で、まるで人が変わっていました。反ユダヤ的なスローガンをがなりたて、頭がどうかなったかのようで、とても近づけませんでした。祖父は息子を何度もたしなめました、うちの全財産はユダヤ人の取引仲間からの信用貸しあればこそなのだと。それがうまくいかぬことがわかると、祖父は幾度となく平手打ちを食らわせました。しかし息子の分別は跡形もありませんでした。彼は村のイデオローグを演じ、前線を忌避する同年配の若者たちを煩わせました。彼はルーマニア軍で事務の仕事につきました。しかし理論から実践へ向かう気持ちを抑えられず、みずからSSに志願し、前線での従軍を希望しました。数か月後、彼は家へ帰ってきました、結婚するためです。前線での犯罪行為に蒙を啓かれて、数日なりと戦火を逃れるべく魔法の呪文を利用したのです。それは「結婚休暇」という呪文でした。

祖母は息子のマッツの写真を二枚、引き出しの奥底にしまっていました、結婚写真と死亡写真でした。結婚写真には白の衣装をまとった花嫁、掌《てのひら》一つ背が高く、細身で真面目な石膏のマドンナ。頭には雪中の葉を思わせる蜜蝋の花冠。隣にはナチ制服姿のマッツ。花婿ならぬ一兵士。結婚した、帰還した兵士の最後の姿。前線へ戻るや届いたのは死亡写真でした。写っているのは地雷に砕かれた兵士の最期の姿。写真は掌大の大きさで、黒い農地の真ん中に白布、その上には灰色の山と化した人間。黒地に浮かぶ白布は子ども用ハンカチの小ささで、白い四角の中心には訳のわからない模様。この写真もまた祖母にとっては二重の存在でした――白いハンカチの上には死んだナチ党員、祖母の記憶の中には生きたわが息子。祖母はこの二重の写真を長年、祈祷書にはさみこんでいました。祖母は毎日祈っていました。その祈りもおそらくは二重底の祈りでした。おそらくそれは、愛する息子から憑かれたナチ党員へと走る亀裂をたどる祈りで、主なる神にも、この息子を愛しナチ党員を許すという、離れ技を乞うていたのです。

祖父は第一次大戦では兵士でした。息子マッツのことで苦々しげによくこう語るとき、自分の言っていることがよくわかっていました――「いやはや、軍旗が風にはためくと、分別はラッパのなかへずり落ちる」。わたしが生きた次なる独裁体制でも通用する警句でした。日々わたしは、小さな、大きな受益者の分別が、ラッパのなかへずり落ちるさまを目にしました。わたしは心に決めました、ラッパは決して吹かないと。

けれども、子ども時代にはわが意に反し、アコーデオンを習わなくてはなりませんでした。戦没兵士マッツの赤いアコーデオンが家にあったのです。アコーデオンの革紐はわたしにはあまりに長すぎました。それが肩からずり落ちぬよう、先生は背中のところで両紐をハンカチで結えてくれました。

こう言うこともできるでしょうか、ラッパであれアコーデオンであれハンカチであれ、まさにとるにたりない物こそが、生におけるおよそ異質な出来事を結びつけてくれるのだと。物は循環し、その軌道から逸れるなかで、反復する——つまりは悪魔じみた回帰にも似た——何かを経験するのだと。そう思うことはできますが、言うことはできません。しかし、言うことができないことも、書くことはできます。書くことは無言の行為、頭から手へ向かう作業だからです。そこで口は素通りされるのです。わたしは独裁体制のなかで多くを話しました、それはたいていの場合、ラッパを吹かないと決めたからでした。そしてたいていの場合、話すことは耐え難い結果をもたらしました。しかし、書くことは沈黙のなかで始まりました、話すことのできる限界を超え、自身と対峙することを強いられた、あの工場の階段で。あの出来事はもはや話すことでは言葉にできませんでした。起きたことを付け足していくのがせいぜいで、全容を語るのは無理でした。それは黙した頭のなかにおいてのみ、書くことによる言葉の悪魔じみた回帰においてのみ文字にすることができたのです。わたしは死への不安に、生への飢えで応じました。それは言葉への飢えでした。言葉の渦だけがわたしの状況を捉えることができました。言葉の渦が、言いえないことを、文字にしてくれたのです。わたしは言葉の悪魔じみた回帰のなかで、生きられたことを追いかけました、ついには何かが、以前には知らなかった形で、姿を現すまで。現実に並行しつつ、言葉の無言劇が演じられました。それは現実の次元、スケールを顧みることなく、主要なことを押し縮め、副次的なことを引き伸ばします。言葉の悪魔じみた回帰は、生きられたことに、前後を顧みず、ある種の呪われた論理を吹きこみます。その無言劇は粗暴でありながら不安にとらわれていて、何かに取り憑かれ、また倦んでいます。独裁という主題はおのずから影を落としています、自明性というものは、ほぼ完璧に奪われてしまったが最後、二度とは戻ってこないのですから。その主題は暗黙のうちに含まれています、しかし現にわたしを占有しているのは言葉なのです。言葉のほうがお望みの方向に主題をひっぱっていくのです。辻褄の合っていることは何ひとつなく、それでいてすべてが真実なのです。

段上のくだらない冗談《トレッペンヴィッツ》であったときのわたしは、谷間で牛番をしていた子ども時分のわたし同様、孤独でした。わたしは葉っぱを食べ、花びらを食べ、そうした事物のひとつになろうとしました、だって事物たちはどう生きるのかがわかっていて、わたしにはそれがわかっていなかったのですから。わたしはそれらに名前で呼びかけてみました。ミルヒ《ミルク》ディステル《アザミ》という名前は、本当なら茎にミルクのつまったとげとげした植物を指すべき名前でした。けれどもその植物はミルヒ《ミルク》ディステル《アザミ》という名前には耳を傾けませんでした。そこでわたしはでっちあげた名前を試してみました、シュタッヘル《トゲトゲ》リッペ《肋骨》、ナーデル《針》ハルス《首》、ミルヒ《ミルク》もディステル《アザミ》もはいっていない名前です。ほかならぬその植物を前に、ありとあらゆる偽名で呼びかけるペテンのなかで、空虚への裂けめが口を開きました。当の植物ではなく、自分自身とだけ大声で話している痴態。けれどもこの痴態はわたしには、心地よいものでした。わたしは牝牛を守り、言葉の響きはわたしを守ってくれました。わたしは感じたのです——

顔のなかにあるどんな言葉も
悪魔じみた回帰に無縁ではなくて
それでいてそれを言うことはない

言葉の響きは知っているのです、自分が欺かないではいないことを、なぜなら事物はその素材でもって、感情はその身ぶりでもって欺くのですから。素材の欺きと身ぶりの欺きが交差するところに、言葉の響きは、虚構した真実ともども、棲みつくのです。書くことにおいて問題となるのは信頼ではありません、問題となるのはむしろ欺きの誠実さなのです。

工場で、わたしが段上のくだらない冗談《トレッペンヴィッツ》となり、ハンカチがわたしの事務室となったあの頃、わたしは**階段利息**《トレッペンツィンス》という美しい言葉も辞書で見つけました。階段状に上昇していく借入利率を指す言葉です。増していく利息《ツィンスゼッツェ》は、一方にとっては支出、他方にとっては収入となります。書くときには、わたしがテクストに沈潜すればするほど、両者が生じます。書かれたものがわたしを絞り尽くせば尽くすほど、現に生きられたものに、体験のうちにはなかったものを見せてくれるのです。言葉だけがそれを発見します、なぜなら、あらかじめ知らなかったからです。言葉は、生きられたものの不意を突くときにこそ、それを最高に映し出しているのです。言葉はかくも必然のものとなり、生きられたものは、溶け去りたくなければ、それにしがみつくほかなくなるのです。

思うに、事物は成している素材を知らず、身振りは言わんとする感情を知らず、言葉は発する口を知りません。しかし、わたしたちは自身の存在を確かめるために、事物を、身ぶりを、言葉を必要とします。言葉を多く使うことができればできるほど、わたしたちは自由なのです。話すことがわたしたちに禁じられるとき、わたしたちは身ぶりで、それどころか事物で主張しようとします。そうした身振り、事物は、容易には解き難いもので、しばらくは、怪しまれることもありません。そうすることで、それらはわたしたちが屈辱を威厳に折り返す助けとなり、威厳はしばしば怪しまれないでいられるのです。

わたしがルーマニアから亡命する少し前のこと、母は朝早くに、村の警官に連行されました。もう門のところまで来たところで、**ハンカチは持った?**が母の脳裏をよぎりました。持っていませんでした。警官は苛ついていましたが、母はふたたび家の中に戻り、ハンカチを一枚取ってきました。派出所で警官は荒れ狂いました。母のルーマニア語は、怒号を理解するには足りませんでした。それから彼は取調室を出ていき、部屋を外から施錠しました。母は一日じゅう、閉じこめられていました。最初の数時間は、机に座って泣いていました。それからあちこち歩き回り、涙に濡れたハンカチで家具の汚れを拭きはじめました。それから部屋の隅からバケツを、壁の釘からタオルを取ると、床を拭きました。彼女がそう語るのを聞いて、わたしは唖然としました。「なんでそんなやつのために床掃除なんてできるのか」とわたしは訊ねました。彼女は恬として恥じることなく言いました、「仕事を探しただけ、時間が経つように。それにすごく汚ない部屋だった。男性用ハンカチの大きいのを持っていてよかった」。

今ではわかるのですが、彼女はやらずともすんだ、自由意志による屈辱的行為によって、この勾留のさなかにあって威厳を創り出したのです。わたしはあるコラージュ作品で、この出来事に見合う言葉を探しました――

わたしは想った、心中に屹立する薔薇を
濾し器のような、役立たずの魂のことを
その持ち主はしかしこう訊ねた――
優位に立つ者は誰なのかと
わたしは言った――肌を救うこと

やつはわめいた――肌なんてのは
辱しめられたハンカチ《バティスタ》の染み
そこには分別のかけらもない

独裁体制下において、今日にいたるまで、日々、威厳を奪われつづけている人たちのために、文章をひとつ、言わせていただけますでしょうか――ハンカチという言葉を含む文章でいいでしょう。こんな問いでもいいでしょう。**あなたたち、ハンカチは持った?**

もしやハンカチをめぐる問いはかつてより、ハンカチのことを訊いていたのではまったくなくて、人間の刺すような孤独をめぐる問いかけだった、のかもしれません。

# テーブルスピーチ

国王ご夫妻
王室のみなさま
紳士、淑女のみなさま
親愛なる友人のみなさま

かつて谷間で牝牛の世話をしていた子どもが、こうしてストックホルムの市庁舎に立っているというのは、奇妙なことです。わたしは——たいていいつもそうであるように——ここでもわたし自身の隣に立っています。

わたしは母の意に逆らい、街へ出てギムナジウムに進学しました。母はわたしが村に残り、裁縫師になることを望んでいました。母にはわかっていたのです、わたしが街で堕落することが。実際わたしは堕落しました。本を読みはじめたのです。わたしにとって村はいやましに、生まれ、結婚し、死んでいく牢獄になっていきました。村人は例外なく、古い時代に生き、生まれたときから老いていきました。若くなりたいならいつかは村を出なくてはいけない、わたしはそう考えたのです。村では誰もが国家に屈していただけでなく、誰もがたがいを、みずからを監視し、ついには壊れていきました。臆病と監視——のちには街じゅうで見られるようになったことです。自身の臆病から自身の崩壊へ、国家の監視から個人の破壊へ。独裁下の日々を叙述する最短の表現は、おそらくこれでしょう。

幸いなことにわたしは街で友人に出会いました、「バナート活動グループ」に属するひと握りの若い詩人たちです。彼らがいなければわたしは本を読むことも書くこともなかったでしょう。それ以上に重要なのは、生きていくためにはこの友人たちが必要だったということです。彼らなしにわたしは、数々の弾圧を耐えることはできなかったでしょう。今日、わたしは想いを寄せています、この友人たちに。そしてまた、ルーマニアの諜報機関に命を奪われ、墓地に眠っている者たちに。

多くの人たちが壊れていくのを、わたしは眼にしました。わたし自身もまた壊れようとしていました。その寸前で、ルーマニアを出国することができたのです。すでに当時から、わたしはとても幸運でした――それはわが力によらぬ幸運でした、幸運を自力で手に入れることはできないのですから。**幸せであること**は、もしや分かち合えるのかもしれません。**幸運であること**は、残念ながら分かち合うことができません。そして、ここストックホルムで自分の隣に立ちながら、わたしはふたたび大きな幸運にめぐりあっています。というのも、この賞は抑圧による人間の計画的破壊を、それをくぐり抜けた者の記憶にとどめ、ありがたくもくぐり抜けないですんだ者の記憶に導き入れる、助けとなってくれるのですから。そして今日にいたってもなお、あらゆる色合いの独裁体制が存在しているのですから。すでに長きにわたり続き、ふたたび新たにわたしたちを脅かす、イランのような体制もあります。ロシアや中国のように、市民社会のマントをまとい経済を自由化し、しかし人権となるとスターリニズムや毛沢東主義から離脱していない体制もあります。そして東欧諸国の民主主義なかばの体制があります、一九八九年以降、着たり脱いだりをくりかえしたその市民社会のマントは、もはや裂けかかっているのです。

こうしたことすべてを変えることは文学にはできません。けれども文学は――たとえあとからであれ――言葉によって、あるひとつの真実を虚構することができます、その真実は指し示すのです、わたしたちのなかで、わたしたちを取り巻く世界で何が起きているのかを、もろもろの価値が道を踏み外してしまったときに。

文学は人間ひとりひとりと言葉を交わします——それは頭のうちにとどまる、個人の所有物です。書物ほどに、かくも奥深くに入りこみ、わたしたちと対話するものは、ほかにはありません。そしてそれは、わたしたちが考えること、感じることのほかには、何ひとつ求めてはいないのです。

スウェーデン学術院とノーベル財団に感謝いたします——ありがとうございます。

（二〇〇九年一二月一〇日、ノーベル文学賞受賞に際して）

# いらないことは考えないこと

## 時代批判文学に贈られるホフマン・フォン・ファラスレーベン賞への謝辞

「この渡り鳥の名前は?」と女の先生が質問しました。いや違います、先生の質問はこうでした、「**私たちの**渡り鳥の名前は?」——鳥はわたしたちの小さな村に属するもの、それどころかこの舗装路もない辺鄙な村の住人のものでなければならないのでした。むろん鳥に必要なのは空の道だけ、季節がめぐれば——わたしたち皆とはちがって——また飛び去ることができました。「**私たちの**渡り鳥の名前は?」にはみんなが唱和してこう答えました——「クロウタドリにツグミにアトリにムクドリ」。答えはあらかじめ「鳥たちみんながやってきた」の歌に用意されていました。誰もがこの歌を知っていて、それで渡り鳥の名前も覚えていたのです。唄い終わるや、毎年のようにおなじ生徒が、ツバメがいないことに気がつきました。すると先生も毎年こう返しました、ツバメだっていますよ、だっていま唄ったでしょう、「鳥たちみんなが群れている」って。去年も言ったことですよ。

アウグスト・ハインリヒ・ホフマン・フォン・ファラスレーベンの短い唱歌は、村の一部となっていました。はるか遠くでずっと昔に、とある大人が書いただなんて、どんな子どもにも思いもよりませんでした。おばあちゃんたちもおかあさんたちもおばさんたちも知っている歌でした。古くより知られていながら、新たに心揺さぶる歌でした。唄っていると、村人たちの子ども時代が経めぐるなかで、四囲の世界そのものが——毎年訪れる春のごとく——育んできた歌のように思えてくるのでした。もちろんそうです、だって風だって唄えたのですから。風の歌はいつもちがっていました、吹き抜けるときや樹冠を揺らすときはうつろに。玉蜀黍《トウモロコシ》畑では煙草畑や穀物畑とはちがったふうに。雨も全然ちがったふうに唄いました、だって雨は空気ではなくて硝子の糸でできていたのですから。そういうわけで歌はこの小さな村では、民衆文学以上のものでした。「鳥たちみんながやってきた」も、風や雨が歌を作ったのとおなじでした。四囲の世界が生み出したものを、わたしたちは唄い継いでいたのです。

いったいどれほど多くの子どもが、この歌を通じて渡り鳥の名前を知るようになったことでしょう。ファラスレーベンは数え切れぬ世代の子どもたちのために、はじめての感情を歌詞にしてみせました、世界を見まわすときの言葉を彼らに届けました。繊細にあつらえられた、子どもにも十分求めうる、好奇心をかきたてる、最初の社会化と呼んでもいいでしょう。

もうひとつの短い歌もおなじくらい頻繁に唄われます。けれども先の歌ほど軽くはありません、考えこませる歌なのです——

小人がひとり黙然と森に立っている
緋色《ブーアブーア》にもえるマントに包まれている
ねえいったい誰なのこの小人は
つくねんと森にたたずんでいる
真っ赤な緋色《ブーアブーアロート》のマントの小人は

合唱すると、ほんの少し物憂げになります。悲しみがこみあげてこないのは、みんなで唄うとき、孤独な人はいないからです。ひとりぼっちで唄うとき、この密やかな唄い継がれてきた歌ははるかに美しいものとなります。それは問いかけてくる、心もとない歌なのです。そして答えは与えられません。歌のみならず、唄う口までもが宙ぶらりんになります。仄暗い味覚が口中にのぼってきます。しまいまで唄うと余韻がひろがっていき、自身のありとあらゆる孤独を受けとめる場所ができています——たとえそれが渓谷のだだっ広い風景を前にした不安であっても。わたしは「森の小人」をひとりぼっちの谷間で唄いました。この歌はいわゆる根拠なき不安を、わたしたちが説明できぬままこの世界に在ることの心もとなさを、正当なものと認めてくれます。この歌はわたしたちの抱える影を社会化してくれます、孤独に自明さを、くつろぎや喜びについてなら知っているあの自明さをもたらしてくれます。悲しみをそれとして認めてくれるのです。子どものときにこそ、人は悲しみを耐え、組み入れることを学ばなければなりません。まさに子どものときにこそ――だって何ひとつとして、取り巻くもの何ひとつとして、そして何より自分自身が、いまだ収まりのつくものになっていないのですから。おそらく子ども時代とは、人生のなかでももっとも混乱した時期なのです。わたしたちがのちに**子ども時代**《キントハイト》という二音節の語にまとめてしまうごく短かな時期の細部においては、のちに二度とないほどに数多くのものが、組み立てられ、解体されているのです。

「森の小人」を唄ってキノコを――あるいは野ばらの実すら――連想したことは一度もありません。頭に浮かんだのはいつも人間で、畑番、森番、夜警でした。**緋色**《プーアプーア》が何を意味するかも知りませんでした。さくらんぼの赤《キルシュロート》、りんごの赤《アプフェルロート》、肉の赤《フライシュロート》、血の赤《ブルートロート》（これもありました）、薔薇の赤《ローゼンロート》。そして空には夕焼けの赤《アーベントロート》。こうした語にはすべて赤《ロート》という言葉が入っていました。そして**プーア**といえば、料理店での混ぜもののない飲みものがそうでした。「ソーダ割り」を飲みたくない男たちが飲むのが、**生**《プーア》のワインでした。それに火酒は、砂糖入り、色素入りでなければともかく**ストレート**《プーア》でした。だから「森の小人」の服は、赤以外混じっていない**真っ赤**《プーアロート》

な緋色のマントなのでした。ボタンも裏地もおそらくは赤でした。それに小人はマントを**着て**《アン》いるのではなくて**包まれて**《ウム》いました——わたしにとってそれは四囲《ウムヴェルト》を包む世界のことで、穀物畑の罌粟《けし》の花や、空の夕焼けの赤《アーベントロート》でした。

まったくの無理解や誤った理解から、歌に美しい詩的驚愕が入りこむようなことが子どもにはよくあります。たとえば、迫りくる夜の不気味さとふたりきりになる見張り番がそうです。わたしは毎晩、谷間で牝牛番をしていて薄暗くなると、空が赤らみ、地に降り、草を喰らい、ついには一日を呑みこんでしまうのを目にしました。そうなるとすべてが喰らい尽くされて真っ黒になりました。わたしにはわかっていました。そうなる少し前に村に着かなければ、昼の明るみを闇から喰いとる大通りの黄色い電灯の下に着かなければ、自分も喰われてしまうということが。

唄っていて不思議だったのは、話しもしないし泣きもしないのに、思う存分に嘆けることでした。そんなわけで「森の小人」は谷で唄うのにぴったりでした。そして唄っているのはわたしなどでは全然なくて、谷そのものが小人の状況を唄っているように思え、それはわたしの状況であるようにも思えました。どうしてでしょう？　唄うと、この谷でひとりぼっちなのはわたしだけではないとわかるからでした。おなじ希望のなさのうちに、誰かとともにあるという想像、これを**慰め**と言うこともできるのかもしれません。この言葉をわたしは知っていました、けれども使いはしませんでした、なぜならわたしは現に慰められていて、もしその言葉が頭に浮かんでしまえば、慰めは台無しになりかねないからでした。

何年もあとになってから、わたしはホルヘ・センプルンの『書くこと、あるいは、生きること』のなかで、ブッヘンヴァルト強制収容所内の病院で死の床にあるひとりの男をセンプルンが見つめている章を読みました。男は何か歌を口ずさんでいるように、彼は思います。そこでセンプルンの思考は別のもう一人の唄っていた男に、ラ・パロマの歌にさかのぼります。彼の頭に歌詞の冒頭が浮かびます、ドイツ語で浮かびます。

「もしも白い鳩がきみのもとへ飛んできたら……」

彼はこの冒頭のフレーズをつぶやき、ある物語を思い出します。

「そのドイツ人は若かった、大柄で、金髪だった。完璧にドイツ人の理想に合致していた。

[……]それは一年半前、一九四三年のことだった。季節は秋で、スミュール・アン・ノーソワ近郊でのことだった。川の流れが曲がるところに、水がたゆたう堰のような場所があった。そこでは水面にほとんど動きが見られなかった——秋の陽に照らされた流体からなる鏡。樹々の影がこの半透明の錫鏡の上方で揺れていた。

ドイツ人は岸の堤の上に、オートバイで姿を現した。マシンのエンジンがかすかに唸りを立てていた。彼は水辺へ降りてゆく小道をとった。わたしたち、ジュリアンとわたしは、彼を待ち受けた。

わたしたちは必ずしもこのドイツ人を待ち受けていたわけではなかった。この金髪で碧眼の少年を（気をつけよ——これは空想だ。わたしはその瞬間に、男の眼の色を見たわけではなかった。それはあとになって、男が死んでからのことだった……）。わたしたちはドイツ人である誰かを、ドイツ人たちを待ち受けていた。特定の誰かではなく。わたしたちは知っていた、国防軍の兵士が連れだってこの場所に来る習慣を、午後遅くになると、水浴するために。わたしたち、ジュリアンとわたしは、この一帯に偵察に来ていたのだ、待ち伏せ箇所を作れるかどうかを探るために。

しかし、このドイツ人は一人のようだった。彼のあとにはバイクも車両も小道に現れなかった。実際、彼らがふつう姿を見せる時刻にはなっていなかった。午前半ばの頃合いだった。

彼は岸辺まで乗りつけると、バイクから降りてスタンドを立てた。立ったまま甘美なフランスを胸一杯に吸いこみ、上着の襟を緩めた。見るからにリラックスしていた。しかし警戒もしていた。首にかけた革紐に吊るして、自動小銃を胸に斜めにさげていた。

ジュリアンとわたしは顔を見合わせた。おなじことを考えていた。

ドイツ人はひとりぼっちで、わたしたちはいずれもスミス・アンド・ウェッソンのピストルを携えていた。ドイツ人との距離もよかった、わたしたちの武器の射程内だった。バイクが、それに自動小銃が手に入る。

わたしたちは隠れて待ち受けていた、申し分のない標的だった。わたしたちはおなじことを考えていたのだ、ジュリアンとわたしは。

しかし若いドイツ兵はふと両眼を空に向けると、唄いはじめた。

もしも白い鳩がきみのもとへ飛んできたら……

わたしはピクリと身を震わせた、あやうく物音を立ててしまうところだった。スミス・アンド・ウェッソンの銃身が身を隠していた岩にぶつかりかねなかった。ジュリアンが射殺するような眼差しで睨みつけた。[……]

子ども時代、仕事をしながら唄う召使娘たち、夏の爽やかな木陰の野外音楽堂に流れるメロディー、ラ・パロマ！　どうしてピクリとしないでいられよう、この歌を聞いて。

わたしの手は震えはじめた。ラ・パロマを唄うこの若い兵士に向けて発砲することが、わたしにはできなくなった。まるでわたしの子ども時代のメロディーを、あの郷愁に満ちた流行歌を唄ったという事実が、この若い兵士をふいに罪なき者へ変じたかのようだった。個人として罪なき者へ変じたというのではない——たとえラ・パロマを唄わなくとも、どのみち彼に罪はなかったのかもしれなかった。この若い兵士には、非難すべきところなど何もなかったのかもしれなかった、アドルフ・ヒトラーの時代にドイツ人として生まれてきたことのほかには。いや、ドイツ人として生まれたこと、ヒトラー政権下で占領軍の一員となったこと、意図せずしてファシズムの残忍な強さを体現していることの罪が消えただけではなかった。つまりはその本質からして、その存在の充溢において、罪なき者となったのだった、なぜなら彼はラ・パロマを唄ったのだから。じつに馬鹿げた考えだった、わたしにははっきりわかっていた。それでもこの若者を狙撃することは不可能だった、清らかな秋の日の朝、どこまでも穏やかなフランスの風景のただなかで、晴れやかな顔でラ・パロマを唄ったこの若者を。

わたしは赤く鉛丹の塗られたスミス・アンド・ウェッソンの長い銃身を下ろした。

ジュリアンはそれを見た、彼もまた伸ばした腕を緩めた。

彼は心配そうな顔でわたしを見つめた、わたしのなかでいったい何が起こったのか、自問していたのだろう。

わたしのなかに立ち上がったのは、ラ・パロマであり、スペインでの少年時代であり、顔にもそれは刻印されていた。

しかし若い兵士は体の向きを転じた、スタンドを立てたバイクへ小走りで戻っていく。

と、そこでわたしは両手で武器をつかむ。ドイツ人の背中を狙う、スミス・アンド・ウェッソンの引き金をひく。おなじく隣で何度も引き金をひいたジュリアンの銃身から銃声がとどろくのが聞こえる。

ドイツ兵は、背後から激しく突かれたように前方へつんのめる。実際に背中を撃たれ、容赦なき銃弾の衝撃を喰らったのだ。

丸太のようにどさりと、彼は倒れる。」

ここまではこのドイツ人の話です。それからセンプルンは自分自身のことを書いています。

「わたしは地面へ倒れ伏す、柔らかい草に顔を埋め、守ってくれた平たい岩を、怒りにまかせ、拳で殴りつづける。

くそっ、くそっ、くそっ！

わたしの叫び声はどんどん大きくなり、ジュリアンは恐怖に襲われる。

彼はわたしを揺すぶり、怒鳴りつける、神経の発作を起こしている場合ではない、すぐにこの場を離れなくては。ドイツ人のバイクと機関銃を獲物にずらかるのだと。

彼の言うとおりだ、それ以外に手はない。［……］

ジュリアンは死者をひっくり返すと、自動小銃を奪う。たしかにそうだ、彼の眼は碧い、驚愕で見開かれたその両眼は。[1]」

ここまでがセンプルンからの引用です。

歌の記憶の容量は、ことによると頭よりも大きいのかもしれません。歌は唄われるとそうっと近づいてきて、ひとりひとりに寄りそいます。個人の寓話と化していきます。書かれた歌詞がその人の今へ生い育ってゆくのです。この作用はそれとわかるものであり、過つことなく人生の、あるはっきり認識できる瞬間に棲みつきます。どのようにかはわかりません。それは不意を突くようでありながら、そうっとであって、それとは捉え難いのです。気がつくと、人はもう記憶のなかへ送りこまれています。音楽はほかの何ものにもまさって諸々の感情を保存しています。世界じゅうのあらゆる場所、あらゆる時代において、移住者は生涯、故郷の音楽と食べ物に執着しつづけます。唄うことと料理すること、この二つはいずれも心を経由するのであって、頭を経由するのではありません。

独裁者もそれは知っています。個々人を意のままに操るべく、音楽はつねに利用されてきました。私たちドイツ人はナチが残していった荒廃を知っています。汚れてしまったがゆえに今日なお唄えない数々の歌。それらは計画的にヒトラーの略奪と殺人に組みこまれ、兵士たちの犯罪の現場にも随行しました。繊細な歌もまた、戦闘で務めを果たしました、その繊細さにおいて兵士同様に犯罪の一部と化しました。そしてこれらの歌はいまでは年老いた国防軍やSSの戦友たちにとって、四〇年後になっても、どっぷり社会主義に浸かっていても、ひどく辺鄙な寒村にあっても、なお回想に耽るための慰めとなっていました。戦友たちが認識を新たにしたことはありました、そこここで誤ちを正したことすらありました、多くの悪習を捨て去りもしました、が当時の歌だけは手放しませんでした。どの村祭りもこうした戦歌抜きでは終われませんでした。そして記憶のなかで、感情こまやかな「市門の前の泉のそばに」と征服欲に酔い痴れる「我ら英国に進軍す」のあいだに区別はありませんでした。どちらの歌も機能はおなじで、青春時代としての戦争を呼び起こすのです。あらゆる政治的内容を取り去られ、歌は援用され、また奉仕します。たとえ頭のなかでは距離が生じていても、歌は感情を聖なるものに、人々を変わることなく懐かしいものにしてくれるのです。

郷愁《ノスタルジー》もまた、歴史に随行した歌をしばしば拠りどころにします。加害者だけではない、被害者においても事情は変わりません。彼らも当時の苦しみの歌を、生涯忘れないのです——わたしはオスカー・パスティオールから聞いて知っています、収容者たちも収容所の歌を唄うとき、「存在のゼロ地点」に懐かしくつなぎとめられてしまうことを。彼の生涯消えぬ損傷を見ればこう考えるほかありませんでした、根源的な傷が長い歳月を経てなお保持されうるのは、体験されたことに対する恐怖が、憧憬と束ねられているからだと。この具象と抽象の結びつきは何なのでしょう。この融合は本能的に、不本意に、誤ちとわかっていても生じてしまう。それは起こってしまうのです。そして人はみずからを恥じ入ることになります。ほかに選択肢がなかったとはいえ、ひとたび引き起こしてしまうや、認めないわけにはいかないからです。そしてそのことで自身の価値の序列が混乱するとわかっているからです。頭で考えていることが、唄うと無視されてしまうのです。

歌に関わる極端な事例を、わたしも体験したことがあります。
七歳くらいだったでしょうか、わたしは祖父母と馬車に乗って、別の村に住む祖父の兄弟の家に向かっていました。暖かくなりはじめた頃で、雪はすっかり溶けていました。ところが途中で激しく雪が降ってきました。わたしたちは毛布にくるまり、祖母は雨傘をひろげました。アカシアの森を抜けるところで、馬車はぬかるんだ地面にはまりこみました。わたしたちは降りて、馬に手を貸し、引っぱったり押したりしました。そのとき近くの森で吠え声がしました、眼に映ったのは群れで、八頭の狼でした。狼たちはわたしたちのほうに向かってきました、どんどん近づいてきて、すぐそばまで来たところで脚を緩めました。今にも飛びかかろうという姿勢をとりました。祖父はわたしを馬車の座席にあげ、祖母は黒い雨傘を手に取りました。それをひろげるや、唄いはじめました。

さあ、カトライネルレ、靴ひもをお締め！
スカートの裾をお上げ、休んじゃあだめ！
ディドル、ドゥドル、ダドル、シュルム、シュルム、シュルム、
ぴょんぴょんぴょんと跳ね回っておやり
さあ、カトライネルレ、元気にどんどん

彼女は粗々しく音節を刻みつつ唄いました、雨傘を前方にかざし、音節ごとにさっと動かし、短い精確なステップに合わせ、狼に向け突っかけました。わたしは見ました、狼たちの鼻先に立ち昇る氷のような息を、湯気立つ木蓮のような藤色の口蓋を。半円を描いて囲む両眼と前脚の精確さを。そして夕闇に浮かぶ木々の骸骨のような影を。これらすべてがないまぜになって、生の終わりが訪れたような心持ちでした。頭から毛布をかぶって、一頭の狼に喰べられてしまった赤ずきんちゃんのおばあさんのことを考えていました。それがここには八頭もいるのです。大地が回りつづけていることはすでに学んで知っていました。わたしは願いました、今ここで大地が回って狼たちを遠ざけてくれますように。祖母はカトライネルレの歌をもう一度、さらにもう一度唄いました。それからわたしは隣に彼女が座っているのを感じとりました。大地は本当に回って狼たちを遠ざけてくれました、狼たちは引き上げたのでした。彼らは音楽を聴く耳を持っていたのでしょうか、ずいぶん長いあいだじっと聞いていました。唄う獲物は喰らいたくなかったのでしょうか。

のちにわたしは、ティミショアラのギムナジウムに通うようになりました。街での最初の一年半は、どうにも救いようのない一五歳そこらの村育ちでした。ホームシックで足はわれ知らず駅へ向かいました。週末のたびに家に帰り、村で大嫌いだった楽団音楽を耳にすると、明確な嫌悪のうちにも懐かしさが膨らみ、恥かしさに打ちのめされました。誤ちとわかっていながらの、理性に逆らっての帰省はさんざんなものでした。そして月曜の早朝、街へ戻るために村を出て列車に乗りこむや、楽団の吹奏楽を懐かしむ気持ちがこみあげてきて、ぞっとするのでした。

政治的態度においては迷いはありませんでした、即座に確固たる決断を下せました。けれども個人的な、つまりは感情の絡むことになると、とうに頭で片をつけたことを情がひっくり返すようなこともままありました。きっちりと一線を画することはできず、いつまでもだらだらとひび割れつづけました。回想においてリアルなものは、ご存じのとおり何ひとつとして外にはありません、頭の中にあるのです。過ぎ去ったことを再構成するのはもろもろの感情なのです。かつての政治的日常さえ、迫害、名前、日付、数字にすら、感情が絡んできます。それもそうした事柄が多ければ多いほど、その人はひどく損傷を負っているのです。そう、それは神経であって、精神に深甚なダメージを与えるのです。わたしは自分自身を守るために、かつて楽団音楽でそうなったように、回想に苦しめられねばならないのです。

損傷は、これは認めなくてはなりませんが、絆であり続けるのです——それは避け難く、過酷きわまりなく、容赦ありません。これは一般的に言えることでしょう。両親との絆を断ち切ったにせよ、ある国の迫害から逃れたにせよ、いずれの場合にも論理で割り切れぬ憧憬はどこまでも残る、親元であれ、国元であれ、もう二度と戻りたくないにもかかわらず。回想におけるこの幻肢痛は、人を混乱させる代物で、けっして安らぎを与えてくれません。それは傷ついた者の幾たりかを、わたしたちも知るとおり、致命的に過去に引きずりこみ、自死へ至らせるのです。

ホフマン・フォン・ファラスレーベンはおそらくこの葛藤のなかで生きていて、その政治的に物議を醸すようなテクストを——つまりは生における国家的側面を——子どもの歌という個人に関わる側面によって支えていたのです。

社会主義もまた、臣従する者たちの魂を無数の音楽で苛つかせました。音楽はほかのいかなる芸術ジャンルにもまして、支配の道具に用いられました——独裁者夫妻と党を言祝ぐ童謡、新たな水力発電所やら製鉄所やらを謳う流行歌、幸いに満ちた農業を讃える民謡。愚かしいものから気まずいものまで、力ずくで偽善が押しつけられました。テクスト、メロディーの低落に始まり、はてはあらゆる芸術基準の踏みにじりまで。恥ずかしさで頬を染めずには口にできぬものを愛国的に唱和しつつ、流木さながらに波うつ旋律に呑みこまれ、行進するのです。唱和する労働者たちと、心そこにあらずで手を振る、マッチ棒なみに小さな壇上の党幹部たち。五月一日はたいがいまだ寒く、彼らは灰色の、堅苦しさのあまり四角に見える、社会主義既成服工場生産のコートを着こんでいます。さらに社会主義ならではの、あの緋色のマントたる、壇上の旗布に包まれています。旗を掲げて行進する者たちもまた彼らのマントとなっていました。ガチャガチャ、キーキー鳴り響く官製の演奏は猥雑きわまりないものでした。当時の流行歌手は、若かろうが年寄りだろうが、太かろうが細かろうが、つま先から頭のてっぺんまで舐め回され、ねとねとしているように感じられました。権力の唾液でねとついているのは、彼らが謳うものだけではありませんでした、彼らの人間全体が吐き気を催させるものでした。しかし、彼らのほかには誰もいませんでした。チャウシェスクは唯一つの霊感の源泉として「ルーマニア賞」を創設しました。それと同時に、真に優れた抒情詩であった、正統な民族音楽を禁止したのです。

誰もが崇拝する偉大な女性歌手マリア・タナセの曲は、結婚式でさえも演奏が許されませんでした。彼女がこんな歌を唄っていたからでした。

世界、世界、わが愛しき世界
わたしがあんたに飽きちまうのはいつ?
わたしのパンがカチカチになっちまうとき
グラスを持つ手がわたしを忘れちまうとき
まわりで棺の板が打ちつけられちまうとき

そうなったときあんたに飽きちまうのかも

あるいはこうです

愛していながら去るものは
神さまの罰を受けるでしょう
神さまはやつを罰するでしょう
蛇の這まわりで
虫のあゆみで
風のうなりで
土のほこりで

あるいはまた

老いてゆくのよ　重たい衣装は
裂けちまうなんて、ああいやだ

このような歌が百年にわたって唄われてきた国に、愚劣きわまりない気の抜けた社会主義ソングなど供しうるものでしょうか？　それが、できるのです。祖国と称される土地のどの一メートル四方にも密告者がいれば、できるのです。

若者たちが欲していたのはロックでした。あちらこちらでコンサートがあり、誰もがそこに腰を下ろし、座ったままでいなければなりませんでした。ホールの壁は四方すべて、人の背丈まで紺に塗られた、制服警官からなる板張りでした。紺一色のマントでした。

ロック・ミュージシャンは歌詞ゆえに、作家同様の不快事に直面していました。検閲はいかなる詩にも、独裁者への、国の窮状へのあてこすり、それか国外逃亡への願望を嗅ぎつけました。あまりにも延々と歌詞が検閲された結果、コンサートで出会うものといえば、力強い跳躍と空疎な歌声ばかりでした。ミュージシャンにとっては、どのコンサートも生半可な勝利、全面的な敗北でした。彼らは、文学者が書物を密輸するように、レコードをこっそり手に入れました。当時、自由世界で流行っていたロックを知っていました。文学者は静かに仕事をし、書くことは音を立てませんでした、刊行できないにせよ書くことはできました。書かれたものは隠しておくこともできました。ミュージシャンのほうは、コンサートのリハーサルをするやもう、検閲にさらされることになったのです。

顔のない顔
砂の額ぎわ
音のない声
残っているのは何
死ぬための時間
捨て売られてるのは何
わたしの兄弟のひとり
冷え冷えとした広場で
カルパチアケーキひとつの値《ね》で

何かがわたしを不安にする
明日何を売ればいい
甘くて黒いブドウ
ズボンの灰色ボタン
頭のないフード

ただでただ同然で
沈黙はたっぷり時を喰らう
夜が闇から袋を縫いあげる

苦々しく依怙地な病んだ草
列車が駅に汽笛を響かせる
親のない子が老いている
アスファルトの上には空っぽの靴

当時、友人のロック・ミュージシャンに依頼されて、ルーマニア語で歌詞を書いたことがあります、彼らの作った、とびきり複雑なロック・バロック・オペラのためでした。ところがすでにわたしは国家の敵でした。それで彼らは検閲官に、示し合わせたとおり、自作の歌詞だと申し出ました。何の役にも立ちませんでした、相手にすらされませんでした。しかし自分の関連文書を読んだ今日ではわかっています、当時、わが家にはどの部屋にも盗聴器が仕掛けられていたことが。わたしたちはおそらく盗聴されていたのです。そういうわけで、名前を隠す必要もない、とある詩人が、公に唄っても差し支えのない駄文を友人のために書いたのでした。

わたしが書いたのは十数本の歌詞で、かつてルーマニア語で書いた唯一のテクストで、友情の証として書いたものでした。そのなかの最初の、ここで引用した歌詞を、そのドラマーはよくわたしに唄って聞かせてくれました。それでいまなおこの曲を覚えているのです。ほかのはすべて、とうに忘れてしまいました。

忘れていないことといえば――

狼の群れがわたしたちを獲物とみなし、祖父が馬車をなんとかまた動かし、わたしたちが袋の底のような闇を抜け、祖父の兄弟の家にたどりつくと、わたしはすぐに寝床に追いやられました。祖母が明かりを消す前に、わたしは尋ねました、どうして赤ずきんちゃんのおばあさんは狼に歌を唄ってやらなかったの？

祖母の答えはこうでした――いらないことは考えないこと！

## クリスティーナとそのまがいもの、
## あるいは秘密警察《セクリターテ》の記録文書に載っていること／いないこと

わたしにとってルーマニアへの旅はいつも、日々の生活において何が偶然で何が人為なのかがまるでわからなかった時代への旅である。だからわたしは公に発言する機会があるたびに秘密警察《セクリターテ》文書の閲覧を求めてきた、けれどもそれは、あれこれ理由を変えつつたえず拒まれてきた。そのたびに代わりに見ることができたのは、わたしがまたもや、つまりはいまなお、監視されていることを示す徴候だった。

昨年の春、わたしはＮＥＣ（新ヨーロッパ大学）に招待されてブカレストにいた。初日、ある女性ジャーナリストと写真家といっしょにホテルのロビーに座っていると、がっしりした体格の警備員がやってきて撮影許可をとったか質問し、写真家からカメラを取り上げようとした。――「ここは撮影は禁止、人物撮影も不可」と男は声を荒げた。ホテルのフロントにはヨーロッパの青い小旗が飾られていた——NATOの会議がブカレストで開催されてほんの数日しか経っていなかった。女性ジャーナリストは下手《したて》に出た、「どうかお許しください、以後、気をつけます」。写真家は機器を救い出そうとした。わたしは警備員に訊き返した、ホテルのロビーが機密の対象なのか、フロントのあのヨーロッパの小旗は何のつもりなのか。それならあれは引き出しにしまったほうがいい、EUとNATOは自由世界の組織なのだから。それにあなたがしていることはまるでチャウシェスク時代だと。そこで男はやっとカメラから手を放した。しかし予期せぬ出来事はさらに続いた。二日目、わたしは夕食を約束していた。電話で打ち合わせたとおり、友人は一八時にホテルに迎えにきた。ホテルのある通りへ道を曲がったとき、彼は何者かに尾行されていることに気がついた、つけてきた男はホテルのロビーへ入り、友人が受付で客室のわたしに下で待っていると伝えるよう頼んでいるあいだ、備えつけの新聞をぱらぱらとめくっていた。受付の女性はまず訪問者リストへの記入を求めてきた。友人はぎょっとした、そんな経験はこれまで一度も、チャウシェスク政権下ですらなかったからだ。

友人とわたしはレストランへ行った。彼はくりかえし、道を変えようと提案してきた。わたしはそのことを特に何とも思わなかった。翌日になってわたしがNEC学長のアンドレイ・プレシュに警備員との一件を話すと、友人はホテルで訪問者リストへの記入を求められたこと、ある男がホテルへ向かう道で彼を、続いてレストランへ向かう道でわたしたちを尾行していたことを語った。アンドレイ・プレシュは憤った、NECの客人を毎回そこに宿泊させていたのだ。翌朝、彼は秘書をホテルに遣って、予約をすべてキャンセルさせた。ホテル支配人は、受付の女性はあいにく仕事初日で対応を誤ったのだと見えすいた嘘をついた。しかし秘書は受付の女性を知っていた、何年も前から受付にいたではないか。それに答えて支配人は言った、「パトロン」つまりオーナーはかつて秘密警察《セクリターテ》にいた人間で、残念ながら取りかえはきかないと。それからにやりと笑ってこう付け加えた、NECはここの予約はキャンセルできるだろうが、同ランクのホテルはどこも事情はおなじ、それをご存じないだけなのだと。

わたしはホテルを引き払い、残り二日はNECの事務室に滞在した。部屋を移ってからはつけられている気はしなかった。諜報員は話がやっかいになりすぎて引き上げたのか、プロフェッショナルに、つまりは気づかれずに仕事をこなしたかのどちらかだろう。

一八時に尾行が必要とわかるには、部屋の電話を盗聴したはずだ。ホテルのテレビにはCNN、BBC、RAI-UNOのニュース、電話には盗聴器。フロントにはヨーロッパの小旗と嗅ぎまわる密偵。これがルーマニアでの民主主義なのだ。チャウシェスク体制下での諜報機関つまり秘密警察《セクリターテ》が解体されることなくSRI（ルーマニア情報庁）に改名されるにとどまり、みずから出しているデータによれば秘密警察《セクリターテ》の四〇パーセント、つまりは若手の有能スタッフを受け継いだことは知られている。実際の割合はおそらくもっと高いだろう。残りの六〇パーセントは今日、ほかの者たちの三倍の年金を受給しているか、新たに市場経済を牛耳っているかのどちらかである。彼らは体制転換期当初の混乱に乗じて「特価品」を手に入れた――銀行、工場、ホテル、旅行会社、ガソリンスタンドなどなどだ。そして当時の特価品は、日毎に脱皮をくりかえし、何不自由ない暮らしを送るに足る財産へ膨れあがった。特価品長者たちはあらゆる局面で通じ合い、助け合ってきた。そのネットワークは、議会から経済、司法、大学を経て病院にいたるまで、この国を覆い尽くしている。それは遍在する腐敗を生み、直近の未来においても遠い未来においても何に妨げられることもない。そもそも妨げようとする試み自体がきわめて稀なのだ。専任職にあって何不自由なく暮らせ、スパイとしてほぼどこにあろうと職と威厳を保てる状況にあって、どこからそんな試みが出てこよう。外交官を除けば、ルーマニアの元スパイは今日ほぼすべてが、以前の仕事につけているのである。

## ルーマニア式の文書閲覧

ルーマニア抒情詩の貴婦人と言えよう著名女性作家のひとりは、スイスで行われたインタビューで、自身に関わる文書は閲覧したくない、これまで同様、今後も、人びとから愛されてきたと思いこんでいたいと語った。恐怖のスターリン時代、暗黒のチャウシェスク時代をくぐり抜けてきた齢八〇にならんとする人物である。こうした通俗な発言によって彼女は無邪気を装っている。しかし本当は知っている、裏切りはいたるところで蔓延し、人間関係に入りこみ、どんな感情を前にしても躊躇しなかったことを。そう、愛情は諜報活動にとって格好の餌だった——それは距離を最大限に縮めることで、最大限の裏切りを可能にする、つまりは一番親密なものを毒してしまう。女性作家はこうも言った、自分は大きな夏帽子をかぶることで市民社会のご婦人たちを社会主義の女性同志から擁護してきたと。わたしは彼女のことを、大きな夏帽子の時代からよく知っている——それは当時、たんなる帽子にすぎず、それ以外の何物でもなかった。帽子の形態をとった政治的抵抗というのは初耳である。初めてでないのは、はっきりと憶えている以下のことであって、すなわちかの夏帽子の女性は雑誌『人民と文化』の編集人として、社会主義下での祝日記念号のために作家たちの詩を恣意的に用いたのだった。彼らの詩が祝日とはまったく無関係であり、彼らが祝日のために詩を書くこともおよそ考えられなかったために、女性編集人は作家たちに一切知らせぬまま、既存の詩を取り上げ、元のタイトルを削りとり、でまかせの祝日号向けタイトルを被せたのである。かくして彼女は編集人としての任務に対処することができた。詩を乱用して作家たちの信用を落としてしまうという懸念が、義務遂行に歯止めをかけることはなかった。良心の呵責は小さくなるよう押さえつけた、政治姿勢を知る作家たちを前に感じる恥よりも、編集人ポストを失う不安のほうが大きくなるように。作家たちは為された事実を知り愕然とした、そしてその時代には、この党礼讃の捏造に公の場で抗議する可能性は、国内のどこにも、いかなる雑誌にも存在しなかった。夏帽子の女性はそうしたことは語らない。独裁に触れる話は彼女を苛立たせる。インタビューで彼女は、独裁下においても幸福な瞬間はあったとも語る。それを否定する者がいるだろうか。どの人間にも幸福な瞬間はあった、ただしそれは独裁のおかげではない、独裁にもかかわらず、あったのである。いまだ悪意がしみこんでいない私的な狭い空間に——それどころか悪意に抗うように噴き出す、あわただしい、ゆえに尋常ではない、箍《たが》が外れたような幸福はあった。国家による監視のすきまに、どこまでも個人的な、つかのまの幸福はあった。こうした幸福には裏切りに負けない軽快なフットワークが必要だった、裏切りから逃げおおせたり、裏切りに先回りしたりしなければならなかったからだった。こうした類の幸福はえてして、盗人めいた、イカれた幸福だ。笑って笑って疲れ果て、響きわたる声は深淵へ落ちていくようだ。諜報員を種に人びとはジョークを飛ばす、悪意を種に露骨な下卑たジョークを。それはすべてを賭けた笑いで、不安を糧に伸び育ってきたジョークだ。事実を耐えるにはなくてはならない、身に習い覚えてきた無言劇のようなものだ。そうした幸福を持ち出すことで相対化できるだろうか、あの時代に日々くりかえされた人間に対する侮蔑を？　今日、文書を閲覧すればわかるように、どの部屋にも盗聴器が仕掛けられているときには、どんなに私的な狭い空間も国家に記録される。自宅の部屋で笑いながら息をつくことも、そのつど、何も知らぬまま、反国家的行為として追跡文書にファイルされるのである。夏帽子の女性はこれまでも、独裁について語ることをたえず邪魔してきた。わたしは二〇年来、彼女の口から「その話はやめにしましょう」という言葉を聞きつづけてきた。そして彼女は膨大な数のルーマニア知識人を巨大な後ろだてにしている。つい最近も、彼女はわたしにこう言った、あなたがルーマニアについて言っているようなことを、自分はドイツについて絶対に言えないと。わたしの返した返事はこうだった、そもそもそんなことをする理由があなたにはないでしょう。

有名なルーマニアの作家が独裁についての議論を避けるにとどめ、それを妨害したり、犯人を守るため裏で阻止したりすることがなければ、それは御の字と言うべきだろう。ルーマニアにいる知識人の大半は、諜報機関文書の公開に対して、周囲の人びとの踏みにじられた人生や、党幹部や諜報機関員の新たな就職先に対して同様、ほとんど関心を寄せてこなかった。わたしのように、毎年ことあるごとに公の場で文書閲覧を要求すると、友人たちすら煙たがるようになる。おなじ理由から文書は、EUに急かされ一九九九年に嫌々ながら設置された（舌を噛むようなCNSASという名前の）役所ではなく、新しくも古い諜報機関にそのままずっと保管されてきた。この機関が文書閲覧を意のままに管理したのである。役所はその機関に申請書を提出せねばならず、それは受理されることもあるとはいえ、たいていは「当該文書はなお作業中」という理由で却下された。ルーマニア版の「ガウク機関」［ドイツで秘密警察文書を管理すべく設置された官庁の通称名］は、当初より恥部隠しのためのいちじくの葉であり、今日にいたるまで見通し難い存在であり続けている。

二〇〇四年にわたしはブカレストを訪れ、以前よりくりかえしてきた文書閲覧申請をもう一押しすべくそこに出向いた。驚いたことに役所入口には、まるでエロチック・センターかなにかのように、ネオン色のストッキングにデコルテとミニスカート姿の若い女性が三人立っていた。そして女性たちのあいだには、まるで極秘の兵舎かなにかのように、機関銃を肩にかけた兵士が一人立っていた。所長は約束をとりつけておいたにもかかわらず、わたしとの面会を拒絶した。

わたしの文書は見つからないという話だった。しかしその年の春には、ある研究グループがひとつまたひとつとドイツ系ルーマニア人作家の「バナート活動グループ」の文書に出くわすようになっていた。秘密警察《セクリターテ》はどのマイノリティ集団に対しても専門の担当部局を置いていた。ドイツ人担当は「ドイツファシストおよびナショナリスト」、ハンガリー人に特化していたのは「ハンガリー民族統一主義者」、ユダヤ人に関しては「ユダヤ人ナショナリスト」、ルーマニア人作家のみが「芸術と文化」部局によって監視される栄誉を享受していた。

不意にわたしの文書も、クリスティーナという名前のもと、姿を現した。三巻、九一四頁。

一九八三年三月八日設置とされている――文書にはしかしそれ以前の記録も含まれている。文書設置理由はこうだ、わたしの本『澱み』における「国の現実、とりわけ村社会の現実の、偏向に満ちた歪曲」。スパイによる「テクスト分析」がこれを根拠づけている。わたしは「敵対的活動で知られるドイツ語作家サークル」の一員とされている。

文書は、かつての秘密警察《セクリターテ》が、ＳＲＩ［ルーマニア情報局］の名のもとで作成した見えすいた作りものだ。一〇年が費やされた「作業」にぬかりはなかった。それはもはや粉飾ですらなかった、種が抜きとられた抜け殻だった。核心をなす事柄、秘密警察専任職員に害を及ぼしうる事柄はすべて抹消されていた。

こうした削除は個々の特殊事例ではない。ＣＮＳＡＳ創設に際して機関監督組織のメンバーだったアンドレイ・プレシュは、組織に対する不満と不服から、とうの昔にこの委員会を辞めていた。彼は自分の文書の束を一度目にしていて、それが二〇〇〇頁ほどあることを知っていた。その後、ようやく彼の手に引き渡されたとき、文書はわずか七〇頁しかなかったのである。

法律によってＣＮＳＡＳには文書閲覧のほかに、スパイの実名割り出しの仕事が課されていた。しかしながら、これまでに自分の文書を閲覧できた者たちから聞こえてきたのは、まったくおなじ話だった。機関は長いスパイ・リストからたった一人だけを抜き出して、その実名を報告していた。そして文書中、唯一の実名が名指された人間は、どうでもよい人物であるか、すでに鬼籍に入った人物だった。重要な役割を演じたスパイたち、永続する濃密な裏切りについては、この機関は追及したくないようだ。ボイコットだろうか？　この機関は自己に反する作業を行なっているのか？　いったい誰に委託されているのか？

大学卒業後、わたしは三年間、トラクター工場であるテフノメタルで翻訳者として働いていた。この三年間について、わたしの文書は一言も触れていない。わたしは東ドイツ、オーストリア、スイスから輸入された機械の組み立てと整備のために、付属説明書を翻訳していた。二年間は四人の会計係とおなじ事務室にいた。彼らは労働者の給料を計算し、わたしは分厚い技術用語辞典をめくっていた。わたしが学んだのは文献学だったので、油圧式、非油圧式のプレス、レバー、ネジといったもののことはわからなかった。辞書に三つ、四つ、あるいは七つ、訳語の候補が載っていたら、わたしは作業場へ行って労働者らに訊ねた。彼らはドイツ語知識のないままに、正しいルーマニア語を教えてくれた——機械のことなら熟知していたのだ。三年目に「記録作成室」が設置された。工場長はわたしを、新たに雇った二人の翻訳者が働くその部署に配置換えした、一人はフランス語、一人は英語の翻訳者だった。フランス語担当のご婦人は大学教授夫人で、その教授はすでにわたしの学生時代から諜報員と目されていた。英語担当のご婦人は、この街で二番目に地位の高い諜報機関職員の息子の妻だった。文書棚の真ん中の扉の鍵を持っていたのはこの二人だけだった。外国から専門家が来たときには、わたしは事務室から出なければならなかった。その後、どうやらわたしは諜報職員スタナによる二度の勧誘を経て、事務所に役立つ存在にならねばならなかったようだった。再度拒まれると、彼は花瓶をチューリップもろとも壁に叩きつけた。溜まった水とガラスの破片を踏み分けドアへ向かった。去りぎわの言葉はこうだった、「もっと痛い目にあわせてやろう、おまえを川に沈めてやる」。わたしは工場長に、元の事務室への配置換えを願い出た。今いる場所にとどまるように、心配するのではなく翻訳をしろ、それがおまえの仕事なのだからというのが工場長の返事だった。ある朝、わたしが出社すると、事務室のドア横の廊下の床に辞書が置かれていた。わたしの仕事机はある技師のものになっていて、事務室への立ち入りは許されなかった。帰宅することもできなかった、そんなことをすれば無許可欠勤で即座に解雇される可能性があった。いまやわたしには机も椅子もなかった。そのあとわたしは、反抗的に八時間のあいだ辞書を携えて一階と二階のあいだのコンクリート階段に座り、翻訳を試みた、働いていないなどと間違っても言われないように。事務所で働く者たちが、ひっきりなしに通り過ぎていった、黙りこくって。女友達の、技師のジェニーは、どうしてそんなことになったのかわかっていた。彼女には毎日、帰りの道すがら、起こったことすべてを話していたのだ。彼女はお昼休みにわたしのところへ来ると、階段に腰を下ろした。わたしたちは以前わたしの事務室でそうしていたように、いっしょに食べた。構内のスピーカーからはいつもとおなじように、人民の幸福と進歩を賛える労働者合唱団の歌が流れてきた。彼女は食べ、わたしのことで泣いた、わたしは泣かなかった。そう、持ちこたえねばならなかった。三日目、わたしはジェニーの仕事机についた、机の一隅をあけてくれたのだ。四日目も。そこは技術製図工のための、製図版を備えた大きな事務室で、二〇もの仕事机が置かれていた。五日目の朝、彼女はドアの前でわたしを待っていた、「もう事務室に入れてあげられない。あなたはスパイだって同僚たちが言っている」。「そんなこと、ありえる?-」、わたしは訊き返した。「わかっているでしょう、わたしたちがどんな場所で生きているのか」、彼女が答えた。わたしは自分の辞書を携え、ふたたび階段に座った。今度は泣いた。ある言葉を訊きに作業場へ行くと、労働者たちが背後から口笛を鳴らし罵声を浴びせてきた、「秘密警察の牝犬め!-」針のむしろだった。ジェニーの事務所には、作業場には、いったいどれほどスパイがいたのだろう? 彼らは演じ、攻撃の指示はすでに下まで届いていて、中傷することでわたしに退職を強いようとしていた。この混乱の時期のはじめに父が死んだ。もはや自分を制御できなくなったわたしは、この世界に自分が在ることを確証せずにはいられなくなった。わたしはこれまでの人生を書きはじめた――自分がどこから来たのか、三〇〇年の歴史を持つあの頑迷固陋な村、沈黙するあの農夫たち、でこぼこ道でトラックを運転するあの父、その飲酒癖、「戦友たち」と唄うナチ唱歌。生に侮辱されたように、呆《ほう》けたようにつくねんと、茫洋と広がるトウモロコシ畑のただなかにしじゅうつっ立っていた、あの母。そしてあの工場にいるわたし、部屋ほどの大きさがある機械類、いたるところで踏む者をすっころばせる鏡のような油だまり。あの出来高払いのベルトコンベヤー作業、機械的に握る両手、生気のうせた両眼、古びた亜鉛板のような眼差し。そこから生まれたのが短編集『澱み』だった。
勧誘に関しては、二つの単語がわたしの文書に書かれていた、尋問記録の欄外に手書きメモの形で。わたしは何年も経ってから、自宅で勧誘の試みについて語っている。欄外のメモはパドゥラリュ中佐の手になるものだ、「その《ダス》・とおり《シュティムト》」。

スパイを拒んだがゆえにスパイとみなされるようになったこと、これは勧誘や死の脅迫にもましてきついことだった。わたしがスパイすることを拒み、害を及ぼさぬようにした、まさにその人たちから誹謗中傷されることは。ジェニーとひと握りの同僚だけは、わたしに対してどんな企みがなされているかわかっていた。しかし、顔を知っているだけでわたしのことを知らない、ほかの人たちはみなわかっていなかった。どうやったらみなに起こったことを説明できたろう、どうやったら本当は逆であることを証明できたろう。それは人間には為しえぬ業であり、秘密警察はそれがわかっていればこそ、このように事を進めたのである。そして彼らはこの卑劣なやり口が、脅迫以上にわたしを打ちのめすことも知っていた。死の脅迫ですら人間は慣れる。それはここでの生き方の一部になってしまう、だって、ほかにいかなる生き方もありえないのだから。人は不安には抵抗する、魂の底の底にいたるまで。しかし誹謗中傷には魂を砕かれてしまう。ただただどこまでも包囲されてしまう。無力感で息も絶え絶えになる。

あの階段がどのくらいのあいだわたしの仕事場だったかは、もう覚えていない。わたしには永遠に続くように思われた。おそらくはほんの数週間だったのだろう。しまいにわたしは解雇となった。

解雇を仕組んだおなじ諜報員から、いまやわたしは尋問の場で「寄生分子」と呼ばれるようになった。寄生者の居場所は牢獄か、建設現場での強制労働だと言われた。「運河」という言葉で脅された――当時チャウシェスクは黒海とブカレストを結ぶ運河の建設を進めていた。なんとも奇矯な計画で、多くの兵士と囚人がそこで命を落とした。運河が完成したあとにわかったのは、船舶の運行には使えないことだった、深さが十分ではなかったのである。

わたしはまったくの無一文だった。ジェニーは家庭教師の口を仲介してくれた。子どもにドイツ語を教えたり、宿題を見てあげたりした。しかしどの家も二、三回がせいぜいだった。その頃になると諜報員が親の前に現れ、脅したのだった。どうしてもう来なくてよいか、理由を言ってきた親もあった――「あなたが来るとうちに害が及ぶのです。いいですか、わたしたちは政治には関わらないのです。」収入が減らされて家庭教師に払う金がなくなった、と嘘をつく親もいた。

尋問ではその後こうも言われた、おまえは密売と売春で生きているのだとか、寄生分子のための牢獄があることはわかっているだろうとか。一度も会ったことのない客や買手の名前も挙げてきた。それからBND〔ドイツ連邦情報局〕のためのスパイ容疑もかけてきた、ゲーテ・インスティトゥートの図書館女性職員やブカレストのドイツ大使館の女性通訳との交友関係が理由だった。でっちあげの非難は数時間にわたった。だが、それだけでは終わらなかった。

わたしは、出頭命令を受け取ることなく、通りを歩いているところをそのまま拉致された。美容院へ向かう途中で一人の警察官に捕らえられ、ブリキの細いドアを抜け学生寮の半地下室に連れていかれた。三人の私服の男がテーブルに座っていた。小柄な骨張った男がボスだった。男はわたしの身分証明書を求め、言った、「おい、売女め、また会ったな」。この男に会ったことはなかった。わたしは八人のアラブ人学生とセックスし、ストッキングと化粧品で支払わせたのだという。知り合いにアラブ人学生はただの一人もいなかった。しかしそう言うと、男は返してきた、「その気になれば、アラブ人二〇人に証言させることだってできる。どんなすばらしい裁判になるか、見ものだな」。男はくりかえし、わたしの身分証を地面に投げ捨て、わたしは屈んで拾い上げねばならなかった。それが三〇回、四〇回にもなり、わたしの動きがのろくなったところで、男は腰に蹴りをいれてきた。そして机の端の向こうにある扉の背後からは女の悲鳴が聞こえてきた。拷問だろうか強姦だろうか、どうか録音テープでありますように、とわたしは思った。それから堅茹で卵を八個、それから緑の玉ねぎに粗塩をまぶしたものを食べさせられた。わたしはどうにかこうにか呑み下した。それから骨張った男はブリキのドアを開け、わたしの身分証を放り、尻を蹴とばした。わたしは茂みわきの草地に顔からうつぶせに倒れた。頭をあげぬまま吐いた。のろのろと身分証を拾い上げ、ふたたび家路をたどった。路上での拉致は、出頭命令以上に不安を呼んだ。どこで待ち伏せているのか、誰にもわからなかった。行方不明になり二度と現れないかもしれなかった、それか当時脅されていたように、水死体となって引き揚げられるかもしれなかった。そうなれば自殺となっただろう。

書類には尋問は載っていなかった、出頭命令も、路上での拉致も。

一九八六年一一月三〇日の文書の記録。「**クリスティーナ**が行なうブカレストおよび他の国内地への旅行は、部局Ⅰ／A（国内反対派のこと）と部局Ⅲ／A（スパイ活動防衛のこと）に遅滞なく報告すること」、「絶えざる監視が遂行されるべく」――つまりは、わたしがこの国のどこにいようと尾行抜きの移動は許されないということだ――「彼女の西ドイツ外交官及び西ドイツ市民との関係において必要な監視措置が遂行されるべく」。

尾行のやり方はそのときどきの意図次第で異なっていた。気づかないこともあれば、目立つ場合もあり、荒っぽくもなれば、攻撃に転じることもあった。『澱み』が西ベルリンのロートブッフ社から刊行されることになったとき、編集顧問の女性とわたしは、人目に立たぬよう、カルパチア地方のポイアナ・ブラショフで待ち合わせた。わたしたちは別々に、ウィンター・スポーツ客としてそこへ向かった。夫のリヒャルト・ヴァーグナーは原稿を携えてブカレストへ向かった。わたしはその翌日に原稿は持たず、夜行列車で追いつく手はずだった。ティミショアラの駅舎で二人の男がわたしを出迎え、旅行鞄を検査しようとした。わたしは拒んだ。彼らはわたしを連行しようとした。わたしは「逮捕状がないなら同行しない」と頑なに粘った。人でいっぱいの駅舎で騒ぎを起こすのはリスクがありすぎると考えたのかもしれない、彼らは連行をあきらめた。

彼らは切符と身分証を押収し、戻ってくるまでその場から動くなと命令して姿を消した。そしてわたしはその場から動かなかった。しかしそのあと列車が入構し、彼らは戻ってこなかった。わたしはプラットホームへ行った。本格的な節電の時間帯で、寝台列車は暗闇のなか、プラットホームの端に停車していた。乗車できるのは発車直前になってからで、ドアはなお閉じられていた。二人の男は戻ってきて、あちらこちらへ歩き、数度はわたしのすぐそばを通り過ぎ、しかしそのあとは三度にわたり体当たりしてきて、わたしを地面に突き倒した。そのたびにわたしは泥まみれになり動揺しつつもすぐに起き上がり、何事もなかったかのように立ち上がった。列車を待つ乗客たちは、何事もなかったかのように傍観していた。ついに寝台列車の扉が開くと、わたしは行列のさなかに体をねじこんだ。二人の男も列車に乗りこんだ。わたしは車室に入ると、引きずり出されるようなことがあれば人目に立つように、服を半ばまで脱いでパジャマを羽織った。列車が動き出すとトイレに行って、アムネスティ・インターナショナルからの手紙を配管の裏に隠した。二人の男は廊下に立って、寝台列車の車掌と何やら話していた。わたしのベッドは下段だった。そちらのほうが捕えやすいからだろうとわたしは考えた。車掌はわたしの車室に来たときに切符と身分証を渡してきた。どこで手に入れたのか、二人の男は何を要求してきたのかとわたしは訊いた。「どの男性のことでしょう」と車掌は答えた、「ここに男性は何ダースとなくいますから」。

わたしは一晩じゅうまんじりともしなかった。乗車したのは軽率だったとも考えた、やつらは夜間にどこかの何もない雪原で、列車の下へわたしを投げこむかもしれない。窓の外が白んでくると、不安もおさまってきた。自殺を演出したければ暗闇を利用したはずだと考えたのだ。最初の乗客が目を覚ます前に、わたしはトイレに行き、隠した手紙を取り出した。それから服を着て、ベッドの端に座り、ブカレストへの入構を待った。わたしは何もなかったかのように列車を降りた。この件についても文書に記載はない。

尾行はほかの人たちにも影響を及ぼした。ある友人が最初に諜報機関にマークされるようになったのは、ブカレストのゲーテ・インスティトゥートでの『澱み』の朗読会に来たのがきっかけだった。その後、彼の人物情報が確認され、彼についての文書が作成され、以降、監視の対象となっていた。そのことは彼の文書には載っているが、わたしの文書では一言も触れられていない。

諜報機関はわたしたちの留守中、望むがままにやってきては姿を消した。わざと痕跡が残されていたこともしばしばだった、タバコの吸い殻、ベッドの上に置かれた壁掛けの絵画、位置を変えられた椅子。ひどく不気味な出来事が何週間も続いた。床に置かれたキツネの毛皮は、尾、両足、最後は頭部が、順々に切断され、胴部に添えられていた。心理テロだった、切断面は見えていなかった。掃除をしたときにはじめて、尻尾が切られ、胴部に添えられていることに気づいたのだった。そのときはまだ偶然だと思った。数週後、後足が切り取られているのを目にして、背筋がゾッとするようになった。ついに頭部も切り取られるまで、キツネの毛皮を確認することが、帰宅後、最初の仕事になった。何が起こっても不思議はなかった、住まいは私的空間ではなくなった。物を食べるたびに毒が盛られているのではと考えた。この住居侵入について、文書ではまったく触れられていない。

一九八六年の夏、作家のアンナ・ヨナスが、ティミショアラのわたしたちの家を訪れた。彼女および数人の作家が、一九八五年の一一月四日付のルーマニア作家連盟宛の手紙のなかで——

――この手紙はわたしの文書中にも出てくる――わたしの書籍市への、つまりはプロテスタント教会会議と出版社への旅行が許可されないことに抗議していたのだ。この訪問は、わたしの文書に正確に記録されていて、一九八六年八月一八日には、国境管理当局へ送られた「テレックス」で、出国時に彼らの荷物を「徹底的に」検査するよう、その結果を報告するよう指示されていた。この訪問についてはわたしの文書に記載されていた。ツァイト紙ジャーナリスト、ロルフ・ミヒャエーリスの訪問とは対照的に。彼は『澱み』が刊行されたあと、わたしをインタビューしようと考えたのである。彼は訪問を電報で予告し、わたしに家で会えるものと思いこんでいた。しかし電報は諜報機関に横取りされ、リヒャルト・ヴァーグナーとわたしは何も知らぬまま、数日間、田舎に住む彼の両親のもとへ出かけていた。二日続けて、彼は住居のベルを鳴らしたが無駄に終わった。二日めには、三人の男がダストシュートのなかに隠れていて、彼を情け容赦なく叩きのめした。両足の指の骨が折れていた。わたしたちの住まいは六階で、電気が止まっていてエレベーターは動かなかった。ロルフ・ミヒャエーリスは、四つ這いで真っ暗な階段を通りまで這いおりなければならなかった。西側からの横領信書の膨大な収集があるにもかかわらず、ミヒャエーリスからの電報は文書に含まれていない。文書にしたがう限り、この訪問はなかったことになる。つまりはこの空白もまた示しているのだ、諜報機関がその行為を文書からシステマティックに抹消し、文書閲覧により専任職員の罪が問われることがけっしてないよう配慮したことを。チャウシェスク体制崩壊後、秘密警察《セクリターテ》が犯行者なき抽象的怪物となるよう配慮したことを。

わたしの文書のなかにほかの奇妙な出来事への言及がないことについても、わたしはそう解釈している――

最初にドイツを訪れたとき、わたしはベルリンのエルネスト・ヴィヒナーの家に泊まった。彼は数日間の予定で、義理の両親のところへ出かけた。その翌日、玄関の呼び鈴が鳴った。わたしの前には機械工が立っていて、電話の修理を依頼されていると告げた。なにかしら腑に落ちず、わたしは本能的に正しい対応をし、男を追い払った。それでよかったのか確信があったわけではなかった。わたしは電話に歩み寄り、エルネスト・ヴィヒナーに連絡してみた。職人への依頼はしていなかった。およそ二時間後、わたしは外出した。「機械工」はなお建物前の車中にいた。

この最初の訪問に際し、出版社では二件の家宅侵入事件が話題にのぼった。一件は原稿審査顧問の女性の自宅、もう一件は出版社でのことだった。原稿審査顧問の家で盗まれたものは何もなかった。ただ部屋にあった原稿がことごとくひっかきまわされていた、しかし出版社の人たちは怪しむことはなかった。社まで侵入されたにもかかわらず彼らは無邪気で、泥棒は本当は下の歯科医院の金歯を狙っていたのが、階を間違ってしまったのだなどと言っていた。もしかすると彼らも無邪気だったわけではまったくなく、帰国後のルーマニアでわたしに日々何が起きうるかわかっていて、ともかく気疲れさせたくなかったのかもしれない。わたしの文書のなかには、出版社スタッフ全員が写った集合写真がある。これがあの家宅侵入のお土産ということかもしれない。

すでにベルリンで暮らしていた頃、憲法擁護庁に呼び出されたことがあった。わたしは見知らぬルーマニア人の写真を見せられた、秘密警察《セクリターテ》の諜報部員としてケーニヒスヴィンターで逮捕されたのだという。彼のメモ帳にはわたしの名前と住所が載っていた。この諜報部員には殺害任務を受けてドイツにきた嫌疑がかけられていた。

ロルフ・ミヒャエーリスはわたしたちを「守ろう」として、わたしたちの出国後になってから、自分に対する攻撃のことを書いた。文書からはそれが過ちであったことがわかる。沈黙ではなく西側での世論だけが、守ることができたのである。文書から実際にわかったのは、わたしに対して「BNDのためのスパイ活動」を理由にした、およそありえない刑事裁判が準備されていたことだった。わたしの本への反響およびドイツにおけるいくつかの文学賞のおかげで、計画は実行されず、わたしは逮捕を免れたのだった。

ロルフ・ミヒャエーリスは、訪問する前にわたしたちに電話することができなかった、なにしろわたしたちには電話がなかったのだ。ルーマニアでは電話が引けるまで何年も待たなくてはならなかった。ところがわたしたちは申請してもいないのに、一台提供を受けることになった。わたしたちはそれを断った、電話機はわたしたちの小さな住まいではこのうえなく実用的な盗聴ステーションとなるからだ。そういうわけで電話機のある友人の家で来客があると、きまって電話機がすぐに冷蔵庫に入れられ、レコードがかけられた。電話の設置拒否は役に立たなかった、手渡された文書の中身の半分は、わたしたちの住居内での盗聴記録だったのである。

リヒャルト・ヴァーグナーの文書には、一九八五年二月二〇日の「分析メモ」があり、そこからは、わたしたちのどちらもが家にいないのは何時なのかが、そして「同様に、住居において特殊装置設置が実行され、それによって作戦上有益なデータを獲得した」ことがわかる。盗聴装置設置図も彼の文書にある。わたしたちの下の階では天井に、わたしたちの家では床に穴が開けられていた。盗聴器はどちらの部屋でも棚の後ろだった。

盗聴記録はしばしば省略記号だらけだった、レコードの音楽が盗聴の邪魔になったせいだった。音楽を流したのは、諜報機関は指向性マイクを使っていると考えたからだった。話していることすべてが、寝室までもが盗聴されているとは、わたしたちは一度も考えたことがなかった。たしかに尋問では、尋問者が知りようのないはずの事柄にくりかえし出くわすことがあった。しかしながら、ルーマニアの貧しさと遅れようを目のあたりにしていたわたしたちは、秘密警察《セクリターテ》には現代的な盗聴技術は使えないと思いこんでいた。厳密に言えば、自分たちのことを、国家の敵であるにせよこうしたコストに見合う存在と考えていなかった。あらゆる不安にもかかわらず、わたしたちはなお無邪気なままだった、監視の度合いについて根本的に思い違いをしていたのだ。

一九八三年にわたしの文書が設置された頃、秘密警察《セクリターテ》は、わたしたちの住む一一階建て共同住宅全住民の職業、勤め先、政治上の信頼性を検証し、個人調書を作成していた——おそらくは隣人のなかからスパイを採用するためだろう。これまで一度も諜報機関の監視対象となっていなかった人たちには、「ネクノスクト（不明）」のスタンプが押されていた。

盗聴記録は日々報告されていた。盗聴された会話は要約されていて、「反国家的観点」において重要な箇所は言葉どおりに再現されていた。未知の訪問者には欄外に疑問符が付され、要身元調査と指示されていた。盗聴記録も不完全だった。

ローラント・キルシュはわたしたちにもっとも親しい友人の一人だった。彼はすぐ近所に住んでいて、毎日のようにわたしたちの家に来た。畜殺場の技師で、日常の悲哀を撮影し、細密画のような散文を書いていた。一九九六年にはドイツで彼の著作『月の猫の夢』が刊行された。それは遺稿から刊行されたものだった、というのも、彼は一九八九年五月に自宅で縊死している状態で発見されたのである。今日、隣人たちは報告している、彼の住まいで格闘があったにちがいない、彼の死んだ夜に何度か大声が聞こえたのだと。わたしも自殺は信じていない。ルーマニアでは埋葬前のさまざまな手続きには、何日も走り回らねばならないのが普通である。自殺の場合には当然、死体解剖がなされる。しかし、ローラント・キルシュの両親には必要書類すべてが一日のうちに手渡された。彼は異例の速さで検死抜きで地中に埋葬された。そして盗聴記録の分厚い束には、ただの一度もローラント・キルシュの訪問は出てこない。その名前は抹消され、その人物は存在しなかったことにされたのである。

## 友愛と背信のもつれ

わたしを責め苛むひとつの疑問に、文書はともかくも答えを出してくれた。出国から一年後、ジェニーがベルリンにやってきた。工場での誹謗中傷以来、彼女はもっとも近しい親友だった。解雇されてからも毎日のように会っていた——わたしは彼女を信頼していたのだ。それからしかし、ベルリンのわが家のキッチンで、彼女のパスポートを見ていてフランスとギリシャの滞在証まであるのが目に入ったとき、わたしは単刀直入にこう言った、「こんなパスポートはただでは手に入らない、こいつのために何をやった?」彼女は答えた、「諜報機関がわたしを送り出した、それにどうしてももう一度会いたかった」。ジェニーは癌を患っていた——亡くなってもうずいぶんになる。彼女は語った、わたしの住居、日々の習慣を克明に調査する任務を受けていると。わたしたちが何時に起き何時に眠るのか、どこで何を買っているのかを。しかし戻ったら申し合わせたことだけを報告する、とも約束した。彼女はわたしたちの家に住み、一か月滞在する予定だった。不信は日々つのっていった。数日後にはもう彼女のトランクをかき回し、ルーマニア大使館の電話番号とわたしたちの家の鍵のコピーを見つけた。以来、わたしのうちには疑念が生じた、彼女は最初からわたしに差し向けられていたのではないか、あれは任務ゆえの友情だったのではないかと。文書を見てわかったのだが、彼女は帰国後、**スルサ**（情報源）**サンダ**として、住居の見取り図と生活習慣を詳細に報告していた。

しかし一九八四年一二月二一日の盗聴記録には、ジェニーの名前の横に欄外メモでこう書かれていたのだ、「ジェニ（JENI）要身元確認、二人に深い信頼関係の可能性大」。わたしにとってとても大きなものだったこの友情はあのベルリン訪問で破壊された、重い癌を患っていた彼女は化学療法後に背信へ誘われた。合鍵を不正に作っていたことで、ジェニーが秘密裏に任務を遂行していたことは明白となった。わたしは彼女に、即座にわたしたちのベルリンの家を立ち去るよう求めるほかなかった。自分とリヒャルト・ヴァーグナーを彼女の任務から守るには、一番の友人を追い払うしかなかったのだ。この友愛と背信のもつれは耐え難いものだった。ジェニーもこのもつれにきっと苦しんだはずだ。わたしは彼女の訪問を頭のなかで千度も検証してみた、失われた友情を嘆き悲しんだ、わたしの出国後ジェニーがある秘密警察《セクリターテ》将校と関係すら持ったことを知り、信じ難い思いだった。今日ではわたしは喜ばしい気持ちでいる、なぜなら文書によって、たがいの好意はおのずから生じたもので諜報機関がお膳立てしたものではないこと、ジェニーがわたしをスパイするようになったのもわたしの出国後であることが明らかになったからだ。人はつつましくも、毒されたもののうちに汚染されていない部分を探す、たとえそれがほんのわずかでしかなくとも。文書がわたしたちの本当の感情を証明してくれたことは、今わたしを、ほとんど、幸福にしてくれる。

## 誹謗による習俗の拡大

『澱み』がドイツで刊行され最初の招待がきたとき、わたしは旅行することが許可されなかった。しかし文学賞授与のための招待がさらに届くと、秘密警察《セクリターテ》は戦略を変えた。

それまで失職していたわたしは一九八四年の夏の終わりに、予想に反して教師の職を与えられ、最初の出校日には、旅行に必要な校長からの推薦書も渡された。そして一九八四年一〇月、わたしは本当に旅行することができ、文学賞も授与されることができた。しかしこの旅行にこめられた意図は、わたしの文書からわかったことだが、狡猾なものだった――わたしはこれまでのように体制批判者である代わりに、学校教師のあいだでは政権からの受益者として、西側世界では密偵として、疑念を抱かれるよう仕組まれたのだった。

両者に関して、とりわけ「密偵」に関して、諜報機関はこれでもかというほど工作していた。スパイ要員が中傷の任務を受け、ドイツに向けて送り出されていた。一九八五年七月一日の対策プランでは満足げにこう確認されていた――「数度にわたる外国旅行の結果、ティミショアラのドイツ国立劇場の俳優たち数名のあいだでは、クリスティーナはルーマニア秘密警察《セクリターテ》の密偵であるとの見立てが広まっている。一時期、ティミショアラのドイツ劇場にいた西ドイツの演出家アレクサンダー・モンレアールは、ゲーテ・インスティトゥートのマルティナ・オルツィクに、またブカレストのドイツ大使館の職員に対し、この疑いをすでに表明した」。

一九八七年にわたしが出国した後は、「信用下落と孤立化」のための措置が激化した。一九八九年三月のある「分析メモ《ノタ・デ・アナリザ》」にはこうある、「信用下落作戦においてわれわれはD局（偽情報局《デスインフォルマツィオーン》）と共同作業を行ない、在ドイツ亡命者たちに由来するかに見せかけたいくつかの記事もしくは覚書を発表し、ドイツにおける影響力を有する複数のグループ、権威者に送付することとする」。この作戦のために予定されているスパイの一人が**ソリン**だ、それは「彼が、開始された活動に必要な文学的、ジャーナリズム的素養と関心の持ち主だからである」。一九八九年七月三日にI／A部局はブカレストの秘密警察本部《セクリターテ》に「報告書《ラポルト》」を送っている。ルーマニアの作家ダミアン・ウレチェは本部の指示を受け、リヒャルト・ヴァーグナーとわたしをスパイとして誹謗する一通の手紙を作成している。本部にはその手紙の認可願いが出されている。手紙はドイツを訪れる民族音楽アンサンブルのダンサーの手で、ラジオ・フリー・ヨーロッパとARD［ドイツ第一国営放送］に届けられる手筈となっている。

中傷措置にとってのドイツでの最重要「パートナー」はバナート・シュヴァーベン同郷人会だった。一九八五年にはすでに秘密警察《セクリターテ》は満足感をこめ、以下のように確認している。

「ドイツにおけるバナート同郷人会指導部は、この本（『澱み』）に対して、ドイツから来たルーマニア大使館代表と共同で、否定的なコメントを出した。」これは恥知らずな仕打ちである。『澱み』の刊行以来、同郷人会は機関紙『バナート通信』でわたしに対する誹謗キャンペーンを展開してきた。「糞尿言語、小便散文、身内攻撃者、党属売春婦」が、彼らの自家製「文芸批評」お決まりの見解だった。その主張によれば、わたしはスパイであり、『澱み』は秘密警察《セクリターテ》の委託を受けて書かれたことにすらなっていた。

同郷人雑誌のひとつ『ドナウ・シュヴァーベン人』においても、一九八四年のクリスマス号で人身攻撃が続けられた。『澱み』におけるわたしの表現方法は「比類なく下品」であり、わたし自身は「病んでいる」とされていた。さらに加えて「ブカレストの党中央委員会のプロパガンダ部局および他部門にとってのもっとも価値ある協力者」だと。記事は恥知らずな復讐妄想で締め括られていた。「各人にふさわしきものを！」――ブッヘンヴァルト強制収容所の門扉に掲げられたスローガンの引用である。

わたしが工場のコンクリート階段に座っているあいだに、同郷人会はどうやらチャウシェスク独裁政権の大使館員と親密な会合を持ったようだった。わたしのほうはこの大使館に足を踏み入れる勇気はなかった、ふたたびそこから出られるかわからなかったからである。チャウシェスク政権外交官とのこのつながりを考えれば、同郷人会が長年にわたって独裁に対し、一語たりとも批判的発言をしていないのも驚くには当たらない。同郷人会は政権と結託してドイツ系ルーマニア人の在庫一掃セールを進めていて、ドイツ連邦共和国が支払っていた移住者一人当たり最高一万二千マルクの割当金は、会にとって邪魔になるものではなかった。この人身売買が独裁政権にとって少なからぬ外貨獲得の源泉となっていることも妨げにはならなかった。これと同様の政権との協調体制で、彼らはわたしへの憎悪を広め、誹謗活動に取り組んでいた。わたしは主たる敵にまつりあげられ、恒久的な攻撃目標として同郷人会のアイデンティティを支える役割を果たしていた。わたしを誹謗した者は郷土愛を証明したことになった。同郷人会はわたしを誹謗することを通じて、その習俗の育成活動を拡大した。さあわたしを攻撃しようとなると、彼らの頭には「スパイ」という表現が浮かぶらしかった。わたしについての文書にはこうある、「バナート・シュヴァーベン人の印象を悪化させた著作ゆえに」、ルーマニア国外に在住する地域出身の人びとは、わたしを「孤立させ、誹謗している」。そして「この活動にはわれわれの機関も、外国において用いうる手段を駆使しつつ、ともに参与している」。

おそらくこの「外国において用いうる手段」のひとつが、南ドイツでの朗読会に来た雇われ妨害者たちだった。そのとき会場には、開催者がほかのいかなる朗読会でも見たことのないような「同郷人たち」の一隊が陣どっていた。彼らは足で床を踏み鳴らし、某ページのあの不潔不道徳な箇所を読めと罵声を浴びせた。会場を出ていくようくりかえし要求されても無視だった。彼らの目的は達成された、朗読会は中止を余儀なくされたのだった。

わたしについての記録文書にはこうも書いてあった、「評判を貶める資料は、ホルスト・ファッセルの研究所にも届け、拡散するように依頼すること」。

当時、ホルスト・ファッセルが所長であったテューービンゲンのドナウ・シュヴァーベン研究所のことである。彼はそれ以前、一九八〇年代には「バナート・ポスト」紙の編集人をしていた。

エルネスト・ヴィヒナーはルーマニアの記録文書官庁でファッセルの文書、「ファイルSIE 47310」を閲覧した、そこでわかったのは情報提供者**フィリップ**が一九七七年以降、秘密警察《セクリターテ》のために活動してきたことだった。一九八二年にはドイツ連邦共和国での「対外特別任務」に備え、外国担当部による訓練を受けている。一九八三年には「同郷人会内部での諸関係にルーマニアの利益となる影響を及ぼす」べく、ドイツにやってくる。この文書には一度、仮名フィリップの代わりに、密偵の実名も明記されている、「ホルスト・ファッセル」と。彼は一九八六年『バナート通信』に書いている、「ヘルタ・ミュラーのあらゆるテクストから感じとれるみすぼらしさは、一九二〇年代のアスファルト文学を先駆者とするものである」。「アスファルト文学」とは、一九三三年に焚書となった本にナチズムを信奉する学生が投げつけた蔑称のひとつである。今日にいたるまでファッセルはこの**フィリップ**であることを否認している、誕生日から両親と妻の名前にいたるまで一致しているにもかかわらず。

　報告のなかでスパイたちは、ありもしない在ドイツ同郷人会の意義を、言葉巧みにルーマニア秘密警察に信じこませようとしていた。空間的な隔たりにもかかわらず、どうやらそこには、東ドイツ国家保安局《シュタージ》「非公式協力者」の指揮官《オフィツィア》に対する関係として知られているものと同様の依存関係、すなわち、熱心に働かなくてはという重圧、見捨てられて西側で正体を暴かれてしまうのではという不安があるようだった。

　もっとも熱心だった情報提供者の一人が**ソリン**で、彼はすでに一九八三年にはティミショアラの作家グループを密かに調査していた。亡くなった父親の文書を閲覧したある知人は、どの報告においてもスパイ名に付されている暗号化された記号をもとに、ソリンがすでに一九八二年の段階で三八の報告を提出していたことを確認した。三〇以上のスパイ名が出てくるわたしの文書においても、ソリンは主要人物の一人だった。一九八六年一一月三〇日の対策プランにも、わたしが近々に何を企図しているか、ルーマニアおよび外国でどんな交友関係を築いているかを探る任務が、ソリンに課されているとはっきり書かれている。一度、ブカレストの新聞「新しい道《ノイアー・ヴェーク》」の文芸欄編集長が、ヴァルター・コンシツキーを伴って、ティミショアラにいるわたしたちを訪れたことがある。わたしをいつも尋問していたパドゥラリュ中佐がその日の盗聴記録に、この訪問者の素性として欄外にメモした名前が、「ソリン」である。

ほかのもろもろのスパイ同様、ヴァルター・コンシツキーも独裁下にあって定期的にルーマニアとドイツのあいだを行き来しており、チャウシェスク政権崩壊直前にルーマニアからドイツへ移住すると、その後は一九九二年から九八年までバナート同郷人会の文化担当部に勤めている。それ以降は――ミュンヘン本部のこのポストが廃止されたために――名誉職の形で職務をこなしている。

身内にスパイがいることを、同郷人会はまったく意に介さなかった。一九五〇年の設立以来、会は吹奏音楽、民族衣装での祝祭、こぎれいな農家、木彫りを施した門などで頭のなかの故郷を創りあげた。ヒトラーの独裁、チャウシェスクの独裁はどんどん薄められ、見えなくなっていった。同郷人会創始メンバーにはバナートにおけるナチズム民族集団の幹部たちが名を連ねているのである。

この頭のなかの故郷はドイツでの世論に、おしなべて無力で迫害されたルーマニアにおけるドイツ人マイノリティのイメージを植えつけた。しかし真実は異なる様相を呈している。割合からすれば、ルーマニア人とまったく変わらぬだけのドイツ人が体制の恩恵を受けている。ドイツ人幹部、社長、校長も現にいる。エーリヒ・プファフは、わたし以前の時代もわたしがいた時代もわたしが去ったあとも、みずからドイツに移住するまでずっと、ティミショアラのドイツ・レーナウ・ギムナジウムの校長だった。彼は今日にいたるまで偉大なるマイノリティ文化の保証人として賞賛されている。わたしが卒業して七年後、彼は当時生徒だったヘルムート・フラウエンドルファーを校長室に呼びつけた。それは卒業直前の時期であり――そして校長室にいたのは校長一人ではなかった。そこには秘密警察《セクリターテ》の指揮官《オフィツィア》がいた。一九歳の生徒は脅迫された、言われたことをやらなければ試験に受かることはないだろうと。彼の眼前には一枚の白紙が差し出された。怯えきった生徒は口述されるままを筆記した――それは非公式情報提供者となる誓約だった。生徒として彼は校長室に入り、スパイとしてそこを出たのである。秘密警察との次の会合がすぐに知らされた。彼の任務は、「バナート活動グループ」の作家たちを探ることだった。彼は家に帰る代わりに、わたしたちのところへやってきて、何が起こったかを語った。わたしたちは次の会合に行かぬよう彼に忠告した。かくして彼にも尋問が始まった。いまや彼はわたしたちの仲間だった。フラウエンドルファーは尊敬すべき校長先生が在任期間にこの課題を割り当てた、ただ一人の生徒ではないだろう。

同郷人会は今日にいたるまで、会内部での秘密警察《セクリターテ》の影響について、時効であるとして調査を拒んでいる。秘密警察《セクリターテ》同様、時が痕跡を消し去ってくれることを望んでいるのだ。ドイツにおけるこの会の政治的重みを考えるなら、これは受け入れ難い話である。加入者はドイツに移住したバナート・シュヴァーベン人の一〇パーセントにも満たない、にもかかわらず同郷人会は長年にわたり、放送協会や各種文化機関に代表者を送りこんできた。

わたしがドイツに来てからもジャーナリストらは、ドイツ人マイノリティと独裁を扱った出演番組の放映が、同郷人会の介入によりさまざまな困難に直面したことを伝えてきた。加えてこの会は長年にわたって、ルーマニアからの出国申請の認可窓口のひとつとなってきた。バナート低地に縛られぬスタンスで評論を書いている文芸批評家エメーリヒ・ライヒラートの出国申請を、同郷人会は妨害しようとした。わたしもまた出国前にドイツの「同郷人たち」から何通も手紙をもらったが、そこには「あなたはドイツでは歓迎されていない」と書かれていた。ニュルンベルクの一時滞在施設では、同郷人会事務所は連邦情報局事務所のすぐ隣にあった。わたしたちは回覧書類を携えて一日じゅう、一方の事務所からもう一方の事務所へ、一方の公印からもう一方の公印へ、たらい回しされるほかなかった。事務所の壁のそこここには一九四五年以前の国境が引かれたドイツ帝国地図が掛かっていた。そしてドアのそこここには「ドイツゴ、ワカリマセン」のメモが貼られていた。

同郷人会の印は、入国手続きを進めるために不可欠なものだった。彼らは氷のような言葉でわたしを迎えた、「ドイツの空気が合わないようですな」。夜間、トラクターに繋いだ無蓋トレーラーで国境まで運ばれ、わたしはひどい風邪をひいていたのである。二月のことだった。隣接したドアの向こうでの連邦情報局の対応は、さらにすげないものだった。今では、その理由はわかっている。秘密警察《セクリターテ》の誹謗計画が功を奏したのである、「向こうの諜報機関と関係しましたか？」――「向こうはわたしと関係しました、そこが大きな違いです」とのわたしの返事を役人は受けつけようとしなかった。「違いを判断するのはこちらの仕事です、つまるところ、私はそれで給料をもらっているのですから」と彼は言った。そして「何か任務があるのなら、いまここで言っても間に合いますよ」と付け加えた。ほかの人たちが数分で許可印をもらって事務所を出ていったのに対し、リヒャルト・ヴァーグナーとわたしは数日にわたっていっしょに、また個別に尋問を受けた。母が機械的に国籍取得証明書を手にしたのに対し、リヒャルト・ヴァーグナーとわたしは数か月間にわたって、「綿密な調査が必要」であると言われつづけた。わたしはグロテスクな状況に陥っていた。一方で憲法擁護庁は秘密警察《セクリターテ》の脅威について警告し、わたしに指示を与えていた。曰く、一階には住まないこと、旅行時に贈物は受け取らぬこと、煙草ケースを机に置きっぱなしにしないこと、けっして見知らぬ人間といっしょに住居に入らぬこと、威嚇用の偽物の拳銃を購入すること。その一方で、スパイ容疑のせいで、わたしの国籍取得は進まなかったのである。

わたしが出国する数週前、朝早くに母は村の警察官から呼び出しを受けた。警官の怒った声と、わたしの名前が何度か出てきたことで、母はそれが脅迫であると理解した。母は内容が理解できるほど、ルーマニア語はできなかったのだ。それから警官は部屋を出て行き、外から鍵をかけた。晩遅くになるまで一日じゅう、母は部屋に閉じこめられたままだった。数時間経ったあと、母は時間を潰すために、部屋の隅にあった水の入ったバケツと布巾代わりのハンカチを手に取った。最初は埃を拭い、それから部屋を掃除した。「外にまた出してもらえたとき、警官はなんて言った?」とわたしは訊ねた。母は言った、「何も。あいつは何も気がつかなかった、いまや部屋じゅうがピカピカになったことも」。

母を丸一日、部屋に閉じこめたのはおそらく、村の警官の思いつきなどではなくて、街から届いた秘密警察の命令にちがいなかった。目的は、母に思い知らせることだった、もしいっしょに出国しなければ何が起こるかを。親族という理由でわたしの「反抗的態度」の償いをさせられるだろうことを。母は六二歳で出国に不安を抱いていた、さしあたっては残りたいと考えていた、場合によってはあとから行こうと。しかし秘密警察は、わたしに関わるものすべてが国から消え去ることを望んでいた。わたしの出国に、母もともに詰めこもうとしたのである。そしていまや母も望んでいた、先方が望むこと、つまりはすぐさま出てゆくことを。母は二週間で家財一式を捨て値で売った、家を「掃き清め」、ほんの名ばかりの、母に言わせれば「垣根半分も買えぬ」値段で国家に委ねた。母は家族連帯責任を恐れるあまり、取るものも取りあえず出国へ身を投じたのだった。

バナート同郷人会も共同連帯を利用した。一九八九年になり、母はもう二年をベルリンで過ごしていた、あまりに大きな郷愁を日々胸に抱えつつ。そんなとき母はニュルンベルクに住むかつての隣人から、国外移住したニツキードルフの住民たちが「故郷の日」にアウグスブルクで集うという知らせをもらった。母はその地に向かった。主賓はクラウス・レンツで、当時は同郷人会のスポークスマンだった。彼は舞台にのぼると、故郷と再会について語る代わりに、母に向かって牙をむいた、あんな娘を持つなど恥さらしだと罵声を浴びせた。母は泣きながら会場をあとにした、かつての友人や隣人たちと言葉ひとつ交わす間もなく。

わたしは自問する、なぜ情報保安局はわたしを疑ったのだろう、その一方で、同郷人会や移民のなかの多数のスパイについては尻尾をつかむことなく。思うに情報保安局の人間たちもまた、同郷人会の耳打ちを信用していたのである。それゆえドイツは今日、秘密警察《セクリターテ》のスパイにとって居心地のいい保護区となっている。「バナート作家グループ」の文書を比較検討すれば、**ソリン**、**ヴォイク**、**グルヤ**、**マリン**、**ワルテル**、**マテイ**などなど、多数のスパイの正体を突きとめることができるだろう。彼らは教師、教授、役人、ジャーナリスト、俳優、作家であり、いまでは平穏に年金生活を送っている。

彼らを煩わせる人間はどこにもいない。壁の崩壊以降に続いた東ドイツ国家保安局《シュタージ》をめぐる論争も、彼らには痛くも痒くもない。たしかにみなドイツ国民ではあるけれど、ドイツの役所にはとうてい看破できない輩たちなのだ。彼らのスパイ活動は、この国では治外法権だ。再統一後の東ドイツ国家保安局《シュタージ》のスパイとちがい、秘密警察《セクリターテ》のスパイから指揮官《オフィツィア》たちは消えていない。彼らは今も新たなルーマニアの諜報機関に座を占めている。

馬鹿騒ぎと場末じみたギャグで大衆を楽しませ、「ヨーゼフシュタットのフランツル」だの「ブユー」だのと愛称で呼ばれている俳優のアレクサンダー・テルノヴィッツも、今日、文書が明らかにするところでは、かつてははるかに真面目な仕事に従事していた。マテイという名で、長年、秘密警察《セクリターテ》のためのスパイ活動に勤しんでいたのである。チャウシェスク政権崩壊ののち、彼はティミショアラの名誉市民として顕彰された。ルーマニアにおける「名誉」とはおよそ奇妙な代物で、磨き上げられ陰惨な輝きを放っている。なにしろ二〇〇四年には、新たなルーマニアの民主主義体制において、あのスパイのソリンたるホルスト・ファッセルも、当時のイオン・イリエスク大統領から「文化勲章《オルディヌル・メントゥル・クルトゥラル》」を授与され、「将校《オフィツィア》」の称号に飾られたのである。自由なルーマニアの人びとは、秘密警察《セクリターテ》のスパイを顕彰すべくフランスの「レジョン・ドヌール」勲章の模造品を作っておきながら、恥じ入る様子はいっこうにない。

ドイツにおいてはどうだろう。ドイツ連邦議会はあの同郷人会の仕事を、独裁時代に財政支援し、独裁時代以降も支援している。同郷人会員のルーマニア独裁制との関わりを調査すべしという声を、わたしは寡聞にしていまだかつて聞いたことがない。

一九八九年にチャウシェスク政権が打倒されたとき、わたしは考えた、これでわたしに対する誹謗キャンペーンもようやく過去の話になると。しかしそれは変わることなく続いた。一九九一年にヴィラ・マッシーモの奨学生としてローマに滞在しているときにすら、わたしは匿名の脅迫電話を受けた。そして秘密警察《セクリターテ》の手紙を用いたキャンペーンはどうやら独自の生を送りはじめたようだ。二〇〇四年にコンラート・アデナウアー財団文学賞がわたしに与えられたとき、いつもの誹謗文書が山なして送られてきたのは財団だけではなかった。その活動はこの時期には極端なまでに活発となり、ドイツ連邦議会議長も、当時大臣だったエルヴィン・トイフェルも、審査委員長のビルギット・レルメンも、祝辞を述べたヨアヒム・ガウクもいずれも、わたしを密偵でルーマニア共産党員で身内誹謗者だと貶める手紙を受け取ったのである。〇時一五分前にビルギット・レルメンの家で電話が鳴り、深夜ちょうどに財団理事長ベルンハルト・フォーゲルの家で電話が鳴り、〇時一五分にヨアヒム・ガウクの家で電話が鳴った。ホルスト・ヴェッセルの歌を背景に、罵詈雑言と威嚇恫喝が連ねられた。電話は警察が逆探知で犯人を突きとめるまで、夜じゅう鳴りやむことはなかった。

## 独自の道をゆく、まがいもの

わたしについての文書のなかでは、わたしは二人の異なる人物だ。一方は**クリスティーナ**という名前で、国家の敵で攻撃対象だ。この**クリスティーナ**を貶めるため、D局（偽情報局《デスインフォルマツィオーン》）の偽造工房では、最大限貶めうる属性を備えた、まがいもののクリスティーナがでっちあげられた、曰く、体制に忠実な共産主義者、厚顔無恥な密偵、そして党員——多くの同郷人会幹部とはちがい、わたしがこれになったことは一度たりともない。

わたしはどこへ行こうと、このまがいものとともに生きることを強いられた。それはあとから送りこまれただけでなく、わたしに先回りをしていることもあった。わたしは最初から、つねにひたすら、独裁に抗して書いていたにもかかわらず、このまがいものは今日にいたるまで独自の道を歩みつづけている。それは自立してしまったのである。独裁が過去のものとなって二〇年が経つが、このまがいものはなお鬼火のようにチラチラと見え隠れする。いったい、いつまで続くのだろう？

# ラレレ、ラレレ、ラレレ、
## あるいは生は美しいのかもしれない、無に等しいほどに

秘密警察のスパイとなることを拒んで以降、嫌がらせは耐え難いものとなっていました――彼らはわたしがもうもたなくなって、みずから工場を去ることを望んでいました。「テフノメタル」という名のトラクター工場でした。毎朝――月曜から土曜まで――七時半には工場長のオフィスに顔を出さなければなりませんでした。そして開口一番、二言三言ごとに――十数回にもわたって――くりかえされる問いは、毎朝、月曜から土曜までいつもおなじでした。

で、次の勤め先は見つかったかね?

わたしはわたしで月曜から土曜まで、十数回にわたって、いつもおなじ答えを返しました――この工場が好きなんです、ここで定年まで働きたいんです。

がんとして譲ろうとしない挑発的態度でした――いわゆる、敢然と立ち向かう、というやつ

です。しかしそれでは、敵の手中に落ちている状況にはありえない、大胆不敵な行為に聞こえてしまいます。工場では一日じゅう、何でもないかのように振る舞っていました。しかし、家路につくときは女友達と歩いて帰りました。路面電車では人に見られずに泣くことができなかったからです。工場長との朝の会話は、相も変わらぬ例の質問のほかはひたすら罵りでした。そして罵りは変化しつづけました――怒り狂っているときは軽蔑的なときとはちがう、恐喝的なときは同情的なときとは異なる語調でした。こうしたことすべては辛いばかりで、興味をひかれたりはしませんでした。

興味を唆られたのは別のこと、工場長のシャツの色でした。色は曜日に応じて決まっていました。月曜は明るい緑、火曜は明るい青、水曜はベージュ、木曜はオレンジ、金曜はピンク、土曜は――わたしたちは土曜も働いていました――淡紫。いつもではありませんが、わたしたちは日曜もよく働いていて、そんなときは白でした。どのシャツにも胸ポケットに黒の、絹糸で刺繡された指の爪ほどの大きさのチューリップがついていました。わたしはシャツの色を気にとめるようになりました。数週間にわたって色の順番は、会話同様に、変わりませんでした。会話の中身に頭をめぐらせる意味はありませんでした、彼は独断専横、私は侮辱に対する反抗、ほかに内容はなかったからです。このチューリップシャツのメドレー曲で秘密めいていたのは、色の順番でした。それはこんな質問を投げかけてきました、彼の家でシャツはどのように整理されているのか。

誰がどんなルールにしたがって整理しているのか。

それぞれの日が主役で色が添えものなのか、それとも色が主役で日々は添えものなのか。

いつからこの順番で着ているのか。工場長になって以後か、それとも以前からか。

順序は心理的基準にしたがって計画されたのか、それとも純粋に偶然から生じたのか、見通しがきくとか、のみならず安くつくとわかったとか。

彼の脳髄のなかには、党綱領という俗世の盲信のほかに、シャツの色によって幸運をつかむという超越的な迷信があったのか。

誰も答えてはくれない問いばかりでした。チューリップシャツは生きられた狂気、つまりは実践された文学でした。それゆえこれらの質問に答えられたのも文学だけでした。むろん明示的にではありませんが——わたしが読んで感じとった——暗示的な形で。書物がそれらのチューリップシャツをまったく知らないということ、そしてなぜほかならぬ書物がそれらの問いに答えてくれたのかわからないということ、そのことで、わたし自身どう言語化してよいかわからぬこの答えが無効になるようなことはありませんでした。

わたしが読んだものは、どの教科書にも出てこない、ドイツ文学研究にも出てこない、図書館にも置いていない書物でした。それらは禁書になってすらいませんでした、そもそも存在しないことになっていたのですから。一部の本はブカレストのゲーテ・インスティトゥートから、一部は秘密のルートで友人たちから、「バナート活動グループ」の若い文学者からもたらされました。彼らはわたしが知り合ったとき、みな、すでに国家の敵でした。わたしはくりかえしこう考えたものです。国家はまさにわたしが好いているところゆえに、この人たちを迫害するのだと。彼らはわたしに書物をくれました、詩、散文、戯曲、エッセイ。ブレヒト、ツェラン、ヤンドル、パスティオール、フューマン、ソルジェニーチン、マンデリシュターム、アフマートワ、ブロツキー、ダニール・チャームス、マリールイーゼ・フライサー、テオドール・クラーマー、トーマス・ベルンハルト、ハントケ、ヨンケ、ウーヴェ・ヨーンゾーンなどなど。そしてまた、独裁のメカニズムについての基礎文献も——クレンペラーの『第三帝国の言語』、コゴンの『SS国家』、カネッティの『群衆と権力』。

『群衆と権力』に関しては奇妙な事態が生じました。「権力」の観察においてカネッティは権力を描いていました。しかし「群衆」の観察においても、群衆ではなく権力を描いていたのです。彼は強制下で寄せ集められた熱狂した群衆に目を向けていませんでした——そして社会主義体制においてはそれ以外に群衆はいなかったのです。わたしがこの本を読んだ状況下にあって、カネッティのいう群衆は想像上のものでしかありませんでした。それは抗議行動としておのずと形成される群衆のことでした。しかし、わたしたちの周りには東欧のどこであろうと、国家の命令で歓声をあげる群衆がいるばかりでした。これをカネッティはまったく考察していませんでした、しかしながら、彼の本は意図せずして、全体主義体制が群衆を異常化し、かつての目的を奪い去り、大声でわめく怪物に飼い慣らしてしまったことを証明していました。強制された群衆は、何十年にもわたり、独裁者たちや政界の廷臣たちの演壇ことごとくの前で、それ自身の否定を実演していました。群衆の大きさは権力の誇大妄想を一対一で映し出していました。群衆は権力の飾りものと化していたのです。

時を経るなかでわたしは三種類の読みものを読みました――教科書と大学での勉強で強いられたもの、これはわたし個人にとって何の意味も持ちえませんでした。強いられたということだけで、わたしはこれに抵抗しました。息つくために入手したのは、存在しないはずのもの、禁じられたものでした。今日考えてみれば、大きな迂回路を経由することだってできたのかもしれません、ゲーテやシラーのバラードやハインリヒ・ハイネの詩から、自分自身に戻ってくるような迂回路を。しかしそうした百年以上の隔たりを越える迂回路は変身を必要とします。そのためには自分を思いのままに扱えることが、頭のなかの自由な空間が必要です。それがわたしにはありませんでした。わたしは手に取れる形で欲しかったのです、自分が生きている時代の眼をのぞきこむような本が。誤解の余地なく一対一対応でというのではなく、暗黙のうちにのぞきこんでいるような書物が。わたしはもろもろの不安に追い立てられるようにして読みました――そこでは生の不安と死の不安がないまぜになっていました。外出中は、諜報機関が住居に出入りしていました。気づかせようとするときには、椅子の位置が変えられていました。ものを食べるときには、毒が盛られているのではと考えました。晩方遅く、階段室でエレベーターがギーっと鳴ると、自分が住む六階に止まるのでは、ドアの前で足音がするのでは、と聞き耳を立てました。今連行するのではなく、明日になって昼日中に来るのではないかと。それならさほど悪くはありません、尋問に呼び出されるだけでひとりで公園を抜けて歩いて行くことができます。道すがら歩調に合わせ、不安へむけて詩を読むことだってできます。そして、ありがたいことにエレベーターが停止しなければ、住居にとどまり本を読んでいることができました。それは手から口へのその日暮らしの読書で、わたしは文を食べるように読んでいました――それは不安に食べさせる餌でした。そんな読み方では、教養は得られません、教養とは積み上がっていくもので、あるものが次のものと結びつていく貯蔵庫なのですから。わたしの読書は追い立てられていました、貯め込みと飛び去りからなる混乱でした。次の本を読むとき、前の本はもう頭のなかでも心のなかでも、跡形もなく食い尽くされていました。文学外の理由からわたしは読んでいたのです。読んでいるあいだは、どう生きていけばよいのか、ほんの少しはわかっていました。でも少し経つともうわからなくなっていました。次の本にたどりついたときには、とうにまたゼロになっていました。わたしの教養はなんの役にも立たず、ゼロからゼロへゆくための松葉杖でした。本の内容はたいていは忘れてしまいました。残っていたのは——そもそもあるとすれば——テクストの濃密さを前にしての無防備状態だけで、それは言葉とはちがう形でわたしと対話します。生はどう進みゆくのか、読むとは、書くとはどう進みゆくのかを、学ぶこともありませんでした。わたしの場合、「読む（Lesen）」の代わりに「生きる（Leben）」と言ってもよかった、ほんの一文字のちがいです。「叫ぶ（Schreien）」に一文字加えれば「書く（Schreiben）」になるのとおなじです。

教科書にはハインリヒ・ハイネの「ローレライ」が載っていました。ライン川と岩の上の人魚はわたしからはかけ離れた存在でした。それにユダヤ人ハイネの生の複雑な事情については一言も書かれていませんでした、書けば当然、亡命と反ユダヤ主義に触れないわけにはいかないからです。それはルーマニアでは十分過ぎるほどありました。それだけではなく、ルーマニアにおける歴史の歪曲の話になることも避けられなかったでしょう、ゲットーがあり、組織的迫害《ポグロム》があり、ルーマニア運営下のトランスニストリア強制収容所があった、かつてのファシズム国家、ナチ・ドイツ同盟国ルーマニアの話に。そして「亡命」はともかくも授業では触れえない言葉でした、なにしろ何千人ものルーマニア人が亡命し、作家も次々と亡命しつつあったのです。それに「ローレライ」となると「逃亡」がテーマになりかねませんでした。ともかくも淡々と話を進め、難所を避けることだけに意が注がれていました。

今日読むと、これは逃亡しようとして死んだ者を悼む言葉です。ライン川はドナウ川であり、乙女の光り輝く飾りは逃亡への誘いです。逃げる、ともかく逃げる——たとえ何が起ころうとも。逃亡の試みは、たいてい命であがなわれました。船乗りたちは「夕べの陽光に照り映え」るドナウ川上の逃亡者です。しかしドナウ川では逃亡者は、夕映えのなかでも夜陰のなかでも船で追われ、サーチライトに照らされスクリューの「金の櫛」で切り刻まれました。緑に覆われた国境では、撃ち殺され、犬どもに引き裂かれました。ローレライはルーマニア語では、果てのない匿名の墓地なのです。今日にいたるまで、逃亡を試みて死んだ者の数についての統計はありません、このテーマについての議論すらないのです。

どうしてなんだろう
こんなに悲しいのは
古よりの言い伝えが
どうにも心を離れない

大気は冷たくあたりは暗く
ラインはゆったり流れゆく

山の頂がきらめいている
夕べの陽光《ひかり》に照り映えて

世にも美しい乙女がたかみに
えもいわれぬ姿で坐している
金の飾りをかがやかせ
金の御髪をくしけずる

乙女は金の櫛で
くしけずりつつ唄う
それは世にも不思議な
まれな力をもつ調べ

耳にした小舟の船乗りは
激しい心痛にとらえられ
そびえたつ岩肌も目に入らず

ひたすら上を見あげるばかり
ついには波が船乗りも小舟も
呑みこんでしまうことだろう
すべては歌声ひびかせる
あのローレライのしわざ

逃亡死者たちへの哀歌『ローレライ』にふさわしいのはふたたび、記憶の歪みのなかでは、工場長のチューリップのシャツたちです。チューリップだけを取り上げましょう――ルーマニア語でそれは**ラレレ**というのです、ラリってしまいそうな言葉です。わたしたちはこの**ラレレ**という言葉で、友達といっしょに一週間はふざけていられました、この言葉の内包する落差をいろいろ試してみては、不安を嘲笑へ昇華することができました。こうした**ラレレ**のような言葉は、必要とあらば、まさに逆のことを言うのにふさわしい。三度続けて口にするや、もう死者への嘆きのように響くのです。ルーマニアにはこんな流行歌があります――

ラレレ　ラレレ　ラレレ

フルモアセレ　メレ　ラレレ

ルーマニア語を解しない者には、オスカー・パスティオールの詩行にも見えるかもしれません。しかし、その意味するところはこのうえなく単純です――チューリップ《トゥルペン》、チューリップ《トゥルペン》、チューリップ《トゥルペン》／わたしの美しいチューリップたち《マイネ・シェーネン・トゥルペン》。ドイツ語にすると嘆きの響きは台無しです。チューリップ《トゥルペン》は負債《シュルデン》のように響きます。そうなるとふたたびお金が絡んできます、必要なのに持っていないお金。それに負債《シュルデン》は罪《シュルト》の複数形ではありません、複数形を持たない単語なのです。

ある午後のこと、友人のローラント・キルシュが――彼は二年後、自宅で首を吊った状態で発見されるのですが――そう、ある午後のこと、二分と離れていないところに住んでいて屠殺場の技師をしていたローラント・キルシュが――それはわたしが出国する少し前のことだったのですが――ある午後のこと、そのローラント・キルシュが、よくそうしていたように、自宅に帰る前に、わたしの家へ立ち寄りました、無数の屠殺で流れた血への嘔吐感をわずかなりとも忘れるためでした。わたしたちはコーヒーを飲み、彼はスプーンで砂糖を混ぜ、言いました、「ラレレ、ラレレ、ラレレ、生は美しいのかもしれない、無に等しい《ヴィー・ニヒツ》ほどに」わたしは訊ねました「他に無いほどに?《ヴィー・ニヒツ・アンデレス》」彼は言いました「無に等しい《ヴィー・ニヒツ》ほどに」。

# 図体はこんなに大きく、モーターはこんなに小さい

「壁には写真がたくさんかかり、壁面が見えないほどだった。その一枚に花婿姿の父がいた。胸は半分だけ見えていた。残り半分は、母が抱えた白い傷んだ花束だった。二人の顔は耳たぶが触れるほど近かった。別の一枚での父は塀の前で直立不動だった。長靴の下は雪だった。雪は真っ白でまるで虚空に立っていた。手が敬礼のため頭上に掲げられていた。上着の襟にはルーネ文字が見えた。隣の写真で父はトラック運転席に座っていた。荷台には牛が積まれていた。父は毎週、街の屠殺場へ牛を運んでいた。[1]」

体験したことは時のなかで消え、文学のなかでまた浮かび上がります。とはいえ体験に逐次対応する形で書いたことはありません、迂回路を必ず経由します。そうする以上、非現実に虚構されたことが現実に生じたことを言いあてているか、チェックする必要がいつもありました。

父が死んだあとで、わたしは書きはじめました。けれどもそれは死が完了してからではなく、時間的には短い、しかし体験においては望みがないがゆえに無限に長い、苛酷な病に付き添ったあとのことでした。そしてこの病が身体を蝕んだあげく、頭部が鳥の頭ほどに小さくなり、鼻が嘴のように大きくなり、首が蝋燭のように細くなったとき――そのときベッドに横たわっていたものは、なお同じ人間のままでありながら、同時に物体でしかなくなっていました、生気がとうに身体から失せていたからでした。外は二月で、宙を舞うものがありました。死んだばかりのものを院内に残して出ると、通りではハンカチ大の切れはしがばさばさと――と言うほかありません、ひらひらするのは小さな雪ひらです――降りはじめました。この雪にわたしは吐き気を覚えました、このハンカチばさばさには眩暈がしました、わたしはひたすら地面ばかりを見つめ、足先の靴を見ながらも足なしで、そう、まるで眼が靴を履いているみたいに歩んでいきました。雪降りしきるなかでわかったのは、この死の日が、わたしの子ども時代を投げ散らしているということでした。それは恐ろしい光景でしたが、人知を超えたことなどではなく、誤解の余地のないことでした。それはごく冷静に見ていられることで、天候がこの誇張を実践していたのでした。そして父の生が終わりを告げたそのとき、何かしらまったく新しいことが始まりました――その数日後、わたしは書きはじめました、そんなことは企図しておらず、文学のことなど何も考えていなかったにもかかわらず。そして書くことがそんなお膳立てから始まったせいで、わたしは最初から、そして以後くりかえし、父のことを書いてきました。父の生は、まだ生きていた頃から、たえずわたしの生に映りこんできたからでした。

それは父を愛せないのに愛さなくてはいけない、同時に、愛したくないのに愛しているとわかっていたことに関係していました。このもつれ絡まりは、親衛隊曹長、武装親衛隊と関わっていました。バナート地方、またジーベンビュルゲン地方のドイツ人マイノリティの大半は、ヒトラーに熱狂していました。当時はまだ父ではなかったわたしの父もそうでした。父は一九四三年に一七歳で、志願して武装親衛隊に入隊しました。おそらくは「有能な」隊員だったのでしょう、親衛隊曹長となりました。これが彼が語ったすべてです。戦争そのものはどこでも触れられませんでした。入隊の話のあとはいつもすぐに終戦の話でした。父は腕に血液型を彫ってはおらず、SSの制服を脱ぎ捨て国防軍兵士を自称することができ、英国の戦争捕虜となりました。父は二〇年経ってもそのことを、山師めいた誇りをにじませ語ることができました。そしてそれ以上のことは誰一人知りえませんでした。父は七〇年代に入っても、村で「戦友たち」とナチの歌を唄っていましたが、戦争のことを訊ねるのは危険でした、アルコール中毒で、すぐに憤怒の発作を起こしたのです。

というわけで、トラック運転手にしてアル中患者。そう、実にしっくりとくる組み合わせでした。情動に突き動かされる男で、いつも冒険を求めていました。向こうみずな欲求が棘のある言葉、品のない冗談とセットになっていました。危険と過剰なしにはやっていけない人間でした。わたしは病院を出て街へ踏み入ったとき、頭のなかに死を抱えハンカチ大の白い雪に包まれ、向かうべき方向もわからなかったとき、こんなことを思い出していました――目の前の椅子に父が座っています、座ったまま水に浮いたように胴体が揺れています。酔っ払っています、靴も履けないくらいべろべろに。しかし父は言います――夜になる前にここを発たなくては。そこでわたしは床にひざまづき、父の足を靴に押しこみ、ひもを結びます。父は立ち上がってよろよろ車に歩み寄り、運転席に乗りこみます。それからわたしは父の隣に座り、出発します。しかしわたしたちは山にいます、半ば雲に包まれつつ、蛇行する細い道を進んでいきます、高い側では岩が天へそびえ、深い側では岩が奈落へ沈みます。最低五時間はこの道行きが続きます、空から大地へ下っていき、地形が徐々に平坦になり、ともかくこれ以上は落ちなくなるまで。

山からの道は頻繁に、年に四、五回は走ったでしょう。父は夏のあいだじゅう、数週ごとに農協のために野菜を山へ運んでいました。二、三日経ってすべてを売り切ると、わたしたちは車で帰路につきました。父が酔っ払って蛇行する道を運転しても、怖くはありませんでした。ほかにしようはありませんでした、とにかく父はそうなのですから。彼はわたしの父であり、わたしは彼の子どもであり、わたしは父を信頼していました。何か起こったらそれは、暗い森と白い岩山に罰せられたということだ、と考えていました。もしも不幸が訪れたら、責任があるのはこの一帯であって父ではないと。何か起きたことは一度もありませんでした。ときどき、ひとけのない道のわきに誰かが立って合図していて、それは重い背嚢や背籠を負った男や女が、遠く離れた次の、それかその次の山や集落まで、空のトレーラーに乗せてもらおうとしていたのでした。しかし車が停まり、父が降り、代金を交渉して、乗せるために革のカバーを開けようとすると、よそ者たちは父の息を嗅ぎ、呂律の回らぬ言葉を聞き、よろける足取りを見ました。彼らは頭を振り振り、歩いて行くほうを選びました。なんて愚かな人たちだろう、とわたしは考えました、この人たちには何も起こらないだろうに、この人たちをこの一帯が罰することはないだろうに、彼らはつまるところこの切り立った土地の住人なのだから。

「自然に走り去ってもらうしかなかろうて」と祖父は言いました、飲みすぎのことでした。トラックが故障して、家の中庭に停められていたことがありました。父は修理に取り組んでいました。隣人が車のまわりを一周して、こう言いました、「図体はこんなに大きく、モーターはこんなに小さい」。

こうした言い回しには何かがあって、たちまち記憶に根を下ろします、素朴に物憂げに響きつつ、何げに楽しげな言い回しで、その二重性ゆえにとてもたくさんの事柄にあてはまるのです。こうした言い回しはそれ自体がひとつの寓話なのです。多くの状況にあって人はこうした言葉を思い浮かべます、起きていることについての、どこから来たとも知れぬコメントとして、そしてまた、なんら理由もなく届けられたプレゼントのように。そしてこの言葉があてはまるだけでなく、出来事全体を凝縮していると感じます。成り行き全体がたちまちこの文章にそったものとなります。それは姿を現すや不意に、出来事のクライマックスとなるのです。

父が死んだとき、わたしはトラックを見るたびに運転席に父を見ました、その姿は街の通りを走る運転手たちに滑りこみました、わたしは考えました、「図体はこんなに大きく、モーターはこんなに小さい」。その言葉でわたしが考えていたのは、もはやトラックではなくて死のことでした。それから店で半時間か一時間もパンを待つ行列に並んで棚のゴキブリを眺めていたときにも、大きな図体と小さなモーターが見えました。ゴキブリがなんとも軽やかに優雅に這い回っているのに、人びとが麻痺したようにおずおず無言で売り子に身分証を示し、パンを受け取るのをながめていたときにも。それから市場で客足が途切れたおりに、西瓜売りが西瓜の山の後ろで髭を剃っているのを見たときにも、大きな図体と小さなモーターのことを考えました。男は折りたたみナイフで白い泡をこそぎつつ、鏡を倒れぬよう赤い果肉に押しこんだ、半割りの西瓜をのぞきこんでいたのです。それからルーマニア語で誰かに幸運を祈るとき「幸運があなたを殴り殺しますように」と言うのを妙に思ったときにも。それから靴に靴舌があることに、林檎に花芯があることに、顎に口蓋帆があることに、耳に鼓膜があることに、膝に膝皿があることに、花に花柱があることに驚いたときにも——つまりは事物の名前に含まれる言葉の内容に不意打ちされたとき、すなわち事物には特性がありわたしたちの頭には観察する眼があるせいで、生けるものと死せる物体とが和合するそのあられなさに不意打ちされたときにも。あるいは工場のシャワー室でずいぶん長いあいだ聞き耳を立てていて、それでも隣で浴びていたクレーン操縦係の女性が唄っていたのか泣いていたのかわからずついに尋ねてみたところ、ごく当たり前のように「さあ、どっちもかな」と言われたときにも。それから諜報機関に呼び出されていつどうやってふたたび出られるのかそもそも出られるのかどうかすらわからぬまま化粧をしたときにも。あるいはまた諜報機関に工場の事務室に押しこめられて何をどこで言うのがいいのか黙っているほうがいいのはどこなのか何時間も注意していなくてはならなかったときにも、心臓が早鐘のように打って口から飛び出しそうになってでも舌は重くなって口の奥へ沈んでいって心臓にまで落ちていきそうになったときにも、生きている意味がもはやわからず死にたくなって自殺を考えていながら殺すぞと脅してきた尋問者がわたしの死を望んでいればこそ死ねなかったときにも、そしてまたあらゆることに倦みつつあらゆる意に反しつつ——みずからに手を下すことで体制の汚れ仕事を片付けてやるはめにだけはならぬよう——反抗心から生にしがみついたときにも。こうした状況ひとつひとつにあってくりかえし心に浮かんだのが、あの言い回しでした、「図体はこんなに大きく、モーターはこんなに小さい」。

この言葉はわたしを落ち着かせてくれました、ごく言葉少なに警告してくれるからでした。何を意味しているのか、確かなところはわかりません。それを知りたいともまったく思いません。たとえ思ったとしてもわからないでしょう。わかっていることは、この言葉に既成の意味はなく、職務遂行のように機能することもなく、意味を管轄するところも、決定する審級も存在しないということです。この言葉は時として、自分が言うことを自分自身で信じていません。そしてたいていの場合、自分が考えていることをわたしに言ってもくれません――つながりうるものはこんなに大きく、真実はこんなに小さい。事柄のあいだにはいつもこの落差が存在しているように、わたしには思えます。

父が一七歳で志願して武装親衛隊に入隊したこと、それは一七歳のわたしにとって戒めとなりました。思うに人間は一七歳にして、十分に判断能力のある大人です。この年齢で職業についている者、結婚している者、それどころか子どもがいる者も少なくありません。人は人生が経過してゆくなかで、何度か、そのつど違った形で成長します、そして一七歳では、二度目、五度目とは言わないまでも、少なくとも一度は成長しています。善と悪がどう違っているか、少なくとも数千回は経験を積んできたはずなのです。

子どもは誰でも知っていました、人びとは自分の考えをけっして人前で言わず、自分のやりたいことをけっしてしない。家の玄関を出ると、生活は二つに分かれていました――禁止されているためにやってはいけないことがあり、強制されているためにやらなければならないことがある。子どもは誰でも、日常の根っこに漂う息苦しさを感じていました、そして一度も理論的に説明されなくとも、独裁の下に生きていることがわかっていました。状況は明々白々で、誰も独裁などという言葉を使う必要はありませんでした。そんな言葉はまったく知りませんでした。党という言葉、警察という言葉は知っていました。わたしたちの不安を支配していました。それがともに悪いものであり、良いものでないことは、子どもの時分にはもう知っていました、肌感覚で感じていました。得があること、政治的理由による損があること、これも人びとは知っていました、政治的理由とは何か、理論的に説明される必要はありませんでした。

あるときわたしは学園祭で、党を讃える詩を舞台で暗唱しなければならなくなりました。わたしは数週間かけて暗記しました。しかし、いよいよ舞台上に登る段になると、途中でつかえたりしないか激しい不安に襲われました、そうなれば、学校、党、村全体、場合によっては祖国に恥をかかせたと言われるのです。こうした非難を恐れるあまり、その詩はわたしのなかで消えてしまったかのようでした。わたしは震えつつ舞台に登り、左手で上着の一番下のボタンを回しました。ボタンにしがみつき、二度とは手放さず、詩の題名を「党」と言う代わりに絶望のあまり「ツバメ」と言ってしまいました。まるで不意に別の人間になったかのようでした、わたしは上着のボタンを回しに回し、ツバメの詩のすべての連を一箇所も間違えることなく暗唱しました。わたしはボタン回しで守られました、頂点に達したところで不安は忽然と消え去り、もはや何を強いられていると感じることもなく、わたしは詩を取り替えたのでした。あれほど回された上着のボタンは、機械の歯車のように機能しました。上着のボタンを介して、わたしは指で頭に奉仕しました。二重の意味で、「図体はこんなに大きく、モーターはこんなに小さい」でした——一つはボタン回しとわたしに関して。もう一つは、二つの詩のあからさまな違いに関して。こんなにも大きな抑圧的な図体は党を称賛する詩、こんなに小さな機敏なモーターはツバメの詩でした。しかし詩を暗唱し終えるや、不安がことごとくよみがえりました、ただでは済まないことがわかっていたからです。加えて、季節はツバメにはまったくそぐわないものでした——一二月三〇日、共和国の祝日でした。わたしは学校指導部から罰を食らいました、二週間の自宅謹慎、つまりは、冬休みのあいだじゅうわたしは家から出られませんでした。隣人はむろんそのことを耳にしました、父の故障したトラックに「図体はこんなに大きく、モーターはこんなに小さい」と言った、あの隣人です。彼は今度はわたしの自宅謹慎を面白がりました。「ツバメで失敗《へま》したのならついでに、ツバメは党から放逐《とば》されます、とでも付け足せばよかったのに」と。

ツバメが党の機嫌を損ねたこと——これは村でのことでした。数年後には話はもっと深刻になりました、わたしは街に越しました、そして街はどこもかしこも国家だらけでした。そして国家に仕え人びとを不安にする者は、出世していくのでした。そしてわたしは――かつての父のように――一七歳でした、父がこの歳でSSに入隊したことが、たえず頭に去来しました。心に決めなければなりませんでした、ギムナジウムで何ひとつ目指さないこと、賢すぎて目立つのも愚かすぎて目立つのも避けること、中ほどあたりを漂うこと、けれども精確に見つめること。関わらないこと、しらばくれること、ぼうっとしていること――こうした戦術は三、四年はうまくいきました。でもそのあとはもう無理でした。わたしは大学生で、その年齢になると偶然に揺られるままに生きてはいられません。人間は人を、つまりは自分に合い、自分が合う友を選ぶようになります。そしてそうなると、もはや好みは隠せません、そうなると国家もほどなく仔細を知るようになります。わたしが同世代で好きになった友人たちは、学生にしてすでに国家の敵であり、体制に睨まれた存在でした。そして彼らと関わっていることだけでもう、わたしも敵の一員でした。そしてそれはわたしには結構なこと、当然のことでした、なぜなら国家から誰にもまして禁じられ、誰にもまして罰せられるようなところこそ、こうした友人の一番好きなところだったのですから。そして、友人に関して知っていたことが自分にも起こるようになりました――ある者が国家の敵になると、国家はその人間に対して反吐が出るほど個人的になります。尋問が行われるようになり、尋問者はわたしをスパイに仕立てようとしました。この直截さにはこちらもすぐさま直截に答えねばならず、わたしは言いました――「わたしはそんなタイプではありません。あなたのようになるつもりはありません」。

しかし、この拒絶は父が手を染めたことに由来していました。わたしは何よりもまず、かつての一七歳の父のようになりたくなかったのです、だってその後の父の歳月を見てよくわかっていたのですから、ひとたび巻きこまれたら、いかに終わりがないかということを。過ちを犯し、人に知られてはならぬことを自分について知っているとき、人がいかに自身を、他人を邪険に扱いつづけるか、粗暴にならずにはいられないかを。わたしは父を見てわかっていたのです、人が度し難く尊大に良心の呵責と関わるとどうなってしまうのかが。わたしは子どもの頃父をとても愛していました。のちには、つねにこの愛情に抗して、父に対して距離を取るようになりました。それから父への愛はどんどん大きくなって、わたしはさらに距離を取るようになりました。そうこうしているうちに、むろん自分自身の日常からも、崩壊について、裂けた撚り糸のごとき神経について、頭中の脳髄を白石のように硬直させてしまう死の不安について、少しばかりは知るようになりました。

父が死んで三〇年になります、そしてわたしはいまだに父の生の心配をしています。あるいは普通は、父の送った生について、と言うのでしょうか。そして政治的理由に由来する死の不安をまさに自分自身の身をもって知るようになったがゆえに、父が武装親衛隊にいたこと、ほかの人たちを死の不安に追いやったことを、わたしは強く非難します。どうしてそうしないはずがあるでしょう、非難は最小限のことと言っていいでしょう。父はヒトラーを信じたし、ヒトラーの勝利を望んだのです、その犯罪を目のあたりにしたにもかかわらず。父はツェランが死のフーガで記した、あの「ドイツから来たマイスター」の一部なのです。わたしは本を読みます、わたしは父を彼の時代と作家たちの生きた時代に位置づけなくてはなりません。そうなると父は、ホルヘ・センプルン、ジョルジュ・アルトゥーア・ゴルトシュミット、ジャン・アメリー、アーロン・アペルフェルト、イムレ・ケルテース、ルート・クリューガー、ルイス・ベグレイを恐怖に陥れた張本人のひとりなのです。プリーモ・レヴィ、パウル・ツェラン、ヴァルター・ハーゼンクレーファーを。父は武器を手にしていました、制服を着ていました、それは上記の作家たちには死を意味していました。非難する以外に何ができるというのでしょう。

わたしは一七歳にしてすでに不安で、二五歳になってもそうで、三〇歳のときにはさらに度を増していたかもしれません、当時すでに相当に多くのことが起こっていたのですから。しかしわたしは、他人が要求してくることはやらないと、たえず心に決めるほかありませんでした。もろもろの不安のなかでわたしはともかくこう考えました、わたしの家でマッチの燃えさしが必要になるような事態は御免だと。

わたしの家に同居していたのは母方の祖父母でした。その寝室のベッドの上には、彼らの息子でありわたしの、話で聞いたことしかない、伯父であるマッツの結婚写真が掛けられていました。落ち着かない眼差しの花嫁が写っていました。ヴェールのそばには蝋でできた造花の花輪があり、それは編んだものではなく貧弱な白い葉からなる輪で、曲げられた氷柱《つらら》のように見えました。そしてSSの制服を着た石像のような顔をした花婿の姿がありました。前線からの結婚休暇のことで、彼はすぐに戦地へ戻っていきました。そして結婚式が終わるや花嫁は未亡人になりました。彼の最後の写真でした。

彼は「熱狂的」だったと母は言います。村の金持ちの息子で、父は穀物商でした。父は、会社設立のための多額の資金を無利子で貸してくれたユダヤ人ヒルシュ家のおかげで富を築くことができました。祖父の家はヒルシュ家と親しく付き合っていて、夏になるとヒルシュ家は子どもをつれて休暇にやってきました。その頃マッツは子どもでした。それから彼は、父が裕福だったせいで、街の「高等学校」に進学しました。学校では帝国から来たナチ党員たちが教師をしていました。そこで彼は「熱狂的」になり、ナチ党員になり、反ユダヤ主義者となりました。村にあって、この世界の果ての寒村にあって、総統の代理人を自認していました、ワイン樽の上に立ち演説を行ないました、村のイデオローグとなって若者らを調教し教導し、恐喝し弾劾しました。彼は頑固で虜になっていました。彼の父親は当時こう言いました、「やつはヒトラーの魔法にかかっちまった」。かつての面影はまったくなくなっていた、というのは今日の母の言葉です。

一九五〇年代のスターリニズムの時代、警察は何ひとつ理由がなくともいつなりと家にあがりこんでくる可能性がありました、親衛隊の制服姿の花婿を額縁に掛けておくのは危険でした。もしかするとたとえ死後であれ、わずかなりともわが息子を変えようとして、もしかするとありうべきトラブルの機先を制しようというだけの理由から——それか両方の理由から——祖父は写真のルーネ文字を、唾とマッチの燃えさしの先で上塗りしました。祖父は火酒を二杯あおり、それから写真を額から取り出しました。祖父は一生のあいだ酔っ払ったことのない人でした、しかし息子を修正するからには、一杯やって勇気を出そうと、あるいは才能を示そうとしたのでした。彼はしばしば、数週間ごとに、写真を塗りました、もしかすると息子に関わるためだけにそうしていたのかもしれません。というのも、制服の襟の色に合致させることはけっしてできなかったのです、マッチの煤では描けようはずがありませんでしたし、火酒がその精神を唾に添えてもだめでした。花婿はずっと制服を着たままで、その襟先からは小さな忌まわしいルーネ文字がのぞいたままで、けっして眼を閉じようとはしませんでした。それにもまた、あの言い回し、あの物憂げな冗談がふさわしいでしょう——「図体はこんなに大きく、モーターはこんなに小さい」。

# いつもおなじ雪といつもおなじおじさん

女たちの髪型は、後ろから見ると、座った猫でした。どうして髪を言い表すのに「座った猫」と言わなくてはならないのでしょう。

あらゆるものがいつも違うものになりました。ひとりでぼうっと見つめていると、最初はなんとなく違ったものに。それから話そうとして言葉を見つけなければならなくなると、それと指摘できるほど違ったものに。叙述に際して精確であろうとすると、全然違う何かを文中に見出すことになるのです、およそ精確でありうるためには。

村ではどの女も、長くて太いおさげを垂らしていました。後頭部のおさげは二重に折られ真っ直ぐ持ち上げられ、真後ろのなかほどで半円の角櫛で留められました。角櫛の歯は髪のなかに隠れ、弧を引く縁《ふち》の端だけが、尖った小さな両耳さながらにのぞいていました。この両耳と太いおさげのせいで、女たちの後頭部は背筋を伸ばして座る猫に見えるのでした。

あるものを別のものに変えてしまう、こうした漂いゆく特徴はきまぐれです。それは瞬時に感覚をひずませ、望みどおりのものを生み出します。水のなかで揺れる細枝はどれも水蛇めいていました。しじゅう蛇を怖《おそ》れていたせいで、わたしは水も怖れていました。溺れるのが怖《こわ》かったわけではありません、蛇木《シュランゲンホルツ》が、揺らめく細枝が怖かったせいで、ついに泳げないままになったのです。思いなされた蛇は本物の蛇以上に効きめがありました、川を見るやわたしの頭には、蛇の姿が浮かんだのでした。

葬列が墓地に近づくときまって綱引き小鐘が鳴らされました。だらりと垂れた長綱に付いた、小さな鐘がせかすようにカランカランと鳴り響くのです――それはわたしには、甘ったるい舌で人びとを死へ誘い、撫でさするべく死者たちを墓へ誘いこむ墓地蛇《フリートホーフシュランゲ》でした。撫でさすられるのは死者にとって快いことでした、墓地をそよぐ風からもそれは感じとれました。死者に快いことはわたしにはおぞましいことでした。おぞましければおぞましいほど、考えないではいられませんでした。だって何かしら流れていくものが、涼やかな風やら乾いた温風やらが、たえずそよいでいたのですから。わたしは落ち着きを失いました。けれどもそよぎは作業を急がせることはできず、せかすくらいがせいぜいでした。わたしはのろのろ水を運び、だらだら花に水をやり、なるだけ長くそこにいようとしました。漂いゆく特徴を備えた、思いなされたこうした対象は、中毒のようなものかもしれません。わたしはしじゅうそれを追い求めていて、ゆえにあちらもこちらを求めていました。群なすようにして追ってきました、まるで不安で餌づけされているかのように。あるいは餌をくれていたのはあちらのほうで、あちらが不安にイメージを与えてくれていたのかもしれません。イメージというものは、とりわけ威嚇してくるイメージは、慰めが求められているわけではなく、だから落胆させることもなく、だから潰えることもありません。人は何度もくりかえしおなじイメージを思い浮かべることができます。隅々まで知っているものはいつも支えになってくれます。くりかえすたびにイメージは新しくなるかのようで、くりかえすことでわたしは傷つかないでいられたのです。

国外移住の前日、親友がわたしにさよならを言いに来て、わたしたちが抱擁し二度と会うことはないと考えたとき、だってわたしはもはやこの国に入ることは許されず、彼女はけっしてこの国から出られないのですから——そういうわけで彼女がわたしに別れを告げたとき、わたしたちはもう離れられなくなりました。彼女は三度、扉から出ていき、そのたびにまた戻ってきました。三度それをくりかえしたあと彼女はようやく離れていって、通りの続く限りをおなじ足どりで歩いていきました。通りはまっすぐに伸びていき、明色の上着は小さく小さくなっていき、奇妙にも遠ざかるほどいっそうギラつきました。冬の太陽が煌めいていたのか（それは二月のことでした）、わたしの眼自体が涙で煌めいていたのか、それとも上着の生地が煌めいていたのかはわかりません――ともかくわかっているのは、わたしは彼女を背後から眺めていて、去りゆく背中は銀匙のように光っていたことでした。そういうわけでわたしはこの別離全体を、直観的にひとつの言葉で捉えることができました。わたしはこの別離を銀匙《ジルバーレッフェル》と名づけました。実際それは成り行き全体を、いともたやすく比類なく精確に叙述する言葉でした。

わたしは言語を信じてはいません。自分自身の経験で一番わかっているのは、言語は精確になろうとすると、人のものに手を出してしまうということです。どうして言語イメージがこうも物取りじみているのか、的を得た喩えであるほどみずからに帰属しない特性を奪いとってくるのか、わたしにはわかりません。虚構することではじめて驚きは生まれます。くりかえし明らかになるのは、虚構された驚きが文中にあってはじめて、現実への接近は始まるということです。ある感覚がほかの感覚を強奪してはじめて、ある対象がほかの対象の素材を剥ぎとり利用してはじめて、実際には排除し合うものが文中では納得できるものとなってはじめて、その文章は現実世界を前にして、それ独自の、いわば言葉と化してしまった、とはいえ言葉として効力を持つ〈現実〉として、みずからを主張することができるのです。

母の考えるところ、わが家を運命が襲うのは、かつてより冬ときまっていました。母とわたしがルーマニアを出て国外に移住したのも、やはり冬の二月のことでした。二〇年前の話です。

出立の数日前になると、国境近くの税関郵便局から一人あたり七〇キロの荷物を前もって送ることができました。荷物は既定サイズの大きな木箱に梱包しなければなりませんでした。村の指物師が作った木箱は、明色のアカシア材でできていました。

この移住木箱のことをわたしはすっかり忘れていました。ベルリンにたどり着いた一九八七年以来、一度たりとも思い出したことはありませんでした。それがあるとき、数日ぶっとおしで考えないではいられない日々が訪れました、それは世界的に重要な役割を演じることとなったのです。わたしたちの移住木箱は歴史をつくりました、世界を揺るがす出来事の中心となりました、一躍有名となり日がなテレビに映っていました。というのも、対象がそれ自体で自立してしまうと、頭のなかで何の根拠もなく別の事物に滑りこんでしまうと、まるで無関係とわかっていればこそいっそう別の事物に滑りこんでしまうと、こうなるのですが——つまりは教皇が死去したことで、わたしたちの移住木箱をテレビで目にし続けることになったのです。教皇の棺は移住木箱と瓜二つでした。そういうわけで国外移住をめぐる出来事全体がふたたび脳裏によみがえったのです。

母とわたしは夜中の四時に、移住木箱とともにトラックで出発しました。税関までは五、六時間の距離でした。わたしたちはトレーラーの床に座り、移住木箱を風よけにしました。夜はガラスのように冷たく、月はガタガタ上下に揺れて、目玉は寒さのあまり、凍った果実玉よろしく額のなかに埋まっていました。瞬きをすると霜の粉が入ったみたいに眼が痛くなりました。月は最初は細く撓みつつ揺れていましたが、その後もっと寒くなると刺しはじめました、切先鋭く研がれていました。夜は漆黒ではなく透明でした、雪が日中の残照さながらにほの光っていたからでした。話すには寒すぎる道行きでした。顎が凍えると口を開こうとは思わなくなるのです。呟きひとつすら洩らしたくありませんでした。それからしかし話さなくてはならなくなりました、母がうっかり、もしやひとりごとのつもりで、声を出したからです。

「やっぱり、いつもおなじ雪。」

母が言ったのは一九四五年一月の、強制労働のためのソビエト移送のことでした。一六歳の若者がもうロシア側の名簿に載っていました。多くの者が身を隠しました。母はすでに四日間、隣家の庭の納屋裏に掘った穴のなかに座っていました。ところがそこに雪が降ってきました。ひそかに食事を届けるのはもはや不可能でした、家と納屋と穴を行き来すれば、わかるようになったのです。いちめん雪に覆われて、村じゅうで隠れ処への道が見えるようになりました。庭の足跡が読めるようになりました。雪が密告したのです。母だけではありません、多くの人が隠れ処を出なくてはなりませんでした、雪に強いられ、みずから進んで。そしてそれは強制収容所での五年間を意味していました。母は雪のこの仕打ちを、けっして許そうとしませんでした。

後《のち》に祖母はわたしに言いました――「降りたての雪は真似できない、誰も触れてないみたいには整えられない。地面ならうまく整えられる」。祖母は言いました、「砂も、草ですらも手をかければ大丈夫、水はほうっておいてもうまく整う、なにもかも、自分自身をも呑みこんですぐにまた閉じてくれる。それに空気は」と祖母は言いました、「いつだって申し分なく整っている、なにしろまったく見えないのだから」。

この考えにしたがえば、どんな物質も黙していたはずでした、ただひとつ、雪だけはのぞいて。積もった雪にこそ強制連行の主たる責任があると、母も今日にいたるまで考えています。母が思うには、雪はこの村に降りはする、自分の居場所がわかっているかのように、まるでここがわが家と言わんばかりに。しかし雪はよそ者として振る舞い、いそいそとロシア人の手先になった。雪は白いうらぎりなのだ。まさにこのことを母はあの文章で言っていたのでした――「やっぱり、いつもおなじ雪」。

**うらぎり**という言葉を母は一度も口にしませんでした、この言葉を母は使いませんでした。まさに口にされなかったがゆえに、**うらぎり**という言葉はそこに在ったのです。そして**うらぎり**という言葉は年月を経て大きくなってすらいきました。**うらぎり**という言葉抜きで、いつもおなじお決まりの、**うらぎり**を使わない言い方で反復される文の形で、母がわが物語を幾度となくくりかえすほどに。ずっと後になって、強制連行の物語を知るようになって何年も経った頃、わたしは、一貫して避けられてきたことで、語りのなかで**うらぎり**という言葉がおそろしく巨大化し、そう望むなら物語全体を**雪うらぎり**《シュネーフェアラート》のひとことで要約できるほど、核心的なものになっていることに気がつきました。体験されたことはあまりに強烈で、いかなる抽象概念も強調言葉も役には立たず、長年を経てなお語りに使えるのは、ごくありふれた言葉ばかりなのでした。

　**雪うらぎり**はわたしの言葉で、**銀匙**のような言葉とまったくいっしょです。複雑で長い物語を言うためのこの直接的な言葉は、もろもろの細部に触れなければこそ、かくも多くの言われなかったものを含みます。出来事の経過を一点に凝縮していればこそ、無数の可能性をめぐる想念が頭のなかで生い育ちます。**雪うらぎり**のような言葉は、いかなる喩えもしていないせいで、いくつもの喩えを許すのです。加えて、そうした言葉は文から跳び出します、まるで異なる材質でできているかのように。この材質はわたしにとって、言語を用いたたくらみと呼べるものです。この言語を用いたたくらみこそ、わたしがいつも不安になりつつ、のめりこんでしまうものです。不安になるのはたくらむ際に、成功すれば言葉の彼方にある何かが現実になると感じとるからです。その成功に――まるで成功を妨げようとするように――ずいぶん長々と関わりつづけなければならないからです。のみならず、成功と失敗のあいだに張られた細縄は、跳び縄のように揺れつづけることを知っているからです（ただし跳ぶのは顳顬《こめかみ》であって足ではありません）。たくらみによって虚構され、まったく人為的に、**雪うらぎり**のような言葉は揺れつづけます。その材質は変容し、もはや自然な感覚、身体の強烈な感覚と区別がつかなくなるのです。

　わたしが憶えている最初のうらぎりは、わたし自身が犯したものでした。それは子牛をめぐるうらぎりでした。ただそのとき念頭にあったのは二頭の子牛で、わたしは一頭をもう一頭と比べたのであって、それがなければうらぎらなかったでしょう。片方の子牛は部屋に運ばれ、もう片方の子牛は脚を叩き折られました。一方の子牛が部屋に運ばれたのは生後すぐのことで、祖父のベッド脇の寝椅子に置かれました。祖父は数年来、麻痺を患い、このベッドに寝たきりだったのです。生後まもない子牛を祖父は、貪婪な眼で凝視しました、ものの半時間ひとことも発しませんでした。わたしは寝椅子の、ベッドの足側、子牛の足側に座っていました。そして祖父をじっと見つめていました。わたしの心臓は張り裂けそうでした、祖父への同情で、また祖父の視線への嫌悪感で。それは盗人《ぬすびと》じみた視線で、あけすけに子牛に向けられ、ベッドと子牛のあいだの宙にガラスの糸のように張り渡されていました。はんだ付けされたばかりの金属球さながら二つの眼がぎらついている、そんな視線でした。それは汚らわしい、希望と無縁の賛嘆であり、その賛嘆が両眼で子牛を貪り喰っていました。祖父はひたすら、生まれたての子牛ばかりを見つめ、わたしのほうには眼も向けません――ありがたいことに。というのも、わたしはこの凝視がいかに貪欲であるか、恥じ知らずであるかを感じとっていたのです。なんという眼の飢えだろう、とわたしは思いました。以来、わたしの頭に去来するのは**眼飢え**《アオゲンフンガー》という言葉です。

そう、それが片方の子牛でした。もう片方の子牛は生まれるや、斧で脚を叩き折られました、屠殺の許可を得るためでした。子牛の屠殺は禁止され、生後数週間して所定の重さになると国家へ引き渡すことになっていました。ただし事故が起きたときには、獣医が例外措置として屠殺を許可しました、そうなると肉が手元に残り、自分たちで食べることができるのでした。父が獣医に子牛の事故を伝え、牝牛がずっしりした脚で子牛を踏みつけたと説明すると、わたしは叫びました、「嘘つき、自分で斧でやったじゃない!」

わたしは七歳で、絶対に嘘をついてはいけないと両親から教えられていました。でも国家が不正であって、真実を口にしたがゆえに牢屋へ入れられることも知っていました。獣医が村ではよそ者で、わたしたちの敵、国家の味方であることも知っていました。わたしは当時、あやうく父を牢獄送りにするところでした、父はわたしが、家のなかでの許されざる嘘と、もろもろの禁止ゆえの苦し紛れの許されるべき嘘を、区別できると思いこんでいたのです。獣医がたんまり賄賂をもらって立ち去ったとき、当時その言葉はまだ知らぬまま、自分が何をやったのかを、うらぎりとは何であるのかを、わたしは理解しました。わたしはカラカラに干からびたようで、口中から足先までひどい気分でした。

長年にわたって、わたしたちは律儀に子牛を国家に引き渡してきました。それが今、子牛の肉を食べようとしたのでした。要はそういうことでした。しかしまた、いくつかの原則が絡んでもいました。嘘、真実、そして尊厳。国家に対しては可能なら嘘をならべたてても構いませんでした、そうやってこそ正当な扱いが得られるのですから——そのことはわかっていました。父の嘘はもっともらしく響きました、それは巧みだったし必要でもあったのです。では、何がわたしに、よそ者の獣医の面前で父をうらぎるような真似をさせたのでしょう。わたしは父方の祖父母のところにいたもうひとつの家の、もう一頭の子牛のことを考えたのでした、おなじ父親が小屋から部屋に腕に抱いて運び、ビロードの寝椅子に置いたあの子牛のことを。寝椅子の上の子牛は美しくありませんでした、だって寝椅子は子牛のいるべき場所ではなかったのですから。望んで寝椅子に置かれたわけでも大事にされたわけでもなかったとはいえ、子牛がそこに横たわる姿は醜くすらありました。しかし斧で脚を叩き折られた子牛は美しかったのです。屠殺されるから同情したのではありません。肉を食べたければ屠殺するのは当然です——そうではなくて、あの子牛が美しかったのは、まさに屠殺され殺されることがかなわず、苦しめられ見せものとなることを強いられたからでした。それであの子牛は農家育ちのわたしの眼にも、感銘を与える被造物となったのでした。わたしは何度と言わず、何ら気にもとめず、日々、鶏やら兎やら山羊やらが屠殺されるさまを目にしてきました。子猫が水に沈められ、犬が殴り殺され、ネズミに毒が撒かれるのも知っていました。それでもわたしは、叩き折られた脚のせいで未知の感情に襲われました、子牛の巧まざる美しさが、そのほとんどキッチュとも言えよう純粋無垢が、虐待を眼前にしての心の痛みが、わたしを捉えて離さなかったのです。父はあやうく牢獄送りになるところでした。牢獄——この言葉はナイフさながらにぐさりと突き刺さりました、自分のうらぎりでカラカラに干上がったわたしは、心臓の鼓動を額で感じていました。

そう、あれは**雪うらぎり**とはまた別のうらぎりでした。

あの子牛に、二頭の子牛に関わるうらぎりを思い出したのは、空っぽの野をつっきり平原を越えてゆくあのトラック上での夜間行が、薄い乳のような明るみに包まれていたせいかもしれません。だって移住木箱を風よけに、母は**雪うらぎり**のことばかりを話していたのですから。

母はかつては鉛で封印された家畜用貨車で収容所へ運ばれ、いまはトラックでわたしと税関へ向かっていました。かつては武装民兵の監視下でしたが、いま見下ろしているの月ばかりでした。かつては内部に閉じこめられた人間で、いまは外部へ移住する人間でした。かつては母は一七で、いまは六〇を超えていました。

六〇歳で七〇キロの荷物を携え、二月の月下の雪中を移住木箱とともにトラックで行くなんてひどい話でした、しかし一九四五年と比べうるようなことは何ひとつありませんでした。何年にもわたって誹謗中傷にさらされたのちに、わたしはこの国を出ていくことを望みました。たとえ神経がずたずたになっていたとしても、チャウシェスク政権と秘密警察から逃れるにはほかに道はなかったとしても、気がふれぬためにはそうするほかなかったとしても、それは望んだことで、強いられたことではありませんでした。出ていくことをわたしは望みました、母も望みました、わたしが望んだからでした。このことをあのトラックでわたしは母に、どうしても言わなければなりませんでした、たとえ話して口が凍りついてしまおうとも。わたしは母に、「比べるのはやめて、雪が悪いわけじゃないんだから」と言わなければなりませんでした、「雪がわたしたちを隠れ処から追い出したんじゃないんだから」と。

当時のわたしは正気を失う寸前の状態でした。それほどまでにぼろぼろで神経が反乱を起こしていました。抱えた不安は肌から流れ出し、手に取る物ことごとくに流れこみました。すると物はもうわたしを手玉に取るようになりました。ほんの少しばかり限界の彼岸を眺めてみると、脳内でほんの数ミリであれ混乱と正常のあいだを行き来してみると、そのときに自分自身を眺めてみると、もうまともな状態の端の端にまでたどりついているのでした。そうなるともはや、これに多くが加わってはなりません。そうなると自分に細心の注意を払おうとします、「考える」と「感じる」を分けようとします。すべてを手慣れたやり方で、頭で把握しようとします、ただし心には入れないようにします。自分自身のなかを二度ほどぎこちなく歩いて回ります、一度はぐっと大きくなった姿で、でもやけによそよそしげに。もう一度は慣れ親しんだわが家にいるように、でも見分けられぬほどに小さくぼやけた状態で。この見分けられぬものがいや増していくのが、自分がどんどんバラバラになっていくのが感じられます。これは危険な状態であって、なお注意してはいられるものの、注意しながらもいつ転ぶのかはわかりません。ただひとつわかっているのは、この汚泥の生が変わらない限り、いつか転ぶということです。

隠れ処は、母に言ったように、雪のなかにないだけではありませんでした、頭のなかにもありませんでした、ここを出なくてはいけないことは明らかでした。わたしは壊れていました、数か月来、泣くと笑うを取り違えるようになっていました。どこで泣かないか、どこで笑わないかはまだわかっていました、でもそんなのは助けになりませんでした。頭はわかっていて、振る舞いは間違っていました。わかっているとおりに行為することが、もはやできなくなっていました。わたしは混乱したまま、自分の頭越しに、笑い、泣いていました。

わたしはこんな状態で、ニュルンベルクのラングヴァッサー一時滞在所に到着しました。それはヒトラーの党大会跡地の向かいに立つ高層棟でした。建物のなかには小さな宿泊室が並び、廊下は窓がなく、ネオン灯が光るばかりで、数限りなく事務室が続いていました。そして初日はドイツ連邦情報局の尋問。それは二日目も数度の休憩を挟んで行われ、三日目も、四日目も続きました。わたしにはもちろんわかっていました、ニュルンベルクにやつらは、秘密警察《セクリターテ》はいない、ここにいるのはドイツ連邦情報局にすぎない。そのときわたしがいたのは情報局が入っている建物でした、それにしても忌々しい、わたしはここで、いったいどこに着いたのでしょう？　尋問者たちは検査官と呼ばれ、ドアには検査所A、検査所Bと書かれていました。検査官Aはわたしがもしや「任務を与えられてはいないか」を検査しました。「スパイ《シュピッツェル》」という言葉こそ出なかったものの、検査されたのは「あなたは向こうの諜報機関と関係しましたか」ということでした。「あちらはわたしと関係しました、ここが大きな違いです」とわたしは言いました。「違いを決めるのは私の仕事です、つまるところ、私はそれで給料をもらっているのですから」と彼は答えました。はらわたが煮えくりかえる思いでした。それから検査官Bが検査をしました、「あなたは政府を倒そうとしたのですか？　お認めになっても大丈夫ですよ、いまとなっては昨日の雪、咎める者はいませんから」。そこでことが起こりました。検査官が、ここでそんな言い回しで、わたしの生を片付けてしまうことは耐えられませんでした。わたしは椅子から跳び上がり、とてつもない大声で言いました、「でも、いつもおなじ雪なんです」。「昨日の雪」という言い回しは以前から好きではありませんでした、昨日がどうだったかを、もはや知ろうとしないからです。いまやわたしには明確に感知することができました、この昨日の雪を用いた表現のどこが耐え難いのか。ひとつの比喩がこうも俗っぽくまかりとおるのが、見下す態度を隠そうともしないのが耐え難いのです。かくも高飛車に出ていながら、横柄な態度をとっていながら、この表現は不安でたまらないはずです。この表現から読みとらずにはいられないのは、この昨日の雪がおそらく重大だったということで、そうでなければそれについて語ったりしないはずですし、そこから解放される必要もないはずです。そのあと頭をよぎったことは、もう検査官には言いませんでした。

　ルーマニア語には雪を言い表す言葉が二つあります。その一つ、雪を意味する詩的な言葉が**ネア**です。そしてルーマニア語のネアには、敬称《ズィーツェン》で呼ぶにはよく知りすぎていて、親称《ドゥーツェン》で呼ぶほどには知らない男性の意味もあります。ドイツ語ならば**おじさん**《オンケル》と呼ぶところでしょう。言葉は時として、みずからの思いどおりに振る舞います。わたしは検査官に抗さなければならず、こう語りかけてくるルーマニア語の連想にも抗さなければなりませんでした――いつもおなじ雪といつもおなじおじさん。

　さらにこんなこともありました――独裁を逃れニュルンベルクの一時滞在施設にたどりつき――ドイツの諜報職員に尋問されているうちに、わたしの頭にはこんな考えが浮かんだのです。救出後まもないわたしは、ここ西側で、あの寝椅子の上の子牛のように座っている。職員の**眼飢え**を体験してはじめてわかったのは、脚を叩き折られ、苦しめられた子牛だけが虐待されていたのではなくて、まったくおなじように――ただしもっと陰湿なやり方で――大切にされていた寝椅子の上の子牛も虐待されていたということでした。

冬になるといつもうちには、白物縫いがやってきました。来るとその女は二週間ほど滞在し、わたしたちと寝食をともにしました。そんな名前で呼ばれていたのは、白い物ばかりを縫ったからでした――シャツ、下着、パンツ、パジャマ、ブラジャー、ストッキング留め、シーツ類。わたしはよくミシンのすぐそばに陣取って、針が流れゆき、縫い目ができていくのを眺めていました。彼女がわたしたちの家にいた最後の晩、わたしは夕食の後にこう言いました、「何か遊ぶものを縫って」。

「何を縫うかい?」と彼女は言いました。

「パンをひとつ、縫って」とわたしは言いました。

「じゃあ、遊び終わったらのこさず食べるんだよ」と彼女は言いました。

遊び終わったらのこさず食べる。書くこともそんなふうに定義できるのかもしれません。わたしが書くものをわたしは食べなくてはいけません、わたしが書かないものは――わたしを喰らうのかもしれません。わたしが食べるからといってそれが消えるわけではありません。それが喰らうからといってわたしが消えるわけではありません。書くときに精確であろうとして言葉がどこかしら違うものになるとき、物が自立したものとなり言語イメージが物取りのように人のものを奪うとき、いつもおなじことが起きるのです。まさに書くときに、精確であろうとして言葉がどこかしら違うものになるとき、いつもおなじ雪といつもおなじおじさんが力を及ぼしているのかもしれません。

## 細い通りをたどること

毎年、一度、子牛は部屋に運ばれ、寝椅子の上に置かれました。

毎日、一時間半ごとに、祖母は「頭のなかで雲がチクタク鳴っている」と言いました。

一方の話はもう一方の話と関係しています。

初夏、祖父は馬車で川へ行きます、砂を採るのです。冷たい水のなかにあまりにも長い時間立っています。翌日にはもう全身に切られるような痛みを感じます、家にいるのに川が冷たい渦を巻いて肉を貫き流れていくようです。体が強張ります。身動きするとバラバラになってしまいそうです。街の医者は言います、頸の神経が凍えていますね。われわれはこの神経が頼りなのです。糸束状のもので、こいつのおかげでわれわれは小指から足先までしなやかに動けるのです。あらゆる動きを司っているものです。これなしではわれわれは棒切れのように転んでしまうでしょう。

医者は祖父の頸を手術します。手術は失敗します。

祖父は棒切れのようになって、死ぬために病院から家のベッドへ運ばれてきました。人びとは子どものわたしに言いました、医者は頸の糸束を新たにむすびつける代わりに全部切ってしまったと。以来、**むすびつける**はわたしにとって大切な言葉になっています。関節が意思に従うかどうかは**むすびつける**と関係しています。朝になるとわたしたちは自分のからだを一日のなかへ送り出します。意のままに動かすことができます、それがちゃんとむすびつけられているかぎり。以降はそれが、わたしたちを意のままに動かします。

わたしが生まれる前に祖父は死ぬために家に運ばれてきました、しかしわたしが一二歳になるまでずっと、ベッドで寝たきりになっていました。寝ているのは辛く、拷問でした。祖父の体はいちめん傷だらけでした。空気で膨らませた三本のチューブの上に横たわっていました。一本は両肩のあいだに、一本は腰のところに、もう一本は膝のくぼみに。子どものわたしにとって祖父がうめくのは、人がしゃべるのと同じくらいありふれたことでした。それは祖父が寝ていた部屋の一部をなしていました。祖父ではなくて、空気、家具、壁、天井、それか扉がうめいているようでした。祖父は一時間半ごとに持ち上げられて、わずかに向きを変えて、ほんの少し右か左に傾けられ、チューブに横たえられねばなりませんでした。祖父の体は軽いものでした、しかし昼夜なく十数回、持ち上げ、置き直すには重いものでした。

祖母は、中庭にいようと前庭にいようと、店にいようと隣にいようと畑にいようと、一二年間どこでも目覚まし時計を入れた袋を携えていました。黒と暗紅の細革で編まれた袋で、使い古されて綻び、脂じみていました。靴職人は三度にわたり、新たな持ち手を縫いつけなくてはなりませんでした、古い持ち手は擦り切れてしまったのです。目覚まし時計は一時間半ごとに、夫の向きをわずかに変える時間になると袋のなかで鳴り響きました。そして鳴り響くや、祖母はすべてを投げ出して駆け出しました。そして少しでも遅れると、痛めつけられた者が急かされた者を怒鳴りつけました、怒鳴りたくはないがどうしようもないのだと。すると彼女は怒鳴り返しました、遅れたくはなかったがどうしようもなかったのだと。祖母の急かされた生、祖父の痛めつけられた生は、目覚まし時計によって一二年間にわたって一時間半拍子で指揮されつづけました——脅されつづけ、守られつづけました。

そして毎年、一度、父は新たに生まれた子牛を腕に抱えて祖父の部屋へ運び、祖父に見えるようにベッド脇の、深紅の牡丹柄のついた緑のビロードの寝椅子に置きました。子牛は頭側の牡丹の上に横たわり、わたしは足側の牡丹の上に腰かけました。痛めつけられた者はまるで毛の数を数えるように子牛を凝視しつづけました。そのあいだ、わたしはいないも同然でした。そしてわたしも、祖父よりもむしろ子牛を、拳《こぶし》大はあろう赤い牡丹を見つめていました。いくつかはすっかり花開き、内側に黄色く縮れた花芯が見えました。そこここでわたしの視線は祖父の視線とぶつかりました。まるでたがいに刺し合っているようで、他人の眼をそんなふうに視線で穿つのはふさわしからぬことでした。それに耐えるほどの、みずからを見透かさせるほどの親密さは、わたしたちのあいだにはなかったと思います。痛めつけられた者は恍惚と見入っていました。その眼光はおぞましい飢えさながらに、子牛に向けて放たれていました。かくも容赦のない、口にはとうていありえないような飢え。口飢《ムントフンガー》えならば、食べものはどんどん減っていき、食べられたものは口の奥に消えていきます。しかし眼飢《アオゲンフンガー》えでは、食べられたものは眼前に大きく残りつづけます。それはまったく、ほんの一ミリも減らないために、眼飢えに食べられるほどに、大きくなりさえするのです。見つめられ膨らむことでさらに大きくなり、感覚が対象の物質と通じ合い、対象が眼飢えの意のままになることで巨大になります。痛めつけられた者は、この初々しい、生まれたての子牛の生に与かることを切望します。彼は幸せではありませんでしたが、幸せの虜になっていました。幸せが彼を後ろに従えていました。そう、彼の顔は幸せによって切り裂かれていました。

**守られて**と**脅されて**、**幸せ**と**切り裂かれ**、なんという言葉がここで出会っていることでしょう。意味が逆であることが何の役に立つでしょう、母胎となる状況がそれらをひとつのものとするときに。

もちろん、祖母は生きているあいだに「頭のなかで雲がチクタク鳴っている」と言ったことはありません。しかし、わたしが書くとき、祖母はその言葉を言わなければなりません。わたしのためにではなく自分のために、言わなければならないのです。わたしは彼女のためにその文章を虚構しなければなりませんでした、あの目覚まし時計が、祖母の紅黒に編んだ革袋、**いのち袋**《レーベンスタッシェ》と言いたくなるような袋のなかで持っている存在の大きさを、文章のなかでも得られるように。この目覚まし時計が**守り**そして**脅す**ように、巨大に守りそして繊細に脅すように。そしてこれらの文章が生《せい》の核心をものにできるように、祖母は**心獣**《ヘルツティーア》と言わなければなりません、そして「あなたの心獣はネズミ」と。彼女はいかなる病気も彼女の死に手を貸さなかったゆえに、唄って唄って死んでしまう祖母にならねばならず、もう一方の、これもおなじく虚構されたところの、祈って祈って死ぬ祖母とはなりませんでした。

「文学」という言葉は陳腐です。わたしは自分のいかなる文章も、文学には負っていません、みずからの体験に負っています。わたし自身に、わたしだけに負っています、わたしは自分を取り巻く世界を言葉にできるようになりたいのです。

それゆえ、あるテクストにはこんなくだりがあります――「この場所はどこにあるのか。朝を越えてたどりついたその一日はかつてないほどに貧しいものだった。[……] まだ言葉が、小さな言葉が、絡まる発語がわたしのうちにある。わたしはなお語らなくてはならない、眼差しに映る水のために。その眼差しをなお上げていられるように、言わなくてはならない、誰がわたしたちの唇をかくも重くするのか、誰がわたしたちの言葉をかくも小さく、かつてないほどに貧しくするのか」。

バナート地方出身のいわゆる同郷人はわたしのことを、身内をけなす女、売女、魔女と呼びました、秘密警察はわたしを国家反逆者と宣言しました。両方の側がわたしへの攻撃を煽りました、たとえそうと知らずとも、手を携えて活動していました。打ち合わせる必要はありませんでした、おなじ理由で動いていたからです――それは自分たちの整序された世界を乱されることに対する憎悪でした。

この二方向からの攻撃について、わたしはこう考えました。自己防御するそのやり方において、彼らは認めてしまっている、わたしが書いた文章のうちにみずからの姿を認識していることを。彼らが暴れているのは、現にそうである姿を書かれたくないからだ、もし現にそうでなければ暴れるほどの怒りに駆られることもなかったはずだと。

文章のなかの言葉は、もしかすると寝椅子の上の子牛のようなものかもしれません、というのも、書くことには眼飢えが関わっているのです。眼飢えが言葉を貪り喰らい、ついに言葉は肥大します。眼飢えと肥大は、文章が強要することであり、それ以外では何の価値もないものです。文章の外にあっては、同じ言葉も肥大を拒みます、書くことの外では肥大は卑猥、尊大でしかありません。眼飢えの彼岸にあっては、言葉はふたたび普段のものとなり、その使用価値にまで、書かない人たちの通常にまで縮んで戻ります。幸いなことに、誰もが日々をしのいでいくには、本来の姿にとどまる通常の言葉が必要になります、もしそうでなかったら、人びとは肥大した言葉を耐えることはできないでしょう。

粉々になったものが火花を散らすとき、抗うような輝きが生じます、しかし全体は生じません。そしてわたしたちが個々のものに引っかかったまま、細部において考えるとき、すべては粉々になったものからできていることになります。人びとが正確に見ることができるよう、それはみずから砕け散るのです。それをわたしはさらにもう一度、違うやり方で砕きます、それについて書くことができるように。それが言葉のなかにありながら、わたしが知る現実の事物に負っている大きさを、なんとか獲得できるように。事物に対する関係と言葉に対する関係のあいだで、文章はみずからの形を定めます、そしてついには徹頭徹尾虚構されていながらも、現に存在したものにそこそこ触れうるものとなるのです。

頭のなかの雲のチクタク、寝椅子の上の子牛、死ぬほど唄ったり祈ったりしなければならない祖母、これらは誰のものなのでしょう？　つまりは「誰がわたしたちの唇をかくも重くし、誰がわたしたちの言葉をかくも小さく、かつてないほどに貧しくするのか」を言おうとする欲求は誰に帰属するのでしょう？　それは村という故郷、国家という故郷に帰属するのではありません。眼飢えに強いられたもろもろの肥大は、それを機能させるべく作り上げたテクストのみに帰属します。文章においてこそ、現にあるものに対する忠実と揺らめきへのこだわりは緊密に結びつくのです。一方がなければもう一方も始まりません。生きられたものは文章において、現実との一対一対応の関係を取り去られてはじめて、虚構されたものと混ぜられ——述作において構成された以上——完全に人為的な親密さを帯びるようになってはじめて、そしてそれが読書においてふたたび解放されてはじめて、みずからを十全に主張できるようになるのです。

眼飢えはふいに言葉を親密なものにします、言葉をぐいと引き寄せ、その近さゆえに生きられたことは体験時よりもはるかに見えるようになります。体験された現実は、虚構を介して、当時は逃してしまった真実へいやおうなく引き戻されます。近さが意味しているのは合意ではありません、可能な限り近しい隔たりです。奇妙なのは、その隔たりが小さいほど、人はそれを通じてすばやく、所属という中心から外れ、周縁へいたることです。それが村であれ検閲国家であれ、見渡しがきく共同体においては人は、言葉がもつ眼飢えゆえに、構成員から敵に変わってしまうのです。

わたしは二重の意味で周縁へ行き着きました、村という故郷の周縁と国家という故郷の周縁に、同時に。言葉がもつ眼飢えは、けっして傲慢さにではなく、眼差しの必要に、精確な愛情に由来するにもかかわらず、そうなったのです。

わたしが故郷の所有者たちに、「あなたたちは国民社会主義《ナチズム》によって、村という故郷を犯罪の道へ誘いこんだ」と言わなければならないとすれば、それはまさに愛情ゆえのことなのです。わたしは一六歳で、街で暮らすようになってすぐ、パウル・ツェランの詩を読みました、ほとんど耐えられませんでした。そこでの問題は詩をめぐるものを越えていました、わたしは読みながら心中、みずからに言わないではいられなかったのです、ツェランの両親の殺害が命じられたとき、ヒトラーに仕えていた父、伯父、隣人の暮らしている、バナート・シュヴァーベンの世界に、自分は生まれ落ちたのだと。ツェランがルーマニアから逃げた理由はつまり、わたしの父に対する恐怖でもあったのです。そしてこの逃走の行き着いた先が、ツェランの自殺なのです。わたしは詩を前に恥じ入り、父のことを謝罪したかった。しかし、詩に向かって謝罪するなどどうやってできるでしょう、それもドイツ人マイノリティの名において、彼らが一九六〇年代、七〇年代、その後もなお『我らイングランドに進軍す』を唄っているというのに。この父親が結婚式に出て朝方まで飲んだくれているというのに、その酩酊した頭蓋には戦車に乗ったSS兵士が去来しているというのに。紳士席で酒瓶と吹奏楽に囲まれ、亡霊さながらのどんよりした眼で膝を揺らしつつ、いまひとたびの征服戦に乗り出しているというのに。拍子に合わすべく味わい尽くすべく、「エーンーゲーラント」と伸ばしつつおらんでいるというのに。

わたしは思いました、この紳士席が戦時中にもあったのだ、この唄っている戦友どもがパウル・ツェランを生の外へ放り出したのだと。すでにヒトラーの時代に、人間狩りと男たちの合唱を交互に実践していたのだと。当時すでに、それは無邪気な歌唱などではありませんでした、鉤十字がルーマニアの地のドイツ人をうぬぼれさせていました。彼らはヒトラーの威を借り、上機嫌に、粗暴になっていました。自分たちのトウモロコシ畑と桑の木が、家なみと通りが、教会塔と鉄道駅がいつの日かナチ政権下のドイツとなることを、ヒトラーの戦争によりドイツ人マイノリティが地域の支配者となることを願っていたのです。

わたしは唄わないときの父を愛そうとしました。いっしょにトラックに乗って何時間も広大なトウモロコシ畑をゆくとき、車の唸りがひどく何も言う必要がなくて、黙ったまま身を寄せ合っていられるときの父を。けれども父は、ついにはまたナチのスローガンを何かしら口にして、二人で退屈しているところに気の利いた冗談を飛ばしたつもりで、得意げに笑うのでした。父は愛そうとするわたしの試みを、死にいたるまでくりかえし新たに挫折させつづけました。わたしの感情が動き出す兆しがあると、父はもう耐え難い存在に変わり、そのせいで愛は姿を見せるや茶番と化しました。略奪を事とする兵士であった父は、市民生活のうちに居場所を見つけることができませんでした。そしてわたしは眼の前にいるこの略奪兵を実例に、頑迷さと独裁との共犯関係を理解しました。そのようにしてわたしは、自分自身がその内部で生きていれていたもろもろの特徴を見てとったのでした。

父は一七歳で親衛隊に入隊しました。わたしは一九七一年に、混乱気味の村の子どもにしてギムナジウムの生徒となり、都市の舗装路を歩くようになりました。わたしは考えました、いまや自分は一八歳、あの頃の父と同じ年頃なのだと。舗装路の上では、スローガンがあり、嘘があり、強制があり、誰もが誰もを怖れていました。ここが三〇年来、独裁下にあることは、この国の人間ならば誰でも知っていました。当時の父と同じ歳となったわたしは、舗装路の上に立ち、みずからにこう言い聞かせねばなりませんでした――いまや父の青春期がわたしを試すのだ、何をして何をしないかはすべて自分次第なのだと。父の青春とわたしの年齢を比べることはこんな認識ももたらしました――私的に清廉でいることは、公的に失敗することを意味する。いたるところに不潔で頭が空っぽな輩、下手人、手先が、メモ帳を手に立っていました。いかなる成功も他者の苦悩を踏み台にしていました、曰く、偽善、スパイ、密告、追い落とし。わたしは、もろもろの状況に吐き気を催し、自分が好いた人たちの破滅を前にして驚愕する以外、何もできない状態に甘んじなければなりませんでした。権力者に抗しうる可能性は皆無でした。ただ、苦境にある眼差しから批判すること、みずからの吐き気を論拠づけることだけは止められませんでした。やつらは国家という故郷を人間の侮蔑の上に築いているのだ、不安を仕組み、墓地を用意しているのだとみずからに言い聞かせることだけは。やつらのもとでは、他者に襲いかからぬ人間にチャンスはありませんでした。わたしが評価する人たちはみな、ここでは一瞬たりともわたしの知る人でいることが許されませんでした。国家という故郷は友人たちから、そしてわたしから、工場、路面電車のみならず、住まいも、テーブルと椅子も、ベッドの枕も食器も、それどころか髪を分ける櫛すら盗みました。いかなる尺度もひっくり返されました。わたしたちは細い通りをたどることを強いられ、なお足を乗せることのできる通路は自分自身の神経だけでした。

死の脅迫は――それ以外の何でありえるでしょう――死の恐怖を呼びました。神経の過剰負担はわたしたちにとっての第二の自然となりました。習いとなってしまったのです。そして何かがふたたび威嚇的になると、慣れるほどに人は、綿しか感じなくなります。絶え間ない激しさにさらされたあげく、麻痺状態になります。くたくたのままの覚醒状態、半狂乱状態、綿にすっぽり包まれた状態。そして人は綿は静かなのではなく、たんに冷酷であることを知ります。理屈を並べたてるのと甘受することは、精神状態において似通っています。論理の使用が意味のないものとなります。事物の分類が廃れたものとなります。というのも、頭から何かを取り除いたところで、それは綿なのです。そして空いたところには新しい綿が入ってきます。人はそれを内側から少しばかり取り除きます、すると外側からうまい具合に生え伸びてきて、中に入りこんでくるのです。奇妙に聞こえるでしょうが、人は内的パニックと外的無感動を介して、二重のありようで存在しています。ただし一方の状態は、それがいかに骨折れるものであろうと、もう一方の状態を拘束するものではなくなります。人は自分自身にとって二重の意味で存在しなくなるのです。そうなると事態は次のような段階にまでいたります――アカシアを揺らす風、エレベーターのキーっときしむ響き、電灯のスイッチのパチンという音が、脅迫音と化します。そしてまた、行く手で水たまりが光り、テーブルの上でお皿のスープが光るときの無音状態も。

わたしはもはや不安ではありませんでした、わたしは不安に所有されていました。これは悪化が進んだ段階と言えました、というのも不安をあとにした直後の地点はおそらく、理性を失う直前の地点だからです。祖父の眼飢えは舗装路の上でのわたしの日常となりました。事物は帯電したものとなりました、わたしは眼差しの苦境のなかで事物を正確に見つめなければなりませんでした、なんとか持ちこたえることができるように。わたしは外的に機能していました、三年にわたって、朝五時に工場へ行きました。頭のなかでは工場の目覚まし時計がチクタク鳴っていました。一分たりとも遅れる勇気はありませんでした。習いとなった朝の足の運びで、頭を掲げ、樹々のあいだから空をのぞきました。頭のなかに言葉が浮かんできました。わたしは考えました、細い通りでは足ではなくて、神経に注意しなければならないと。

このことについて書いていると、祖母の目覚まし時計の年月が、わたしの三年間の工場での年月にかぶさってきます。そうすると文章はこうなります。

頭のなかで雲がチクタク鳴っている
街は毎朝、カエルのようにじっと座っている
わたしのコートのボタンのすぐ先で。

細い通りをたどることは、母の生もまた貫いていました。二〇歳のとき、母は五年間の強制労働のために今日のウクライナにある収容所へ移送されました。そこでは野蛮な飢えがはびこっていました、わたしたちの日々の飼い慣らされた飢えとは根本的に異なる飢えでした。加えて猛烈な寒さと軍隊式命令もはびこっていました。母は抑留者たちが、自分と同じように飢えては死に、凍えては死に、強制労働で死ぬのを眼にしました。収容所から戻って三年後にわたしが生まれました、強制移送は母のうちになお潜んだままで、わたしの子ども時代にもいろんな場面で顔を出しました。わたしが食べなくてはいけないとき、母はロシアにおける過酷な飢えの話をし、そうなるともう何を食べても美味しくありませんでした。わたしの髪をとかすとき、母は収容所で頭が剃り上げられた話をし、そうなるとわたしはどんな髪型も主張できなくなり

ました。わたしが晩に寝なければならなくなると、母は草原に浮かぶ凍りついた月の話をし、そうなるとどんな毛布もストーブも暖かくありませんでした。内容は理解できませんでしたが、恐怖はそのぶんいっそう伝わってきました。内容抜きの恐怖は、無責任なやり方で子どもを不安にするのです。何の話なのかはわかりませんでした。しかしくすぶるような苦痛をそれは与えました。もう少し待ってくれればよかったのです、だって二〇歳であれば、当時の母と同じ歳ならば、わたしは理解したでしょうし、恐怖が内容抜きでのさばることもなかったでしょう。しかし、そうなると母は細部を語ることを拒みました。収容所についてもはや語らなくなりました、彼女の細い通りを自分だけのものにとどめました。わたしが自身の細い通りを持つようになると、母は手を握ることのみを通じて、損傷を外に洩らすようになりました、それが見破られぬことを願いつつ。

細い通りをたどることをわたしは、母と同世代の、母自身は知らない、おなじく移送された男性、オスカー・パスティオールから聞き知りました。わたしは細い通りをたどって、彼とともにウクライナへ向かいました、ドンバス地方へ。労働収容所があった都市の名は、ドニエプロペトロフスク、ゴルロフカ、ドネツク、エナキエヴォ、クリヴォイ・ログ。そこではどの公園にも第二次世界大戦時代の戦車が鎮座しています。そしてどの都市の中心にもレーニン像が、煤と冶金で夜のように真っ黒になって、塔のように高く、陽を浴びてそびえたっています。庭でも、そして市場でも花束の形で、いたるところで牡丹に行き合います。牡丹はドンバスの花なのです。もろもろの都市のもろもろのレーニン像と戦車のあいだにあって、これもまた人びとにとっては、ソビエトの花、勝利を妄想する花となっています。まるで戦争が昨日終わったばかりのように、というかまだまったく終わっていないかのように、ここで数十年崇めつづけられてきたペンキ塗りたての軍需品のあいだで、牡丹は咲き誇っています。ホテルの水栓から工場のシルエットにいたるまで、ウクライナではあらゆる鉄が壊れ、錆びついた骨組みとなっています。しかし、軍需品は六〇年来、磨き立てられてピカピカです。それをじっと見つめてみます、すると市民性に対する不安が輝いています。ソビエト帝国から解放されたウクライナは、戦争から六〇年経ってもなお勝利のおこぼれに与かる略奪兵士なのです。かくも必要不可欠だったこの対ヒトラー戦勝利において悲劇的なのは、人びとがこの勝利から何ひとつ学ぶことが許されなかったことです。勝利はひとりひとりにとって、個々人の生として、私人の幸福として、価値あるものとなることが許されませんでした。ソビエト連邦はさらに勝利しつづけました、数十年にわたり自由を蹂躙しつつ。国家は監視付きのヒステリックな勝利宣言を処方して、抑圧はその背後に隠蔽されました。わずかばかりの市民的威厳を望んだ人間には、強制労働収容所が用意されていました。そしてわたしを驚かせたのは、ウクライナが独立以降も、ソビエト時代のシンボルを置き換えようとしなかったことでした。

牡丹はつつましやかに香る、古よりの農民の花です。わたしはかつて緑色の寝椅子の上のそれを、眼飢えに対する支えを見出すべく、じっと見つめたのでした。ウクライナでは牡丹自身が待ち伏せています、吐息の桃色となり、滴る赤となり、それは軍需品に、ともすれば手榴弾《ハントグラナーテ》に見えてくるのです。こんな連想が訪れるとは、芳香と火薬がつながりうるなどとは思いもよりませんでした。

オスカー・パスティオールとウクライナを訪れたとき、細い通りをたどることについて語ったとき、わたしは牡丹については何も言いませんでした。わたしは牡丹が彼を傷つけなかったことを喜んでいました。牡丹が彼の眼にとまることはありませんでした。しかし、彼が物語ってくれたことすべてに、それは登場していました。

一九四五年、オスカー・パスティオールは一七歳です。市民的な家庭で、父は製図教師で、ペンを蒐集していて、ペン専用の部屋を持っていました。母はギターを弾き、優美な夜会服を着て、金縁のついたコーヒーカップを蒐めていました。家のなかにトランクはありませんでした。移送のために荷を詰めなくてはならなくなると、オスカー・パスティオールはビロードが張られた木箱から蓄音機をはずし、手回しハンドルのための穴をコルクでふさぎました。その蓄音器トランクを携え、収容所へ行きました。祖父の都会用のコートをはおり、ふくらはぎが冷えぬよう隣人に借りた革ゲートルを巻いて。光沢と艶消しが格子模様になった葡萄酒色の絹のショールを巻いて。蓄音器トランクに詰めたもの、身にまとったものすべてが、着いた場所では滑稽きわまりない間に合わせの仮装でした。家で荷造りをするというのに、どうやって五年にわたる収容所生活を想像しろというのでしょう。小都市の平時に訪れた混乱の最後の瞬間にあって、どうやって災厄に備えろというのでしょう。望みのままに荷造りできたところで、どんな持ちものも存在のゼロ地点では役には立たなかったでしょう。オスカー・パスティオールは絶えることのない飢えを、六〇年経ってもなお**ひもじさ天使**と呼んでいました。そして一番役に立ってくれた石炭用シャベルは、先が尖った形態ゆえに**心臓シャベル**と。五年のあいだ、白い靄の雲と黄の熾火のスペクタクルによって視線の支えとならないではいなかった高炉と冷却塔は**スカイライン**と名づけられました、物懐かしさの感情へ裏返された異形と荒廃を、彼は幼年時代の故郷、カルパチア平原のシルエットへ喩えたのでした。時計に合わせた高炉の積み入れ積み出しのテンポ、白く立ち昇る靄、燃えさかる黄の輝きには、その時刻どおりの反復において、祖母の袋の目覚まし時計の有無言わせなさがあったにちがいない――とわたしは想像します。空の色彩は守り、脅しました。**脅す**と**守る**の対立関係は、ここでもまた無効となっているのです。

オスカー・パスティオールはこのコークス工場の高炉の下の地下室で、熱いスラグ、冷たいスラグを運びました。彼はタールのバニラじみたバナナじみた香りのことを、シフト後、工場から寝ぐらのバラック小屋へ戻る道しなに若いメルデクラウトを詰めこんだ枕カバーのことを語ります。茹でられ、塩をたくさん加えられ、その雑草は食されました。塩は容易には手に入らず、ひと財産でした。オスカー・パスティオールは言いました、塩は砂糖同様に空腹を出し抜くと。下着が擦り切れるとトイレ紙用に切り分けました。上着が擦り切れるとひさし帽に縫い変えました。細部まで精確に裁断してボール紙で入念に補強しました。傑作とも言えよう手仕事でした。自己確証と尊厳としてのひさし帽、小さな奇蹟、それが彼に誇りを与えました。それは自分の内部にわずかながらもなお以前の世界が存在していることの、自分が文明を完全には忘れ去っていないことの証でした。

　わたしは書くときに、オスカー・パスティオールの移送を、母の移送同様、**細い通りをたどること**と呼んでいます。ここで「たどる」とは意思に反して、選択の余地なく行くことを言います。文章においては、通りは曖昧なものであってはならず、**細く**なければなりません、意味からすれば折れるように、言葉のなかではそうならないままに。移送される男は文章のなかでは、餓死寸前の男《ハルプフェアフンゲルター》ではなく匙曲男《レッフェルビーグラー》でなければなりません。

匙曲男が言う
真っ白な装いで　ほら

雪が横たわっている
裸でたどる
細い通りを
コーヒーカップのわずかな撓み
蓄音器トランク　心臓シャベル
きみにはでもわかる　全素材がのちには
いつかきみの四角い枕になる　でもぼくは
ほんの小旅行のための衣装を着ていた
若やかな風　それか年老いた飢えゆえに
ぼくの小さな縁なし帽は落ちかけていた
王がやってきた　砂糖まぶしを手に
彼は叫び　そして黙った　やってきた
新たな王が　わななく勝利とともに

## トウモロコシは黄金色《こがね》、時間がない

わたしが物心ついて以来、母はいつも言っています——
寒さは飢えよりもたちが悪い。
あるいは、
風は雪よりも冷たい。
あるいは、
温かいおいもは暖かいベッド。
子ども時代から今日まで五〇年以上にわたり、言い方は一語たりとも変わっていません。いつも単独で言い切られるのは、どの文章もそれ自体が、労働収容所での五年間を体現しているからです。それは母ならではの凝縮された言語であり、収容所についての語りの代役なのです。

この謎めいた言い方にはかなりうんざりしていました。意味がかちかちに固まっていて、いまや三×三＝九《さざんがく》なみの定型で、空疎に響いたからです。その向こう側に何があるのかをいいかげんに知りたかったのです。当時の村で、母の年頃の女たちが全員、「ロシアに引、き、ず、ら、れ、て、い、っ、た、」ことは知っていました、それに、そのとき戦争に行くには若すぎるか老いすぎた男たちもみんな。しかし収容所のことは、囁くようにしか語られませんでした、話すことが固く禁じられていたのです。

　ルーマニアは第二次世界大戦でファシスト独裁者アントネスク元帥のもと、ヒトラー側についたにもかかわらず、ソビエトはドイツ人マイノリティだけにナチ犯罪の責任を押しつけました。まだ戦争中の一九四五年一月にはすべてのドイツ人――一七歳から四五歳の男性と一八歳から三〇歳の女性――が「復興」のために労働収容所へ移送されました。名簿があって、誰もが警察によって自宅から「徴集」され、集合場所へ、それから駅へ連行されました。年齢に関しては曖昧でした。ときに子どもたちも、あるいはずっと年配の者たちも集められました。家畜用貨車での移送は数週間かかりました。収容所はドニエプロペトロフスクとドネツクの間、ドンバス地方の石炭産地で、今日のウクライナにありました。日々は隊列行進、激しい肉体労働、晩方の点呼、たえざる空腹からできていました。死ぬとはつまり、餓死するか凍死することでした。自殺もまた珍しくはありませんでした。

わたしはこの移送について長編小説を書こうとしていました。二〇〇一年に村のかつての移送経験者のインタビューを記録しはじめました。オスカー・パスティオールが移送されていたことは知っていて、この企図を伝えてもいました。彼は「わたしが体験したことすべてを話して力になりましょう」と言ってくれました。

わたしたちは定期的に会いました。彼が語り、わたしはそれを書き留めました。

母とは違うやり方で、彼は言語を凝縮しました。「存在のゼロ地点」という言い方をしました。彼の記憶は細部によって生きていて、そして複雑でした、なぜなら、生涯治らなかった彼の損傷は、生涯変わらなかった収容所への近しさを証していたからです。たじろぐふうも見せず彼は言いました——「わたしは収容所で社会を知ったのです」。もっとも凝縮された文章はあからさまな数式の形で口にされました——

シャベル一掻き＝パン一グラム

わたしたちはほどなく、書き留めながら虚構しはじめました、オスカー・パスティオールの言い方を借りるなら、「ほらを吹き」はじめました。

オスカー・パスティオールとわたしがともに取り組んだこの本の仕事には、先立つ話がありました。

わたしたちは一週間、南チロル地方のラナに滞在していました。わたしたちはインスブルック空港で車に迎えられました。道のりは長く、そして山岳地帯ではいつもそうであるように、道路沿いには樅の木、樅の木、さらに樅の木が、つまりは樅の森が続いていました。とりとめもない話から会話は始まりました。ふと口にしたよしなしごとがオスカー・パスティオールの子ども時代の風景とぶつかりました。それそのものとしては傷つけるような話ではありませんでした。パスティオールのドンバスの収容所での五年にわたる強制労働がもたらした損傷によって、それは傷つける言葉となったのです。会話はわたしのこんな言葉から始まりました――

樅はいつも緑色。何も変わろうとしない。植生のなかで一番退屈な樹だ。まったく理解できないのは、とわたしは言いました、なぜよりによってこの樅をクリスマスの飾りに家のなかに立てるかだ、緑色でさも誇らしげにほっそりしているというだけの理由で。

鶏を絞めなくてはならなかった子どもの頃、わたしはクリスマスになると、樅の枝に飾られたきらめくモールを見ては、腹を裂かれた鶏のきらめく内臓を思い出したものです。

わたしは言いました――クリスマスの樅の木、あれはまるで内臓を樅の木にひっかけたみたいだ。

わたしの威勢ばかりいい喩えに、オスカー・パスティオールはまったくちがう話を対置しました、クリスマスは収容所で溺れつつある者が、神もイエス降誕も信じぬままにつかもうとする文明のわらしべなのだ。樅の木を信じるだけで十分なのだと。パスティオールはこのソビエトの労働収容所での五年にわたる強制労働のなか——彼が言うところの——存在のゼロ地点にありながら、ほつれた緑の羊毛の手袋からクリスマスの樅の枝を作ったのでした。彼は何百本ものおなじ長さの毛糸を、針金の骨組みにぎっしり並べて結びつけ、針金が樅の木に見えるようにしました。誰もがこれに感動しました。羊毛の木は何週間もバラック小屋の木のテーブルの上に立っていました。

わたしは黙りました。二種類のものの見方があり、どちらにもそれなりの権利がありました。しかし比べてみるとわたしの見方は相当に乱暴でした。その後、もろもろの会話が続くなかでもわたしたちの念頭を去らなかったこの会話から学んだことはさらにありました——以来、わかるようになったのは、山の子どもと平地の子どもがいることでした。オスカー・パスティオールは山の子どもでした。樅は彼の日常でした、わたしにとってのトウモロコシのように。彼の子ども時代に樅の森が空に向かって高く伸びていたように、わたしの子ども時代にはトウモロコシの畑が地平線にそって広く延びていました。わたしは学びました、子ども時代の風景がその後の年月における風景への眼差しを定めてしまうことを。子ども時代の風景は何の断りもなく人を社会化します。それはそっとわたしたちのうちに忍び入ります。子ども時代の風景は最初の大きなイメージで、わたしたちを身体に直面させせます。わたしたちはちっちゃくて、肉体がうつろう物質であることを感じとります。風景は子ども時代にもう、このうつろいやすさを教えこみます。幸いにして、人は子どもの頃、こんな言葉は持っていません。にもかかわらず知らぬままにこの言葉を感じとります。不均等のうちに立っているのです。子ども時代の風景イメージは、わたしが知る限り、最初の敗北です。示されたのは不均等な有りようでした。わたしはひとりで風景のなかに立ち、よく怖がっていました。風景はわたしが覚えている限りでの、最初の大きな、底なしの逃げ場のなさでした。わたしは思っていました、どう生きるかを知るには植物にならなくてはいけないと。トウモロコシ畑の彼方の緑の渓谷は、わたしの寄辺なさを映し出す最初の外部の鏡でした。

そういうわけでそれは樅の木とともに始まりました、わたしのクリスマスの樅、彼の手袋の樅とともに。そんなふうにオスカー・パスティオールはすでに、わたしを労働収容所の内部へ誘っていました。やはり五年間を収容所で過ごした母のことでわかっていたのは、損傷のなかでの沈黙と、絶えざる飢えのなかでのじゃがいもとの馴れ合いでした。母は子どものわたしに、慎ましくあること、正しくあること、倹しくあることを教えこもうとしました。それも、すべてをじゃがいもの皮むきに即して。一本の長い帯になるように薄く薄くむくのです。片方の手にじゃがいもを持ち、もう一方の手にナイフを持ち、皮がちぎれないように、ナイフがくりかえしいもに切りこまぬように回していくのです。母は、その手さばきの裏に、わたしが収容所のことをあれこれ推測するにまかせていました。そこにはいつも、無理に保たれた正常、取り乱した沈黙があって、それは時とともに巨大になっていき、わたしをかき乱し、落ち着かせてくれませんでした。わたしはいつも思っていました――損傷は沈黙しつづける。あらゆるものに付きまとい、誰にも口を開かせない。

しかしわたしはオスカー・パスティオールを通じて、驚くほどに細部に入りこんでゆく、損傷についての語りを知っています。これはまことに彼のテクストすべてに見られることで、彼ならではの言語で詩的に破壊され、もはや元のものがわからぬ形で、明るみに出されるのです――しかしラナでの彼は、日々、事実に一対一対応する形で、収容所のことを話しました。ラナでの会話ののち、私たちは定期的に会いました、彼は語ってわたしはメモし、わたしたちは知り合うほどにさらにもう一歩、現実から虚構へ入りこんでいきました――最終的に気がついたときには、わたしたちはすでに長らく、数々の虚構された現実を、ともに書いていたのでした。

虚構のきっかけとなったのは、そこである種の役割を果たしている以上、収容所を描くには用いないわけにはいかない既存の言葉でした。そうした既存の言葉にはなべて、もはや無視できないポエジーがあるのです。

雑草の一種であるメルデクラウトはボタ山に生える植物で、春になると飢死寸前の者たちが枕カバーに摘みとりました。収容所では日々、晩方の点呼で返答《メルデン》します。この植物名は、望もうが望むまいが、はしなくも収容所言葉となっているのです。考えるのはアペルクラウト《点呼草》ということです、奇妙なのはその名が、メルデクラウト《返答草》であって、メルディヒクラウト《返答しろ草》ではないことです。今やみちばた言葉《ヴェークラントヴォルト》があり、ひもじさ言葉《フンガーヴォルト》がありました。そして、ひもじさ天使《フンガーエンゲル》という言葉が。ひもじさ天使。そして緑の——秋になると真っ赤に染まる——円錐花序を持つ植物は、ひもじさ天使の飾りとなりました。メルデクラウトは赤く色づくときが一番美しい、けれどもそうなると苦くてもう食べられません。つまり一番美しいときに拒むのです。それからもうひとつ別の収容所言葉がやってきました——心臓シャベル《ヘルツシャウフェル》。ありきたりの道具で、技術的な名前で、ブレードの部分がハート型になっているものです。それからわたしたちには地面犬《エルトフンデ》もいました、体毛の生えたステップ・マーモットを指す造語です。わたしたちは収容者たちの視点から描くために、そいつが自動車のタイヤにはねられて道ばたで死んでいる姿に、白昼アイロン《ビューゲルアイゼン・アム・ターク》という喩えを用いました。

わたしたちには蓄音機トランク《グラモフォンキストヒェン》もありました、オスカー・パスティオールが実際に持っていたからです。収容所へ入らねばならない段になって、トランクがなかったからです。蓄音機をはずして、その木箱をトランクに使ったからです。かくも現実は狂っています——一七歳の少年は蓄音機トランクを手に、労働収容所へ赴くのです。

そしてホームシックが移送された誰をも蝕むゆえに、わたしたちはある夢を虚構しました。オスカー・パスティオールが死んで以来、わたしはこの夢をさまざまに変奏させては、くりかえしテクストのなかで描きました。テクストはホームシックを、収容所での死の恐怖とわが家での子ども時代との許されざる混交として、示すことができるのです――

それからぼくは子ども時代の自分を見る。

ぼくは家でベランダの扉枠に立っている、黒い巻毛で背はドアノブにも届いていない。ぬいぐるみを腕に抱いている。茶色い犬だ。名前はモピ。外に面した木の回廊を両親がやってくる。母は赤いエナメルのハンドバッグを持ち、歩いてもガチャガチャ鳴らぬよう鎖紐は手に巻いている。父は白い麦わら帽子を手に持っている。父は部屋に入っていく。母は立ちどまる。母はぬいぐるみの犬をぼくから取り上げベランダのテーブルに置く。鎖が小机に触れ、ガチャガチャと鳴る。ぼくは言う――

モピを返して、じゃないとぼくはひとりぼっち。

彼女は笑う、わたしがいるじゃない。

ぼくは言う、ママは死ぬかもしれない、モピは死なない。

子どものぼくのビロードのような声に、鳥肌が立つ。この声がもたらす柔らかな不安でぼくは眠りに落ちる。ぼくはさらに夢を見つづける――

ぼくは白い豚にまたがり宙を飛んで家へ帰った。上空からは国がよく見分けられた、それどころかその輪郭には塀がめぐらされていた。しかし国のなかにはあちこちに、主のいないトランクが置かれていた。そしてその間で主のいない羊が草を食んでいた。首に下げられていたのは樅の実だったが、それは鈴のような音色で鳴り響いた。

ぼくは言った、トランクのある大きな羊小屋、それか、羊のいる大きな駅だ。ここにはもう誰も住んでない、どこへ行けばいいんだろう。

天から見ていたひもじさ天使が、こう言った――

またがって戻りなさい。

ぼくは言った、そんなことしたら死んじゃう。

おまえが死んだら、すべてはオレンジ色になる、それに痛くもない、とひもじさ天使は言った。

そしてぼくはまたがって引き返した。そして彼は約束を守った。ぼくが死んだとき、あらゆる監視塔の上方に広がる空はオレンジ色だ、それに痛くない。

それからぼくは目が覚めた。

ホームシックのための運搬手段としての眠りのなかの夢。夢のための運搬手段としての白い豚。そしてこの豚の出てくる夢を語るとき、語り手は、ほかの者たちは白鳥の出てくるおなじ夢を見ることを知るのです。

そしてわたしたちにはさらに、白昼、目覚めているときのホームシックのための運搬手段が必要でした——収容所でのたえまない歌。それはホームシックに病んだ者たちの助けを求める歌声《ウムヒルフェジンゲン》です。わたしたちは当時、ジーベンビュルゲンで好まれた民謡を選び出しましたが、それはヘルマン・ヘッセの詩「さすらい」に曲がそえられたものでした。

森にはザイデルバスト《沈丁花》が咲き
溝にはいまだ雪が残っている
きみが今日書きおくってきた
短い手紙がぼくを悲しませる

収容所にはたくさん歌がありましたが、わたしたちはザイデルバストという言葉ゆえにこの歌を選びました。それはメルデクラウトのような言葉でした。オスカー・パスティオールは言いました、子どもの頃、ザイデルバストは男の名前だと思っていたと。ゼバスティアンからきていると考えたのです、絹《ザイデ》を着たゼバスティアンだと。そんなふうに考えることができるのは子どもの頃だけです、ザイデルバストがかくも美しい言葉だからです。ザイデルバストの響きはやわらかい。花は菫色で、葉は銀緑色で、枝は灰色です。そして秋になると肉のように赤い実がみのります、珊瑚玉のネックレスみたいにぎっしり連なります。実は石果で毒性がきわめて強く、死をもたらすことすらあります。こうしたことすべては書かれてはいませんが、わたしたちは知っていなければなりませんでした、ザイデルバストが説明を付されぬままにホームシックを映し出すように。

ザイデルバストの歌はホームシックの歌にぴったりでした。収容所へ向かう畜用貨車のなかでもう、それは何度となくくりかえし唄われます。それは線路上での子守唄、どんどんどんどん遠ざかる歌《イマー・ヴァイター・ヴェーク・リート》となります。テクストではわたしたちはそれをキロメートル歌《キロメーター・リート》と名づけました、そしてオスカー・パスティオールが死んだのち、わたしはそれを畜用貨車ブルース《フィーヴァゴンブルース》としました。

新たに虚構された語はいずれも、現実の対象との対話から生まれました。空腹もまた現実の対象です。疲れも、ホームシックもそうです。ときにきらめく安っぽい幸せも、とうていこの言葉に値しないとしても、そうなのです。事実の近傍にとどまるためには、何かしら思いがけないものへの喩えが、テクストには必要となります。こうした喩えはどれも、現実の対象との対話から生まれます。一番いいのは、喩えがまったく生まれないことです。対象との対話の先っぽだけを書かれた文に残す、たった一語のなかへ喩えを射出する、対話をメタファーへ切り詰める。それが省かれたものを感情として運ぶのです、現実の対象との対話よりもずっと先まで届くような感情として。

先だって、風景による消えることのない社会化について、山岳気質、平地気質について触れたのは、収容所が平地にあったからです。オスカー・パスティオールと二〇〇四年にウクライナに行き、収容所のあった場所を見たとき、ドニエプロペトロフスクとノボ・ゴルロフスキを訪れたとき、それをはじめて目にしたからです。それまでイメージしていたのは山岳地方でした。オスカー・パスティオールが、いつも山地の語彙で、収容所近辺のことを語っていたからです。「けわしい」とか「えぐられた」とか「峡谷」という言葉で話していたのです。

わたしは驚きからさめることができませんでした。——収容所があったのはひらけた平地だったのです。炭鉱のぼた山だけが平坦な緑の原をさえぎっていました。加えてオスカー・パスティオールは、菫色の植物をすべてラベンダーと呼んでいました。彼の植物への親しさはその名前、すなわち単語に含まれる言語の調べでした。それはラベンダー《ラベンデル》という言葉の響きでした——ラバー《恋人》とヴェンデル《螺旋》、つまり、恋する螺旋ということだったのかもしれません。それか、LAから始まって、ラガーヴェンデル《収容所の螺旋》だったかもしれない。しかしあたりにはラベンダーは影も形もありませんでした。その言葉で指していたのは、先端の花が菫色をした、針金のように細い蔓植物で、草藤《フォーゲルヴィッケ》という名前でした。村の子どもだったわたしは、平原の植物を前にした寄る辺なさのなか、それはたくさんの孤独と植物名を学んでいて――世界を理解するためにと当時は考えたものです――それでオスカー・パスティオールは一本取られたというわけでした。彼はラベンダーという言葉を手放そうとはしませんでした。自分のことを笑いはしたものの、それでも草藤《フォーゲルヴィッケ》という名前を受け入れるまで、まるまる一週間はかかりました。黒ポプラの場合は、まったく違っていました。収容所での初日にすでに、抑留者らは植樹のための穴を掘らされました。一月のこの作業は、いじめ以外の何ものでもありませんでした、地面は凍りついてカチカチでした。バールとつるはしで奮闘しましたが、ナッツほどの土くれが礫《つぶて》のように顔に飛んでくるばかりでした。それは収容所での最初の屈辱で、穴は晩になっても掌二つほどの深さにしかなりませんでした。春になってようやく穴掘りの作業は再開されました。それから黒ポプラが植えられました。それは一九四五年のことで、わたしたちが訪れたときには、木々は六〇歳になっていました。オスカー・パスティオールは植えたのが黒ポプラであることを知りませんでした。黒ポプラ《シュヴァルツパッペル》もまた美しい言葉です。オスカー・パスティオールはすぐにこの名前を好きになりました、相当に奇妙な名前だったからです、なにしろ黒ポプラの樹皮は明るい灰白色なのですから。この落差がすぐに気に入ったのです。

対話においては、言い当てていない言葉にも効用があることを、わたしは学びました。的を逸れるとは近傍に寄ることであり、そこから的を得た言葉を引き出すことができるのです。誤った主張はおうおうにして二重底で、正しいものへ通じる最良の迂回路となります。

くりかえし見られることですが、書くとはまず第一に、生における現実の物との対話です。ついで第二に、この第一の対話で取り決められたもろもろの状況の、紙との対話、すなわち文への変身です。書き記す際には、この二つの対話が動因としてあります。しかし完成して紙上にあるとき、文は死んでいます。それは読まれることでまたあの二つの対話となるのです。

そこでの困難は、人は書いているときには生きることも語ることもできない、という点にあります。書くとは両者の無言劇《パントマイム》でしかないのです。二重の無言劇です――まず言語的視線のうちへ入ることを強いられる、つまりは、生における現実の物の無言劇です。そして、言語的視線に加えて言語的仕掛けが続きます。これが第二の無言劇です、いかにして見出された言葉に文構造が掟を教えこむかということです。

書きはじめようとするときいつもわかるのは、生きられたことは良くも悪くもないということです。内的な第一の対話においては、そのために使えそうな言葉を見つける、というところまで行かねばなりません。そしてこれらの言葉は、いま一度、文構造のなかに置いてみてはじめて、文の意図に添うものかどうかがはっきりします。現実の物との対話は、積み重ねられたり切り分けられたりすることで、言葉たちのなかに包みこまれなければならないのです。言葉たちは、起こらなければならないことを口述し、人はその響きに従い、正確な計算に従い、ついには喩えによる現実の不意打ちに突き進みます。虚構された言葉たちはひと息つきます、それが何を許容するのかはわたしたちにはわからない、試してみることしかできないのです。言葉たちは必要とするものをすばやくつかみます。許容しないものははねつけます。どうでもよいものなどありません。言葉たちは耳が聡い、その鋭い知覚能力ゆえに賢いのです。人が現実の物との対話においてしかるべく整えたもの、すべてよりも賢いのです。言葉たちは相互作用を必要としていて、現実への拘束を、そこから解き放たれるために利用するのです。現実の物との対話において、言葉の日常的内容はそれ自身に抗うよう唆されます。正常さは苛立ち、我を忘れます。言語的先鋭化への途上にあって、正常なものは浮遊します。そしてそれがふたたび腰を落ち着けるとき、人は超現実なものの意志に従わねばならなくなっています。あのセメントに関わるもろもろのイメージのように。

セメントはごく雑駁に言えば、建設現場にある灰色の粉末です。セメントは高価で、人びとは厳格にチェックされます。建築現場でのセメント作業は、不安を抱えた、ひどく辛い労働です。そして、テクストではこう書かれています――

作業班長が叫ぶ――セメントには注意しろ。
組長が叫ぶ――セメントは倹約しろ。
そして風が吹くと――セメントを飛ばすな。
そして雨が、それか、雪が降ると――セメントを濡らすな。
セメント袋は紙でできている。セメント袋の紙は満杯にするには薄すぎる。セメント袋は一人か二人で運ぶことができる、腹に抱えたり四隅をつかんだりできる――そして破れる。破れた袋ではもう倹約はできない。乾いた破れたセメント袋では半分が地面へ流れ出す。濡れて破れたセメント袋では半分が袋にこびりつく。それはどうすることもできない、倹約すればするほど、セメントはなくなってゆく。

これくらいの誇張であれば、無言劇のなかでの、収容所の現実の物との対話は許容してくれました。オスカー・パスティオールがまだ生きていた頃は。
オスカー・パスティオールが死んでからは、多くの言葉が変容しました。灰色の粉末たる**セメント**は、以来、地のほこりです。わたしはこの地のほこりによって虚構しなければなりませんでした。死に言及することなく、死が棲みついたイメージを。

セメントは、土ぼこり、霧、煙とおなじく、欺きだ——それは宙を舞い、地を這い、肌に貼りつく。それはいたるところに見え、どこにあってもつかめない。

テクストのなかでの自分の悲しみを、わたしは建築現場の構成要素にしました、地のほこりとしての灰色の粉末は、わたしにとって建築現場メランコリー《バオシュテレンシュヴェアムート》となります。そしてこの言葉から、強いられて、それまでは終わったと思いこんでいた、二重の無言劇とのさらなる内的会話が生まれます。これを続けていかなくてはという強迫観念が、さらに超現実的な領域へ導いていきます——

ぼくはセメント病になった。何週間ものあいだ、ぼくはいたるところにセメントを見た——晴れた空はのっぺり塗られたセメント、曇った空はセメントの塊だらけ。雨は天と地を結ぶセメントの紐。ぼくの灰色の染みがついたブリキ鉢はセメント製。監視犬はセメントの皮をかぶっている、食堂裏の残飯にもぐるネズミたちもそう。アシナシトカゲがセメントの靴下でバラックの間を這いまわる。蚕の繭に包まれた桑の木々は、絹とセメントでできたメガホン。おひさまがギラギラ照りつけるようなときは、眼から拭おうとしてみた、けれど拭えるものではなかった。そして点呼広場の噴水の縁には、夕方になると一羽のセメントの鳥がとまった。その歌声はパサつき、歌はセメントでできていた。弁護士のパウル・ガストはその鳥を地元で知っていた、カランダーヒバリだと言った。ぼくは訊ねた、ここではあれもセメントから？　彼はしばしためらってからこう言った、自分たちのところでは南方から来ると。

もうひとつのことは彼には訊ねなかった、仕事部屋の写真から見てとり、スピーカーから聴きとっていたからだ――スターリンの頬骨と声は鋳鉄製、でも口髭は純セメント製。

カランダーヒバリ――ひとつの偶然。わたしはその鳥の剥製を、バンベルクの自然博物館の鳥類コーナーで見たことがありました。その名前の響きは「カレンダー」のようで――わたしにとっては、パスティオールの過ぎ去った生の日々でした。そしてまた、移送された者たちの帰郷を待つ日々でした。

わたしは、オスカー・パスティオールの収容所から書きつつ離れてゆくほどに、そのなかへどんどん入りこんでいきました。テクストと二人、残されてしまった今になってわかるのは、これまでもずっと、最初に会話したときから、そうだったということです――オスカー・パスティオールはいつも収容所から出てこないわけにはいかず、そしてわたしはいつも入りこまないわけにはいかなかったのです。わたしたちは、いっしょにいるため、出会うためには、逆向きに歩みつつ支え合わねばなりませんでした。引きはがすために結びつける、それは偶然のきまぐれな法則のなかで行なうピンポンゲームのようなものです。

テクストはもはや何も知らないかのように、でありながら、何も忘れてはいないかのように振る舞います。人はごくありきたりな言葉を苛つかせ、ついには文字どおり逆上させ、その内容を越えたものを吐き出させます。そしてそれが喩えのなかで神経をすり潰してしまうと、過度の興奮をまた鎮めにかかります。テクストを落ち着かせ、熱を冷まします。ゆったりとしたリズムがあってこそ、次の段階が可能になるのです。語りの口調に包まれて、イメージはまた膨らんでいかなくてはなりません。

収容所のなかではどんな仕事をしてもいつもどろどろになった。けれどセメントほどしつこい汚れはほかになかった。セメントは地のほこりのように避けようがなかった、どこから来るのか見えなかった、気がつくともうそこにあったからだった。ひもじさのほかには、ホームシックばかりがセメントなみの速さで頭のなかに入りこんだ。そして、それは人をそのまま呑みこんでしまい、そのなかで溺れ死ぬことすらありうるのだ。人間の頭のなかで、セメントよりも速いものはひとつしかないように思う――不安だ。そうでもなければ説明がつかない、初夏にはもう、建築現場で、こっそりささっとセメント袋の切れ端にこんなメモをしないではいられなかったことを。

日は高く　ベールに包まれている
トウモロコシは黄金色、時間がない

それ以上は書かなかった、セメントは節約しなければならないのだから。
本当のところ、わたしはまったく別のことをメモしようとしていたのだった。

低く赤らみ待ち構える気配で
空にかかる半月が
もう沈もうとしている

それからぼくはそれを自分に贈った、静かに口のなかでひとりつぶやいた。それはすぐに粉々になり、歯のあいだでセメントが軋んだ。それからぼくは黙っていた。紙も節約しなければならない。それにうまく隠さなければ。メモを持っているのがばれたら監禁室送りだ――コンクリートの竪穴で、地面より一段下がっていて、立っているしかない狭さ。

排泄物で息は詰まり、毒虫だらけ。上部には鉄格子の閉じ蓋。

もう次の段落とは約束していました。書きつづけていればうまくいくものを、躊躇《ためら》っているあいだに取り逃してしまうのが怖いのです。しかし辛抱が足りないと失敗してしまいます、テクスト同様に、自分自身まで病的になってしまうのです。わたしたちはあるテクスト箇所に、あの二重の無言劇を与え、そして出来上がった死んだ文章から何かが輝き、誰かが文章を読むとき、その何かがまた目覚めることを望みます。エゴイスティックにも、投資したもののなにがしかを、文章が返してくれることを期待するのです。だって、たがいに刺激し合い、搾取し合い、二重の無言劇をもたらし、拡大したのですから。あるテクスト箇所を離れようとしてはじめて、長すぎたのか短すぎたのか、躊躇いすぎたのか焦りすぎたのかがはっきりします。興奮状態にある箇所を後にすることによってしか、次のステージにいたることはできません。テクストは休息しなければならず、吸い寄せる力から離脱しなければなりません。より静かな領域をさがし、待つことができなくてはなりません、後続する文章がより穏やかな文調に落ち着くまで。どう響くのかに耳を澄ますとき、どの文もその脈拍を認識するのです。

オスカー・パスティオールの方法とわたしのそれは、ぶつかり合いつつ機能しました。彼は現実の人たちを知っていて、つなぎとめられていると感じていました、文章によって勝手に奪ったり付け足したりはできませんでした。書くことの二重の無言劇に配慮しなければならなかったのです。しかし、彼の一対一対応の語りがわたしに求めたのは、その躊躇いを妨害すること、オスカー・パスティオールの登場人物をテクストの登場人物で、ほかの抑留者らの特徴をも備えた虚構の「ぼく」という人物で、邪魔することでした。そしてその人物は、部分的には、彼に逆らって演じなければなりませんでした。その際、いつも重要なのは、この人物が他の抑留者たちよりも良いわけではないこと、当然ながら人が自由ではいられない自己憐憫が、テクストにおける抑制されたアイロニーで醒まされることです。しかし、そのアイロニーは、悲劇的なものを部分的にしか隠してはならず、部分的には先鋭化させなければなりません、内的笑いをともなう二重性によって、悲惨さが小さくなるのではなく、より大きくなるように。そうやって個々の抑留者の出どころである、もろもろの場所を数え上げたのちに、ひとつの浮薄と見えかねない章題ができあがりました――「いかがわしい社会」。すなわち、強制下に置かれた、たえず腹を空かせた、腹と足に水が溜まった、虱とホームシックに苛まれた、いかがわしい社会です。移送者の出身地名は、植物の名のごとく響くように、響きをたよりに探しました。それらの名を通じて、細部が場違いなままに寄り集まり、傷つけ合い、突飛なものでは息苦しさも生じました。まったくおなじようにして、普通の生活に憧れる抑留者たちの苛むような渇望からは、章題「いつかいかした鋪道をぶらつきたい」が生まれました。この文章が悲惨さの程度について語る必要はありません。「いかした」は「すさんだ」の二重の無言劇なです。

当初よりわたしに、オスカー・パスティオールとの共同作業に確信を与えてくれたのは、彼自身も認めていた収容所への依存状態でした。そして、それを使いつつ労働しなければならなかった物質との強烈な関係でした——そうした物質は彼を殺しかねなかったにもかかわらず、あるいはまさにそれゆえに、この関係は築かれたのです。彼はそうした物質をどこまでも知悉していて、とことん愛していて、あるいは憎んでいて、それらに人物としての特徴を与えていました——さまざまな種類の石炭、心臓シャベル、冷えたスラグに熱いスラグ、スラグ煉瓦、もろもろの化学物質、冷却塔から立ち昇る白い煙、黄色い砂、セメント。そしていくつもの日用品。所持するものが少なければ少ないほど物はいっそう重要度を増していきます。「持っている限りのものを携えていく」——この書き出しから小説は始まります……存在を証してくれるわずかばかりのしがない物に貪欲につながろうとする人びとの奪われた生。物を手に取る、するとそれは彼らに、なお分別が失われていないことを保証してくれさえします。それは家から持って来たか、そうでなければ、新たに手に入れたかしたものです。そのいずれもが彼らに自信を与えてくれます。物はその忍耐力を所有者に伝達します、物を使うことは習慣ももたらしてくれます。そして習慣は支えとなってくれるのです、とりわけ隙間なく監視が支配しているところ、いかなる自由もないところでは。収容所に属する道具ですら、私性を装わせてくれ、その見返りは求めてきません。

現実の物の二重の無言劇。収容所の物については、書いていくなかでたくさん触れています。そして絶望のなかで唄うことについても、もろもろの歌についても。ザイデルバストのような創作歌や民謡や流行歌やオペレッタについても。キッチュの偉大な意味についても、その長所、短所についても。キッチュが絶望のさなかにあって大きな貯蔵庫となることについても、だってそれは収容所がなくとも、ありきたりの日常において貯蔵庫となっているのですから。存在のゼロ地点にあって、キッチュは最後のほんの一握りほどの常態なのです。それは「我々感覚」のポエジーです、だって人はもはや一人でいることはできず、一人を耐えることもできないのですから。キッチュはもろもろの感情を機械的に使用します、自己の内奥をのぞきこむことは求められません。キッチュは自分の感情のための出来合いの器、ケースを提供してくれます、個人的なものはみずからをさらさないでいられます。それは転落するでしょう。そこにキッチュが用意してくれるのが——出来合いの、定形化した情熱という——安全ネットです。出来合いなのでくりかえし使っても減りはしません。内なる絶望を飼い慣らすべく、人はすでにあるものにもたれるのです。出来合いのものにおける混乱は予測がつきます。後々の影響についてもおなじことが言えます。人はすべてを出し尽くし、でありながら守られています。これがキッチュの利点です。

**キッチュ**という言葉は悪口で、傷つける意図で用いられる概念です。しかしキッチュは変わりうるもので、わたしたちが自己の内部のいたるところに宿していながら、そのどこについても認めようとしない、複雑怪奇なものなのかもしれません。しかしその利点は、立場を変えるや、欠点となります。どの収容所でも知られていることですが、囚人長や指揮官たちも犠牲者たちの歌を利用するのです。キッチュは個人的なもの、すぐれて非政治的なもの、つまりは道徳的に罪なきものとして現れるため、犯罪者たちにわが犯罪からの息抜きを可能にしてくれます。犠牲者たちが彼らに対して抱いている「この人たちに感情はあるのか」という疑念を晴らしてくれるのです。犯罪者たちは犠牲者たちの親密な領域に忍び寄ります。彼らの感情に与《あずか》ることによって、職務上の野蛮をごまかすのです。犠牲者たちが出来合いの感情によりかかることで手にする、個人的なものの残滓を、乱用するのです。犯罪者たちは後にわが行為を話すとき、任務はきついものだったと供述します。そして義務の厳しさゆえに残念ながら表に出せなかった、自分の柔和な部分について好んで語ります。寄生的に犠牲者たちの収容所特有の感情のうちに入りこめたこと、それもいつなりとお望みのときに入りこめたことは、けっして語りません。そして自分たちが何ひとつ変わらず、そこから出られたことを認めようとしません。

こうしてみると、キッチュは状況のみならず、用いる人間によっても異なっています。わたしが収容所を想像してみるに、さしあたりひとつの区別が可能です。すると、こうなるでしょう——抑留者たちが苦しみに迫られ、なんともありきたりな歌を唄うとき、彼らが与っているのは正統な芸術です。囚人長や収容所の指揮官らが高尚なオペラを聴くとき、彼らはキッチュを演じています。彼らは芸術をキッチュへ貶めています、なぜなら収容所特有の感情を利用することは、彼らにとって何ら拘束力を持たぬ行為にとどまっているからです。もしそうでなかったら、彼らは翌日、苦悶の任務を平然とこなすことはできなかったはずです。

冒頭で触れたように、オスカー・パスティオールとの仕事は、ラナで数日をともにしたところから始まりました。以来、わたしは**LANA**という語をよく、セーターの洗濯表示タグで目にします。それは**羊毛**という意味なのです。つまりわたしはオスカー・パスティオールと一週間、たまたまおなじ羊毛のなかにいたのです。そしてそこから、奪われた生《せい》の糸玉が生まれました、だってわたしも別の理由で三〇年あとになってからであれ、そんな糸玉を持っていたのですから。出口のなさは、いかなる類であれたがいに似通っているとわたしは思います。

オスカー・パスティオールはときどき会話のなかで、グサリと刺すような虚ろな笑みを浮かべ、言いました、「わたしは不安ではありません、死んだらすべてはオレンジ色になり、それに痛くないとわかっていますから」。それから彼の両眼には光が灯り、それは堅くも柔らかくも輝きました。それは鉛が酸化するような輝き、あるいはまた、古びた絹を裏返したような輝きでした。テクストのなかで、わたしは「ひもじさ天使」にこう言わせています、「おまえが死んだら、すべてはオレンジ色になる、それに痛くない」。

彼が死んだあと、わたしは片付いていると思いこんでいた多くのことを、わがものにし直さなくてはなりませんでした。彼の死を文章にすること、彼に言及することなく。わたしはテクストのなかで「ぼく」に、三三〇番目の死者のあとでこう言わせました。


そこで人びとはもはや判然とした感情を抱くことはできなくなっている。(……)死は大きくなり、舌なめずりしてあらゆる者をうかがう。死と関わりあってはいけない。死を追い払わなくてはいけない、煩わしい犬を追い払うように。

ぼくは五年間の収容所時代ほどに、断固として死に抗ったことはなかった。死に抗うには、自分自身の生は必要ない、まだ完全には終わっていない生がひとつあればいい。


オスカー・パスティオールが死んでから、わたしはこの文章を書くことができました、彼が死んでからの沈黙が、そう書くように強いたのでした。死は言葉の衣装を着ていません。それは無言劇抜きで仕事をします。それゆえ、死を理解可能にしうる言葉は存在しないのです。

わたしは「トウモロコシは黄金色、時間がない」がわたしたちの第一の、そして第二の無言劇からどんなふうに飛び出してきて、地に倒れ伏したのかわかりませんでした——一対一で現実のなかへ戻ったときに。

「トウモロコシは黄金色、時間がない」という文章を、どう分配すればよいのか、わたしにはわかりませんでした——一方はわたしに、一方はあなたにでしょうか。つまり、わたしには「トウモロコシは黄金色」、彼には「時間がない」でしょうか。

息のブランコもオスカー・パスティオールが死んだあとにできた言葉です。この言葉もまた無言劇で、そこではオスカー・パスティオールとわたしが決して語らなかったものが揺れています——死と喪失の違いです。オスカー・パスティオールの消失からわたしが学ばねばならなかったもの——死については語ることができない——が、息のブランコのなかで均衡を保っています。けれども、喪失については、語らなくてはならないのです。

# 誰かがしかし姿を消すと、小犬がしかし泡からそびえたつ

## オスカー・パスティオールのありきたりではないありきたり

ある国から別の国へわが身をつれてくると、「故郷《ハイマート》」はむこうに置いてきたのか、あらたにこちらで見つけたのかとよく訊かれます。まるであなたは大地から足を持ち上げたことがない者よりもよく知っているはずだと言わんばかりに、立ち去りたどり着くことは足裏で踏めず思考で捉ええぬものを解き明かすはずだと言わんばかりに。ことによると故郷は、足のための場所でも頭のための場所でもないのかもしれません。故郷は誰かいなくなったことなど屁とも思いません。わたしはいまやオスカー・パスティオールとおなじ国からやってきて、彼流の「故郷《ハイマート》（Heimat）」に連なってみたいと思います。彼は言っています、「家《ハイム》（Heim）、これは説明するまでもない。しかし、語末の〈アート（at）〉となるとどうだろう、誰にこれが説明できよう」。パスティオールはこれを解き明かすために、辞書でこの語末で終わる単語を探しては、

気に入ったものを書き留め、ひとつの詩にしました。タイトルは、

逆引き故郷凝集体《ハイマートアグレガート》

マート《下士官》　リューベザート《蕪の種》　プッファーシュタート《緩衝国》
ザバト《安息日》　ツエリ《独り［身］》　アクロバート《曲芸師》
カンディ《候補［者］》　ゾル《兵［士］》　マン《全権［委任］》　コンコルダート《政教条約》
トランスズダート《漏出液》　ヴィー《みたいな》　エクスズダート《滲出液》
ペレアート《やっつけろ》　シュパガート《前後開脚》　レネガート《変節者》
アグレ《凝集［体］》　カッテ《カッテ［ガート海峡］》　オブリガート《不可欠な》
ズロ《代用［品］》　ヌガート《糖菓子》——アハ《ああ》　アハート《瑪瑙》
マトリ《母》　パトリ《父》　アルヒ《権［制］》　ラビアート《凶暴な》
イメド《直［接の］》　フィアト《ようであれ》　プラギアート《剽窃行為》
オルディナ《縦座［標］》　コミサリアート《警察署》
プロレ《労働者［階級］》　ゼクレ《事務［局］》　ノタリアート《公証人役場》
プラ《貼［紙］》　ヴァ《白［紙］》　プレディ《述［語］》　シンディ《事業［団］》　デリ《細［心な］》　ドゥプリカート《複製本》

ザイデンブロ《絹織〔物〕》　アンド《そして》　アドヴォカート《弁護人》
コプフザラート《レタス》　シュニッツザラート《サニーレタス》　ポストゥラート《前提》
ズプレマート《至上権》　アナスティグマート《収差補正レンズ》
ハイマート《故郷》　シュプラッハ《言語》　ヴァール《選択》　ウアハイ《原〔郷〕》　ズプリマート《昇華物》
プリマート《優位》　ディプロ《外交〔官〕》　アオトマート《自動機械》
ブッフフォルマート《本の判型》　ペルマンガナート《過マンガン酸塩》
シュナート《若枝》
コンビナート《工業地帯》　イルミナート《光明会会員》
オプスティ《頑〔固な〕》　ペンジオ《寄宿〔学校〕》　ブラッハモナート《六月》
アイス《一〔月〕》　クリスト《一二〔月〕》　バオ《建築〔月〕》　ホイ《七〔月〕》　レンツモナート《三月》
ツイトロナート《砂糖漬けレモン》　インカルナート《肉紅色》
フェルトシュパート《長石》　カルクシュパート《方解石》　ラート《助言》　パラート《準備万端》
プレパラート《標本》　ゲート《歩く》　ゼパラート《別々に》
シャオムレッシュ《泡消し》　クヴェアシュタオホ《斜めブレス》　アプキュール《冷却》　ライト《伝導》　レート《溶接》
ブルート《人工孵化》　ブリュート《抱卵》　ブリッツシュッツアパラート《避雷装置》
ディスパラート《異質な》

プランクヴァドラート《碁盤目》
レフェラート《ゼミ発表》
ツィエラート《装飾》　ツィエラート《旧正書法》　インゼラート《広告》
リテラート《文士》
リュックグラート《脊椎》　オイフラート《ユーフラテス》　ハイラート《結婚》　ピラート《海賊》
ビュロー《官［僚］》　アオト《専制［君主］》　プルトクラート《金権政治家》
レクトラート《編集部》　ホッホフェアラート《反逆》　ムントフォアラート《携帯食》　ボートシャフツラート《大使館参事官》
コンツェントラート《濃縮液》　アクラート《綿密な》　ズュートオストパサート《東南貿易風》　ノートアドレサート《緊急時連絡人》
シャントタート《破廉恥》　エター《予算》　アツェタート《酢酸塩》
ラク《乳酸［塩］》　トラク《論［文］》　ディク《後［述］》　ヴォール《慈［善］》　レズルタート《結果》
ポテンタート《支配者》　アテンタート《暗殺》　ルーメスタート《名誉ある行為》
レオスタート《可変抵抗器》　バックツータート《焼菓子材料》
アデクヴァート《適切な》　デリヴァート《派生語》
プリヴァート《私的な》　ヴィヴァート《万歳》　レゼルヴァート《特別居住地》1

こんな具合にパスティオールの詩では、「故郷《ハイマート》」は語末前の「家《ハイム》」という頭をなくしたおバカになって、無我夢中にくりかえされて、それにわたしはついていきます。この無頭状態にあっては、誰もが何かしらを手に取ることができます。しかし、よろめきながらの嘲笑は、辛辣に「故郷」をあてこすりつつ、いつしか胸締めつけるものと化し、わたし自身に向かってきます。

わたしはパスティオールのテクストを知ってからというもの、どうしてこの目眩ませるような単語の組み合わせがむやみやたらに故郷を描くのか、言語実験を論評する書物ではなく、わたし自身パスティオールを追うようにあとにしてきた国を手がかりに、解明しようと試みてきました。

わたしの説明はこうなります。

パスティオールやわたしのように、貧しさきわまる機能不全の国ルーマニアで暮らしていると、たとえどんな些細なことであろうと、即興抜きでうまくいく運動は何もありません。西側諸国の日常においては、あたりまえに存在しているもののおかげで、助走運動と到達目標はおのずと一致します。ルーマニアでは即興抜きで目標に到達することはまずできません。いくつか例を挙げてみましょう——

ポータブルラジオは小さな電池を六つ入れるようにできています、しかし店ではタバコ箱大の電池しか売っていません。そこで大きいのを買うことにします、携帯できるようにズボンのゴムで本体外筐にゆわえつけるのです。

故障したテレビをシーツの真ん中に置いて、四隅を持って修理工場へ持っていきます、車で回収し、配送してくれるような、公共サービスが存在しないのです。

父親や子どもの遺体を入れた棺桶を車の屋根に縛りつけます、どこにでもある大型荷物のように、街を抜け、野を越え、墓地まで運んでゆくのです。

花嫁花婿が婚礼という特別な日に、役所まで乗り物で行こうと考えます。しかし、私用車での通行は禁止されているので、建築現場からパワーショベルを借りてきます。結婚式の客はしずしず歩き、花嫁花婿は高々と持ち上げられたショベルの上に立ち、華々しい婚礼ドライブがとりおこなわれます。

すべてはありきたりの日常であり、苦しまぎれの即興です。即興はえてしてありきたりを凌駕します。センセーションとなり、当人自身も得意になって、即興を強いられたことを忘れてしまいます。一歩一歩先へ進んで行くには、個人的に事を成し遂げるには、何においても即興が鍵となるような場所に、超現実的なものは存在しません。ひとつの民族全体が、対象においてもその扱いにおいても、空想することつまりは創作することを強いられるのです。そんな場所では、言語についても、同様に振る舞うのが当然ではないでしょうか。オスカー・パスティオールの詩は、この迫られた状況と直面した困難に由来するのだとわたしは思います。

監視国家があらゆる出来合いのものを禁止して、生の時間を盗み取り、些事に頭悩ませることを強いるのは馬鹿げています。それは人びとを冷静にします、生きることを生き延びることへ固く結びつけます。一方、即興の強制は、空想することをも強います。支配する側はそれに、政治ジョークでふざける不服従以上に、不安を覚えていいはずなのです。ラジオに巻きつけられたズボンのゴムの不穏さは、笑ってともかく息を継ごうとする政治ジョークなどより、ずっと大きく、持続的なものなのですから。ラジオに巻きつけられたズボンのゴムとはすなわちジョークであって、それはおのおのに国家などもはや必要としない自立を要求します。なぜ権力者らは、実践的即興、手作業と物を用いた創作を怖れないのでしょう。わたしは当時、よく自問したものです。

わたしは朝五時に路面電車へ歩いていきながら、「ミンツェ、ミンツェ、フラウミラン、シュペクトルム」と口ずさみます。六時半には工場に着きます。昨日の晩から色恋ごとの諍《いさか》いを抱えていて、それを鎮める時間はありません。家から抱えてきたそれは、ほつれて首元にひっかかったままです。そして事務所ではわたしの隣に、さらに四人の同僚が座っています。九時頃になると毎日のようにドアがノックされます。ノックした人間は誰にも見えません、そしてその小男が郵便を持ってくると、事務所の人間はみな毎日のように笑います。彼らはその男を「いないさん」と呼びます、ガラス窓の高さに背が届かないからです。男はこの嘲りに慣れていていっしょに笑います。男がそれを凌げていること、笑いつつ超然としていられることで、思うに、嘲りは間抜けなものになっています。一〇時になると秘密警察が来て、このところいつもそうするように、わたしを空き部屋にひっぱって行きます。どうにもならなくなるほど追い詰められるまでの時間によって、男は半時間かそれか三時間も、わたしを責め苛なみます。なぶりものにして、脈絡なく問い、脅し、ふざけ、戯れます。このやり口を前に、あの事務所の笑う小男のように超然としていられればいいのでしょうが。わたしの机には翻訳すべき、機械の取扱説明書が置かれています。そのなかに「白鳥の首《シュヴァーネンハルス》」という言葉が見つかります、「果ての最後に《ユーバーエントリヒ》」、「油圧ラム《ヒュドラウリッシャー・ヴィダー》」、「オイル漏れ《レックエル》」、「駆動式フランジ《トリーブフランシュ》」、「コントロール・スリット《シュトイアーシュリッツ》」、「連接棒《プロイエル》」という言葉もあります。

詩ではありません、鉄と油がこうした言葉を必要としているのです、それを使って下の作業場で人びとが働けるように。翻訳は精確でなくてはいけません。労働者たちは訳文が正しいことを期待しています。彼らとちがってわたしは機械のことがわからないので、翻訳の心労は大きなものでした。一日に多くは進みませんでした、尋問のあとはほとんどと言っていいほど進みませんでした。わたしは機械ではなく自分の生のことを考えました。自分の神経が事務所じゅうに散乱しているのを見せつけられているような気分でした。

もはや訳すことに耐えられなくなると、引き出しを開けました。そこには西側を訪れた友人が貸してくれた一冊の本が入っていました――オスカー・パスティオールの『クリミアゴシックの扇子』でした。その本には章の代わりに五つの中庭がありました——案山子たちの庭、最長老の風の庭、離反白熱灯の庭、バタンドシンの庭、奇形七面鳥の庭。読みはじめるのは「離反白熱灯の庭」です。そして五つの庭のあいだには六つ目の庭が、この工場の中庭があります。すべてひっくるめて言ってしまえば、悪気のない者たちと手ぐすね引いている者たちの庭です。ペルシャ絨毯が敷かれた社長室から作業場の油だまりまで、序列の混乱が渦を巻きます。誰もがほかの者の一日を台無しにすることができます。掲げられているのは計画どおりの労働です、しかし上に立つ者も下に立つ者も、五年計画ではなく瞬間を生きています。寡黙な嫌悪感がつかみ合いの喧嘩に、たんなる不機嫌が恣意的扱いに転化します。わたしたちが日々八時間座っている庭は、ぎらぎら光る神経と錆びた鉄からなる敷地です。「離反白熱灯の庭」にはこうあります。

タス・イルジウン
シュタティスフィツィールト
ディー・メンクリへ
シュラウフェ
ロイムステンス

コレクト
アーバー・ダス
アイブリへ
ウアメルト
ヴァホルダー
ヴァルダイニシュ
フロンテール-:
ミンツェ、ミンツェ
フラウミラン
シュペクトルム[2]

これらの詩の言葉はわたしには、おのずから、以下のように翻訳されました――

タス・イルジウンは「日《ターク》」「幻想《イルジオーン》」
シュタティスィフィツィールトは「静止した」
ディー・メンクリへは「男性の《ディー・メンリヘ》」（それか「どんな量も《イェーデ・メンゲ》」）

シュラウフェは「ねじ《シュラウベ》」
ロイムステンスは「空間的に《ロイムリヒ》」（それか「誹謗されて《フェアロイムデット》」）
コレクトは「集団において《イム・コレクティーフ》」（それか「まったくもって」）
アーバー・ダス・アイブリへは「女性的な《ヴァイブリへ》」（それか「イチイ《アイベ》の赤い柔らかい実《ヴァイヘベーレン》」）
ウアメルトはつぶやいて《ムルメルト》
ヴァホルダーは「丸い、黒い実」
ヴァルダイニシュは「君のものだった《ヴァール・ダイン》」の形容詞形
フロンテール!:は「すべてを横切って」
ミンツェ、ミンツェは「花の上の、野生的な、薄ピンクの泡」
フラウミランは「わたしに組みこめ《バオ・ミア・アイン》」
シュペクトルムは「展　望《パースペクティーヴェ》、出口」

こんなふうに詩はわたしの頭に入ってきました。加えて、ルーマニア語では時間つぶしをするとき、何かするふりをするとき、「またミントをこすっている」と言います。仕事をせずに引き出しの詩を読んでいたとき、わたしはふりをしていました。机上にはすべてが整い、書類、ペン、取扱説明書、辞書が置かれていました。見かけだおし《ポチョムキン》の村の縮小版です。事務所のなかは図面の濃いミントの香りが漂っていて、ただ、わたしがやっていたことは個人的なことで、本来、事務所の意にそわぬ行為でした。ほかの引き出しでは、クロスワードパズル、星占い、それか、マニキュアセット、ネールのエナメルが図面逃れの気晴らしになっていました。国家の下に置かれた勤務時間中、誰もがそれぞれにわがミントをこすっていたのでした。

この詩は、当時も、今日にいたるまでもずっと、わたしが現在そうであるものでありつづけています——工場での日々あるいは電車に乗ること、諍いあるいは靴屋さん、地下鉄への通路あるいはスーパーマーケット。この詩は神経過敏で、壁に背を向け、虚無に鼻を突っこんでいます。一昨日からの出口、明後日のための出口を乞い願っています。その神経過敏な詩がわたしを読み、検分し、断言したのです、正気を保つにはいくばくかの神経過敏が必要だと。薬剤師の手つきで精確な処方箋にもとづいて、みずからの神経過敏をわたしの神経過敏に合わせて配合したのです。そしてそれはわたしに取りつき離れぬものとなりました、選択の余地はありませんでした。

当時わたしは、自分の工場の中庭でもって、オスカー・パスティオールの五つの中庭に対抗しようと考えていました。のちにわたしは、こんなオスカー・パスティオールの詩を読むことになりました——

## いつも

詩は存在しない。あるのは
いつもいままさにきみを
読んでいるこの詩だけ。でも
きみはこの詩で――上記参照――
詩は存在しないと言えるのだから
そしてあるのはいつもきみを
まさに読んでいるこの詩だけで
きみが読んでいない詩もまた
きみを読むことができるのだし
ここにあるこの詩はいつもある
わけではないのだから。
きみときみが二人とも
あれやこれやを読む。
両方に「きみ」で呼びかけよ

だってそれらはきみを読むのだから
きみはここだけにいるのではないとしても。[3]

ここにはまさしく「ミンツェ、ミンツェ・フラウミラン・シュペクトルム」を読んで、わたしの頭のなかで起きたことが精確に書かれていました。彼の中庭の通行許可証を、作者は手ずからわたしに発行してくれたのです。作者はドアの背後のあの小男のように、姿は見えぬまますべての詩の背後に立っていました。わたしは当時、あの小男のように平静を保ちたいと願っていましたが、パスティオールはそうでした。そしてわたしを詩のなかに導き入れてくれたのは裏口のドアではありませんでした。わたしは作者の意図したとおり、正面ドアから入っていきました。そう、「ミンツェ、ミンツェ・フラウミラン・シュペクトルム」はわたしが読み終えるはるか以前から、わたしがそれを自分の窮状に仕立て直しつつ読むのを、待ち受けていたのでした。わたしが、わがものにしようと熱くなり、読みながらわが泥棒を送り出し盗みにかかるのを。しかし盗み出すなんておよそできない話でした。「ミンツェ、ミンツェ」はとうにわたしの事例を計算に入れていて、肩をすくめてこれに答えたのでした――おまえが誰であろうと、どこにいようと、取れるものを取っていけ！

「ミンツェ、ミンツェ・フラウミラン・シュペクトルム」はわたしの日々の実用品となりました。

わたしは今日も、この魔法の呪文をかじりつつ生きています。そのときの気分に合わせて、音色を定め、長さを決めます。機嫌が悪いときには一度唱えるや、もう「ミンツェ、ミンツェ・フラウミラン・シュペクトルム」は効果を発揮します、驚いたときには、二度、そして三度とくりかえします。意地悪げなあるいは優しげな口調の「ミンツェ、ミンツェ」は、友人とのおしゃべりにもぴったりです。数限りなくくりかえして言ってみるのも、いいものです。無限言葉となった「ミンツェ、ミンツェ・フラウミラン・シュペクトルム」は、キッチンテーブル上の物も路上の通行人も動かします。あるいはまた家路をたどるあいだじゅう、好きなだけミンツェをつぶやいてみてもいい。職を辞するのにも、ほっと息をつくのにも、再度始めるのにも、毒づくのにも、笑うのにも合います。わたしは「ミンツェ、ミンツェ・フラウミラン・シュペクトルム」を取り出したかと思えば、またしまいこみます。それが予測できるのはミンツェだけ、あとは作者くらいのものでしょう。「ミンツェ、ミンツェ・フラウミラン・シュペクトルム」とわたしのあいだには共犯関係があります。いっしょならばわたしたちは、内外からの理不尽な要求にだって負けはしません。

わたしは国外移住したオスカー・パスティオールのほかの本を借り出しました。さして変形させられていないルーマニア語とハンガリー語の単語は、出どころの場所にさし戻して理解できるものでした。パン屋さんであれ、墓地であれ、街での次回の警察尋問であれ、葉っぱの茂った木々であれ、村に帰って母の家を訪れるのとまったくおなじように、詩のなかに認めることができました。あの狭い地方はそこで、無意味な脳内の思念へ拡大されたかと思うと、世界と呼ばれる普遍的に妥当するもののなかで縮小されました。

「わたしは知っている」とオスカー・パスティオールは書いています、「砂糖が血のなかで跳ねている家族のことを。五秒ごとに何かが起きる、いや、本題について話すことにしよう……」（詩《ゲディヒト》 詩《ゲディヒテ》、一二五頁）一月あたり一キロの配給食料としての砂糖が跳ねるのか、それとも砂糖キャンディーもしくは砂糖パンと笞《むち》が跳ねるのか、それ次第でこの砂糖はいつも、あるひとつのあるいは別のおなじものであり、陰謀あるいは渇望であり、バナート州であり、ブーメランのようにあらゆる境界を越えて遠ざかっては舞い戻ってきます。わたしたちはここルーマニアで誰もが、都会の刺す蚊《シュテッヒミュッケン》であれ、村の食う蚊《ゲルゼン》であれ、ティンタリ《蚊》とともに暮らしています。ロシア人はロシア人たちの、ドイツ人はドイツ人たちの、フランス人やカナダ人は彼らのティンタリ《蚊》とともに、彼らの心労とともに暮らしています。東ではどこまでも監視が続きその向こうにあるのは「この先通行不可」、西では自由が広がりその向こうにあるのは指針なき自由への絶望。それが何であれ、詩『蚊遣り』においてわたしたちは蚊の群れのただなかにいます。刺されずに生きていくなどとてもできない相談でした。

## 蚊遣り

ジムター　ハイシェ　グッグル――ジムツァー
ジムツァー　グッグル　ハイシェ――ツィムザー
ツィムザー　ハイシェ――グッグル　ツィムツァー
ツィムツァー　グライシェ　ツィンツァー　グライシェ
ヴァイシェ　グシュルブルク　ツィンター
フィジュフー　フィジュフー
オノマ＝ペー
ヴァイシェ　グッグル＝ゴンゲレス
ディクチョー
ヴァイシェ　ツィンツァー
ヴァイシェ　ツィムツァー
ヴァイシェ　ツィムジム
ヴァイシェ　ジムター
ディクチョー

フィジュフー　マンナ　ペロー
ヴァイシェ　オンノマ＝ペー
ディクチョー
ハイシェ　グライシェ　ヴァイシェ
チムチョー[4]

わたしたちの誰もが、国家によって管理された、それか指針なき自由に放任された蚊遣りについて語ることができるのかもしれません。しかし、オスカー・パスティオールの詩はどちらの物語も語っています、彼のテクストでは監視され絶望した者たちと、自由によって混乱させられた者たちが、入れ子状に入り混じっています、そして蚊群れはあちらでもこちらでも追い払うことができません。蚊遣りのテクストは、まったく同様に、人群れのなかでの会話と身振りをめぐる詩ともなっています。

わたしたちにありうる言葉と身振りは、出来合いの状態で、また他者によって長らく酷使されてきた状態で、お盆の上に置かれています。そしてわたしたちはそれを使う瞬間、この見本を個人的な表現として洗練させたいと願います。しかし、出来合いのパーツが載せられたお盆は、誰にとっても迷宮ともなります。そしてわたしたちは使う瞬間、個人的表現を粗野なものにしたいという願望もまったく同じように抱きます、ほかの者たちがそれを正しく解釈できるように。洗練することと粗野にすること、しかし交替にでもないし順番にでもない、両方いっぺんに、二つ同時に。オスカー・パスティオールのテクストほどに、このジレンマをとことん突き詰めているものはありません。

ぼくはボッティチェリ詩を書きたかっただって党賞賛を書いたからでももうひとつの詩を書いたからひとつの詩を書きたかったというのは気に入らなくてそれでやめておいた考えてみるに書かれなかったボッティチェリ詩ではぼくがボッティチェリについて書かなかったのはボッティチェリのせいなのかそれとも党賞賛がボッティチェリを気に入らなかったせいなのか別の言葉で言えばもし党賞賛を書いてなければひょっとしてボッティチェリについて書いたのかそれともどちらにしてもボッティチェリについては書かなかったのかさらに書かれなかったボッティチェリ詩では党賞賛はボッティチェリという題になったのかその詩自体はたんに庭のブランコと呼ばれるべきものだったのに。[5]

このテクストはわたしにとって、今もかつても、迎合と拒絶のあいだを揺れる玉虫色の変幻模様の範例となっています。作家、画家、音楽家であるルーマニアの友人たちが片足を妥協に突っこんでいるとき、わたしは彼らを前にこの詩を朗読しました。ルーマニアでは多くの者に党賞賛の影響が見て取れました。みずからを物笑いにしてしまう詩句とはまったく別のところで、芸術家たちはアントネスク賞賛、ヒトラー賞賛、スターリン賞賛、チャウシェスク賞賛によって対価を得ていました。次なる支配者に仕えるために名前を変えた者たちもいました。そして、みじめなほどに尊大ぶって、なんともいやらしく蒼ざめて、見分けがつかぬまでに引き裂かれて、忍び足で歩道をうろついていました。彼らは徹頭徹尾ゆがんだ存在であり続けました。仕えることから一歩踏み出して、才気走ったものを再度放とうとすると、生まれ落ちたのはやぼったい塊まりでした、オスカー・パスティオールはそれを「ガチョウ・アカシア詩」と呼びました。

ガチョウ・アカシア詩はできあがっていてそれはガチョウ・アカシア詩いがいにはありえないほどにできあがっていてそれはクラインベチュケレクからきているからでそれはじじつそのとおりだけれどでもそれがクラインベチュケレクからきているからというりゆうがなるほどとおもわせるのはそのとおりだからではなくそうではなくてしょうめいがいらないからでじじつしょうめいなんていらなくてだってガチョウ・アカシア詩ができあがっていないなんてありそうになくていやはんたいにそれがクラインベチュケレクからきているみたいにできあがっているからで[6]

「クラインベチュケレク」はバナート地方の村の名前以上でも以下でもありません。そういう形で、この詩もまた「故郷」をめぐる問いに対する答えとなっています。わたしがクラインベチュケレク的故郷詩の典型としてイメージするのはソネットです。というのも、ソネットでは連《シュトローフェ》と韻がスムーズに進められるからです。方言では罰《シュトラーフェン》のことをシュトローフェンと言います。そういうわけで、検閲から連《シュトローフェ》に対する罰《シュトラーフェン》はありませんでした。パスティオールもまたルーマニアでの初期の時代は連の形で書いていました。わたしが彼の(六〇年代にルーマニアで書かれた)初期の詩を読んだのは、西側で書かれた壊れた詩をすでに読んだあとでした。オスカー・パスティオールは畑とトラクターで体を痛めました、的外れに微笑むことのある許嫁もしくは社会主義を信奉する女性技師のせいで調子を悪くしました。わたしがそうした詩も知っているのはよいことでした。それを知っていてはじめて、理解することができたのです、パスティオールが、窒息しそうなほどに息苦しい、それ自体においてもさらに国家の監視下においても閉ざされた故郷の球体を離れることで、いかに多くのものをあとにしてきたのかを。鉄のような国家への奉仕、土でできた故郷ジーベンビュルゲンへの奉仕、そしてまたソビエトの収容所での五年にわたる強制労働でのブリキ製の皿。一九四五年には八万人のドイツ系ルーマニア人が、ヒトラーの犯罪に連なる「集団的罪責」の列車に乗せられ、ソビエト連邦における強制労働へ移送されました。その一人が当時一七歳だったオスカー・パスティオールでした。生きられたすべてのもののうちのなにがしかが、これらの詩行を通してくりかえし光を放っているはずです。収容所のなかでオスカー・パスティオールは、迎合と拒絶のあいだを揺れる玉虫色の変化を、彼自身言うところの「存在のゼロ地点」に身を置いたがゆえに、五年にわたり剥き出しで体験したはずです。そこで変容は、まさに「一すくいのシャベルが一グラムのパンに変容する」ことにほかなりませんでした。そこに退化したものがさらに忍びこみました。収容所からの帰還のあとに、故郷のスターリニズムがやってきました。一九六八年になってはじめてオスカー・パスティオールはルーマニアと不安をあとにすることができました。そうなってやっと、退化したものは言語を求めました、がらくたから唯一無二の言葉が求められました。その言葉のなかでのみ、パスティオールはなお叙述することができました、いかに「切り刻まれた満月が切り刻まれた屋根に射すか」を、いかに「言葉のなかの停止は緩慢なプロセス」であるかを。

言葉のなかでの停止は緩慢なプロセスであって、それは終わってみてはじめて、つまりはなんとも愛想なく、起きている。そうなるとわたしたちは切り刻まれた満月が切り刻まれた屋根に射すのを見ることになる、しかしわたしたちが思い描くようなひきずるような物音を、それがどんな具合に停止するかを、わたしたちが聞くことはない、なぜなら言葉のなかの停止が物音を立てるのは、言葉のなかであって、わたしたちの想像のなかではないのだから。わたしたちは巻きあげられたほこりがぎこちなく逆流する音も、端っこが集光レンズにじりじりと削られ、微光を発する音も聞かない。終わりから見てみると、言葉のなかでの停止は、止まることが、痛みなきまま、別離から逸脱することであり、言葉のなかで緩慢な停止を引き起こすものが、言葉ともども生起するのを止めたせいで停止する、言葉なき状態なのである[7]

数年前にキェシロフスキの『デカローグ』の一話である『死についてのショートフィルム』が上映されたとき、わたしはドイツの批評家らの映画評で、映画の主人公は朝には鞄のなかに紐を入れていた、つまり最初から殺すつもりだったのだ、と論じられているのを読みました。しかしどこまでも機能していない国に生まれると、三〇年にわたって、さまざまな持ち運びやすい事物を当然のように鞄に入れて、あちらこちらに持ち歩くことになります。紐はそうした、世界を機能させてくれる事物のひとつなのです。紐は栓抜きにもなりドアクローザーにもなり、買った物を運ぶための持ち手にもなれば、ズボンベルトにもなってくれます、なにしろ質の悪いチャックはいつ壊れるかわからないのですから。紐は後々必要になろう行為にとってのユニバーサルな構成要素なのです。それは朝にはまだわかりません、その日一日、紐が何になるのかは、その瞬間がやってきてはじめて決まります。パスティオールの詩はある瞬間から次の瞬間へ変化しつづけてゆくこの紐から、起こるまではそれ自身にもわからない抜け道からできています。あの「ミンツェ、ミンツェ・フラウミラン・シュペクトルム」から、偶然の、それ自身不気味に感じられる抜け道から、できているのです。

何かしら深いものではなく、そうではなくて文字どおりに取られたものを、オスカー・パスティオールの文章は読者に語ります、その者が彼の生を知っているときには、あるいは、おなじ独裁体制からやってきたときには。「誰かがしかし姿を消すと、小犬がしかし泡からそびえたつ、そのほかの点ではしかし毛の一本一本にいたるまで瓜二つ」これはわたしが弔いのために持ってきた詩を締めくくる言葉です。それは冒頭の言葉から、無愛想なままに半ば生きられ、半ば生きそこなった、憂愁に満ちた運命の甘受です。

凶兆のなかのパン屑

数限りないティーローズ《茶香薔薇》！　髪のなかのバタークッキー！

生きられなかったゼリーでできた枕！　三つがどう関係し合うか、

それは泡次第であって、そのなかから、それらはそびえたって
いる。とんぼ返り《プルツェルバウム》が犬のヴルツェルを打ったら、おまえは
磁器《ポルツェラン》でできている。天のハサミが閉じられたなら、それは
砂あらしがくるということだ。しかし油がつーっと

よどみなく流れるときには——誰かが余分になっている。
フェンシング練習に注意せよ、小さな結び目を作れ、冷笑を
少々控えよ。中間領域が知っているのはすなわち三つの

星の配置。驚愕の星位、状況の星位、そして
逸脱の星位。パン屑めいたものが向かってくる
なら、おまえは平穏に生きられる、またもや花崗

岩壁が斜めに三つの文章へぎしぎし押し潰される
ようなこともある、一方、片方の膝の裏側で

肌がすっかり変わることもある。現状のところ

おまえのコネはきなくさい話からできて
いる。おまえが人工木材でできているなら、今は冬。
話は取り消しということになれば、ティーローズは

天で閉じられる、そうなるとおまえは枕になる。誰かが
しかし姿を消すと、小犬がしかし泡からそびえたつ、
そのほかの点ではしかし毛の一本一本にいたるまで瓜二つ[8]

辛辣に、そして穏やかに進んでいく、とてもうまいとは言えない歌で、世界はさかさまになっいます。信じるかもしれませんし、信じないかもしれませんが、星占いを構成しているのは以下のようなことです——国境での発砲、自宅での首吊り、窓からの転落で姿を消してゆく人びと、すべてが国家に仕組まれた出来事。わたしには、国家に抗って、無愛想な態度で、小犬と毛を確認する必要がありました。三度続けて反復される「しかし」へのこだわりは、死者を悼むのに役立ちました、ロルフ・ボッセルトが死んだあとも。「しかしおまえらの企ては成功した、

わたしはしかし彼をけっして忘れない、わたしはしかしおまえらを指さしつづける」、そんな具合に、わたしはオスカー・パスティオールの三度にわたる「しかし」を読みました。この文章はわたしに、「しかし」というちっぽけな言葉の扱い難さを教えてくれました。そしてまた、死の不安のなかで、感覚はあまりに大きく、分別はあまりに小さくなるということを。

しかし、独裁があろうとなかろうと、どんな場所においても不器用な子どもは成長の過程で、恐れられる嫌らしい権力人間になるか、危惧される煩わしい敗残者になるかの二つの極端のあいだに立っています。そしてどちらの極端も、どの場所においても、長年働いたのちおなじよぼよぼの老人になります。そしていたるところで誰かが、すっかり老いぼれて小麦粉を目覚まし時計に入れるようになります、まったくの正気でいながら、悲しみのあまり笑いがとまらなくなります、「わたしはとても歯が痛い」と書かれた紙幣を手に押しつけられ、それをとっておきたくても使わなければならなくなります。縄を一本、部屋のなかに吊るし、椅子を置き、それからしかし川へ行って水に入ることになります。すべてが狂っていて、普通の世界と規律と本能がごちゃまぜで、澄みきった妄想のなかで論理に靄がかかっています。あることは計画され、あることは実行され、失敗すれば難を逃れ、成功すれば損をすることになります。そして両者のあいだにはあまりにも多くがあります。そしてそこへ、その両者のあいだへ、オスカー・パスティオールのテクストは当初からわたしとともに向かいました。傷ついた成功と厚かましい不安のあいだの周縁世界。分析の美食家たるドイツ文学研究者たちは言います、コミュニケーションの拒否であると。なぜそうなるのか、わたしにはわかりません。他のいかなるテクストとも、わたしはこんなに話したことはありませんし、テクストのほうもわたしとほど話したことはないでしょう。他のいかなるテクストもこんなに場所をあけてはくれませんでした。そして他のいかなるテクストも、これほど多くの自由な選択を与えてはくれませんでしたし、こんなに近くで付き添ってはくれませんでした。オスカー・パスティオールは実験において、偉大なリアリストなのです。ミンツェ、ミンツェ、ねえ、オスカー、そこで訊ねたくなるのです、いったいどんなふうにやったのかと。

# なのに、ずっと黙っていた
## オスカー・パスティオールと「石のオットー」

ミンツェ、ミンツェ、ねえ、メンシュ《メンシュ》オスカー、わたしは今日訊ねたい、いったいどんなふうにやっていて——なのに、ずっと黙っていたのか。

どうして遺稿のなかにすら、情報提供者「石のオットー」についての何かが、説明が、あなた自身の記憶がないのか。オスカー・パスティオールの死後、わたしたちが見つけたものは、小さな手書きの紙切れだけだった。その一枚には、一九六八年に当局に洗いざらい打ち明けた、とある。「すっかり片付ける」と書いてある。パネルディスカッションの準備のためのメモ用紙には、「セクリターテ、シュタージなど」のタイトルのもと、以下の言葉が書き留められていた。「いかなる思考もしたくない、いかなる文章も発したくない、それを用いて、それを通じて、あの唾棄すべき複合組織がのちに目的を達成してしまうような事態を招き寄せかねないものは

――不信と悪意を撒き散らし／和解不能な関係を作り出し／人格に亀裂を入れ／心身に不安と恐怖を生み／つまりはわたしたちを後から被後見人に変えてしまう（威厳を奪う）という目的を。

彼らの具体的な質問に関しては――これについてはドイツの担当官庁（連邦国境警備隊だったと思う）とアメリカ、イギリス、フランスの関係部署に聞いて欲しい、そこでわたしは三四年前にみずからすすんで詳細にわたって事情を説明した／彼らに包み隠さず自分を「さらけだす」ことによって／そしてまた、すっかり片付けて治癒のプロセスをもたらすために（そして新たな始まりを）、そしてあの唾棄すべき複合組織を葬り去るために――失せちまえ！　そこでわたしたちに傾けられた耳は、冷静に（一／三世紀という）大きな隔たりから醒めた視線で見返してみるに、「西側」から提供された、過去の排除を可能にしてくれる、ありがたい機会だった（壁の崩壊まで向こうで待たなければならなかった者たちには、この機会は与えられなかった）。」

何かしら打ち明けるようなことがあったはず、とは考えていた。にしてもメモの内容は謎めいていた。そこにわたしは、迫害に対する不安ばかりを読みとった。

二〇一〇年の夏になってはじめて、わたしはミュンヒェンに住む、やはりルーマニアのジーベンビュルゲン出身の文学研究者シュテファン・ジーネルトから、非公式協力者「石のオットー」

のことを、オスカー・パスティオールがセクリターテのためのスパイ活動を課されていたことを知った。ジーネルトは記録文書を見つけたのだ。二つの記録文書。スパイ対象者としての文書とスパイ行為者としての文書だった。

最初の反応は、驚愕だった。平手打ちだった、憤りもあった。ジーネルトが、のちには、やはり文書を読んだエルネスト・ヴィヒナーが、細部をより詳細に報告してくれるほど、いっそう身の毛のよだつ思いに襲われた。文書は陰鬱な絵画のように、五〇年代、六〇年代を描き出していた。

当時、刑務所は満杯だった。収容所を出て家に戻ったあと、木箱の釘打ちと建設作業を生業としていたパスティオールは、ようやくブカレスト大学で学ぶことができるようになった。彼はふたたび普通の生活のなかで、疲弊し頑なな我意を抱えつつも、人生をわが手にしようとしていた。しかしまたもや彼は圧力を受けることとなった。文書は、彼があらゆる側面から包囲されていたことを示していた。大学教師数名も彼をスパイしていた。その主たる人物は密告にまで及んでいた。その報告はゾッとするほどに卑劣なものだった。その男もパスティオール同様、同性愛者だった。個人的理由から復讐に及んだのではないかと思う。

ブカレストで大学に通うようになり、罠がいっそう狭められた頃、パスティオールはヘルマンシュタットから来た建設現場の同僚であるグレーテ・レーヴに、七篇の詩を渡し、保管を依頼した。グレーテ・レーヴはしかし、それを友人たちに見せてしまった。七篇の詩は収容所に関わる詩だった。それは五〇年代、六〇年代には反ソビエト的扇動とみなされていた。その後、グレーテ・レーヴが一九五八年秋に、とあるオーストリア人との接触を理由にセクリターテの監視対象となりスパイに勧誘されると、パスティオールの詩も秘密警察の知るところとなった。

オスカー・パスティオールはこれらの詩がいかに危険なものであるかわかっていた。一九五七年、彼はヘルマンシュタットのグレーテ・レーヴのもとを再度訪れ、詩を書き写し、新たなタイトルをつけ、「オットー・ホルンバッハ」と署名することを取り決めた。続いて元の詩はパスティオール自身の手で廃棄された。かくしてこれらの詩は、ドイツの強制収容所から出てきたあるユダヤ人作家によって書かれたものとみなされることになった。一九五九年八月、グレーテ・レーヴは逮捕され、一か月も経たないうちにクローンシュタットの軍事法廷により七年間の更生拘留の有罪判決を受けた。

彼女はセクリターテのために活動することを拒んだために有罪となったことを、パスティオールは知らなかった。手元にあった詩が有罪判決の理由のひとつになったと思いこんでいた。一九九二年二月二三日付の遺稿に含まれていた一枚の紙切れにはこうある。

いつもいつもありとあらゆることについて、罪なきままに罪があった、罪ありとなったという確信（出口のなさ）、もしかするとこれが、わたしの内的動機を貫いている赤い糸なのかもしれない。ドストエフスキーからよろしく、プロテスタント的原罪からよろしく。限界状況を生き延びた者たちみなからよろしく、というわけだ。

ドイツ人として移送されたこと――罪の問題。五年で贖われたとでも？

小さな一束の「ロシア詩」、五〇年代半ばにヘルマンシュタットで書かれたもの（たぶん七篇の詩、「浴場のバラード」という題を覚えている）。コピーの形で、ブカレストへの転居前に建設会社の同僚の女性に預けて残したもの、良いテクストで、だから「危険はなく」、まったくもって「出版可能」と考えたもの［……］。それからブカレストで――危険きわまりない企てだったのだ、足の下は薄っぺらい氷――裁判の噂を聞き、同僚女性の名前も出て、でも人びとはわたしを、悪夢のような年月のあいだじゅうずっと、見せかけの平穏と不確実状態に置きつづけ、それでもわたしは自分が有罪だと、無力だと、無防備かつ有罪だと感じていた。ただただ頭のなかで思い描く――むろん情報は何ひとつない――彼女のもとで発見された数篇の詩が、詩についてではなく人間についての、予定どおりの判決の「確定」にそもそも援用されるものなのかどうか、されるとすればどの程度されるのか。詩の元原稿はわたしがパニック状態で廃棄した（まるでそうすれば自分が守られるかのように！）生贄を捧げる――それにどれほどの意味があるのか？

建築現場の同僚女性とも——彼女はもう何年も前からドイツ連邦共和国に住んでいる——機会を得て話をした。もろもろの「出来事」を冷静に再構成するためにとも言えたし、言い切れないところもあった。克服というのは、どうひねくりまわしてみたところで、意図の暴力と無縁ではありえない。それよりは罪があると思いこんでいるほうがいい。

拘留をちらつかせる秘密警察に締めつけられ、パスティオールは逮捕を免れるべく、非公式協力者となることを言明する書類に署名した。収容所から戻ってからの彼は、自由《フライ》となる代わりに、法に保護されぬ存在《フォーゲルフライ》となった。非公式協力者「石のオットー」に対するわたしの二番目の反応は同情だった。細部をあれこれつつきまわすほどに、それは悲しみに変わっていく。

収容所から故郷へ戻ったあとも、それから数年経ったあとも、同性愛で逮捕される不安を抱えていたことは知っていた。彼の知る同性愛者たちは次々に逮捕されていた。その話はよく彼から聞いていた。しかし、収容所についての詩のせいで監視対象になったという話は一度も聞かなかった。わたしたちのあいだで交わされたのは、収容所での日々における何千もの細部をめぐる話だった。実際それだけでも十分すぎるくらいだった。それはきわめて多くの代償を彼に要求し、みずからに強いる精確さに耐えられなくなるのではないかと、心配になることがよくあった。しかし、彼の記憶はひとつの欲求だった、収容所の光景をめぐる怪物的とも言える精確さは六〇年来、彼の頭に棲みついていた。いまなお収容所が頭のなかでもがいていることを、ついに認めることが許されたのだった。いつかこの悲惨が叙述されることを、彼は切に望んでいたのである。

長編小説『息のブランコ』のために話すべく定期的に会うようになる以前は、パスティオールは収容所について語ることを一切拒んできたし、同性愛について話したことも一度もなかった。『息のブランコ』の作業をするなかでわたしが眼にしたのは、収容所時代の石炭すくいが――彼はそれを眼の前で演じてみせた――いかに彼の身体に呼び出しうる形で留められているかということだった。彼は動きの段階ひとつひとつを、個々には再現することができず、毎回、石炭すくいの過程をまるまるあたまから始めないわけにはいかなかったのである。もしかすると、わたしたちはいつか非公式協力者「石のオットー」について話をすることになったのかもしれなかった、もしオスカー・パスティオールが不意に死んだりしなければ。長編小説のためのわたしたちの共同作業は収容所をめぐる話に限られていた、帰還についてはひとことも話さなかった。彼が死んだとき、聞きたいことはまだまだ残っていた。五年にわたる収容所生活のあとで投獄されることに彼が不安を抱いた別の理由も、もっとあとになれば口にされたのかもしれなかった、もしかすると「石のオットー」のことも。

これまでにわかっているのは、彼自身による報告が二つ存在することだけ。この間《かん》に見つかった外国秘密警察の文書にも、経歴情報が記載された用紙が一枚あるだけだ。パスティオールが編集者として働いていたラジオ局を訪れた外国人訪問者についての報告もない。パスティオールのいわゆる行為者としての文書も、大部分は犠牲者としての文書である。ルーマニアの記録文書館の研究者によれば、五〇年代から六〇年代にかけて、逮捕をちらつかされ、セクリターテへ協力させられたスパイは、数千人いたとされている。

当時の秘密警察はわたしの時代よりも残忍だった。六〇年代はじめになってようやく、反ソビエト的扇動という罪状が犯罪記録簿から消えたのである。しかしそれは組織内での秘密事項であって、オスカー・パスティオールは知るよしもなかった。ルーマニアはソビエトから一歩、距離を置くようになり、政治犯の大赦すら行なった。グレーテ・レーヴもまた、二年を経て刑務所から出所した。

パスティオールについての報告がなおどこかしらで見つかる可能性は排除できない。しかしわたしには、パスティオールが熱心に密告する姿は想像できない、あれは純粋なる責め苦にほかならなかった。彼はわたしが知っている誰よりも臆病だった。自分の罪禍は強制の結果だと言い抜けるには、あまりに臆病な人だった。このことが彼の沈黙を説明してくれるかもしれない。

彼は言った、自分の言語は収容所のなかで砕け散ったと。今日では、わたしはわかっている、パスティオールの言語は一度にとどまらず、さらにもう一度、砕け散ったのだ。彼のテクストからは、存在の切迫がひしひしと伝わってくる。言葉を偽装すること、露出することで、彼は自分を取り戻した。パスティオールのユーモアの傷つきやすさ、哀しさ漂う朗らかさ——今ではわかる、そこに二つの重りがぶら下がっていることが。

わたしは非公式協力者オスカー・パスティオールを、わたしの文書に登場するほかの非公式協力者と同じ基準で評価する。しかし、そうしながらも別の結論にいたる。もしパスティオールがまだ生きていたら、わたしは彼のところへ行くたびに、きつく求めるだろう、自分の記録文書を読み、自分自身でそれについて書くように。しかし、そう言いながら、そのたびに、わたしは彼を抱きしめるだろう。

# 人はつかみかかってくるものを見ようとする
## カネッティの「群衆」とカネッティの「権力」

わたしたちはほんの一握りほどの友人でした。みな一〇年来、それかもう少し前から街に住んでいました。みなその頃に、大学で学ぶべく村から街へ出てきたのでした。村の経験から監視されていることは知っていました、なにしろ村はチェス盤さながらに、ただただのっぺり広がっていたのです。誰もが村人の眼にさらされていて、その眼は三〇〇年の歳月を経ていて、眼に映るものすべてが「故郷」を名のっていました。この故郷が村を統べていました。そしてこの三〇〇歳の頑固で怠惰な故郷にあるものすべてを言祝ごうとしない者は、よそ者の烙印を押されるか、敵とみなされました。

わたしたちはよく、このことについて話しました。出身の村々では故郷の権力が支配していました。故郷であるからには監視はおたがいさまで、自分が見られるところはすべて他人にも視線が向けられました。街とは異なる監視でした。故郷はことさらに監視したりしません、あたりまえに監視するのです、その権力は自然法則よろしく、太陽と月のように日々に完全に溶けこみ自明なものとなっています、はるか三〇〇年の遠い昔から。

わたしたちは村を出てからずっと外で生きていて、村人の意見など意に介しませんでした。わたしは村では要注意人物、家では出来損ないと思われていましたが、そんなのはどうでもよいことでした。わたしは街にいて、一握りほどの友人がいて、わたしは彼らの、彼らはわたしの仲間でした。そして街は舗装され、党と警察が支配していました。そして眼に映るものすべてが国家を名のっていました。そしてこの国家はすぐに友人たちみなを、そしてわたしを、尾行するようになりました。まったく何でもないことのせいで、つまりは誰もが知っていることを、この国が独裁国家と呼ばれ悲惨と不安からできていることを、大声で話したというだけの理由で。誰もが知っていることを語るのが、話すときに一番危険なことでした。人は格好の標的となり、ひとたび語った者はその後も標的にされつづけました。

わたしは最初、村で敵となり、それから街で国家の敵となりました。権力はあからさまに姿を見せました、わたしは秘密警察ビルに尋問に呼び出され、あるいは秘密警察が工場にいるわたしのところにやってきて、内側からドアの鍵を閉め、事務所で半日責め苛みました。あるいはやつは仕事が退《ひ》けたあと、自宅に家宅捜索にやってきました。権力が姿を見せると、閉じこめられるか放り出されるか、つまりは逮捕されるか職場から追い出されるかのどちらかでした。毎日のようにアスファルトの上を、あるいはものものしく、あるいはこっそりとやってきては、この遍在する自明の権力が暴れ回りました。その権力の大元は独裁者でした、彼は四年で学業に見切りをつけ、犬の咆哮で語ると言われ、賞賛されるときには「カルパチアの天才」とも「人民最愛の息子」とも「すべての子どもたちの父」とも呼ばれました。そして独裁者による指令《デクレート》と女性たちへの強制捜査から生まれた望まれざる、のちに困窮する子どもたちは、公式には「未来の光」と、日々の言葉では「指令児《デクレートヒエン》」と呼ばれ、そこには軽蔑と同情が響いていました。そして人民の口に歯とパンがなく、足に靴がないことは、「人民の幸福」と呼ばれました。これが日々の真実でしたが、誰もが「幸福」という嘘に慣れ切った結果、それは不条理なまま常態と化していました。

これほど多くの「幸福」に包囲されていて、ある日、『群衆と権力』と題された本があると聞くと、耳はそば立ちます。やっとついに、と考えます、権力への欲望がどのように構成されるのか、激烈な抑圧がときに時計のようにときにハンマーのように機能するのはなぜなのか、知ることができるのだと。人びとにはわかっているのです、この国であるがままに生い育つものは何もないことが。権力によって日々禁じられているか強いられているためにこの状況になっていることが。普通でないことがたえず四方八方へ広がっていくなかで、取り巻く馬鹿げた世界がいかにしてありえているのか、正常さはどこへ消え失せてしまったのか、わたしたちは理解したかったのです。何万もの人びとの本性を偽善と沈黙へ飼い慣らすことがいかにして可能となったのか、人間のもろもろの感情と悟性がいかにしてかくも倒錯させられえたのか、説明してもらいたかったのです。『群衆と権力』と題されたこの本は、なんとしても読まなければなりませんでした。

毎月、友人サークルの誰かひとりがブカレストのゲーテ・インスティトゥートに、本を借りに行きました。晩にティミショアラを寝台列車で出発すると、朝の八時頃にはブカレストに着きました。読み終えた本を図書館に返却し、新しい本を借り出すのです。本は少なすぎてはいけませんでした、だってわたしたちのあいだで回し読みされねばならなかったのですから、多すぎてもいけませんでした、だってわたしたち全員に読まれねばならなかったのですから。あまりにエロチックな、それかあまりに左寄りの「害悪本コーナー」があることをわたしは知っていました。しかし『群衆と権力』は図書館になく、害悪本コーナーにもないと女性図書館員は言いました。そのときの会話は今でもはっきり覚えています、インスティトゥートでカネッティの本を注文してもらえるか尋ねたとき、ドイツ人の文化担当官が居合わせたからです。担当官の男性は言いました、「無理だと思いますよ、この図書館はイタリア人の本は注文できませんから」。

『群衆と権力』は発注されました。そしてわたしは数か月後、その本を読みました。冒頭頁の、二番目の文章はこうでした、**「人はつかみかかってくるものを見ようとする」**。今日なおこの文章は覚えています、これこそ、わたしがこの本に期待していたものだったからです。しかし、その先の展開はまったく違ったものでした。『群衆と権力』は六〇〇頁にもなろうとする全体のうち、ほぼ五〇〇頁にわたって群衆を論じていたのです。それは奇妙な読書経験でした、カネッティが群衆について言っていることは、何も、何ひとつとして、当たっていませんでした。それは読む端から完全に間違っていて、わたしは憤慨しました。それからそれは、失望と落胆のただなかで瞬時のうちに変容し、あっというまに誤っていながら正しくなったのです。わたしは今でも覚えています、正しく受け取れば彼の言うことはすべて誤っていました。誤って受け取ればそれは正しいものでした。反対ならば正しかったのです。つまりは、わたしはひっくり返さねばならず、そうすれば正しくなったのです。それは不意に訪れました、というのも最初のうち、ひっくり返りは意図せずして、偶然に起きたのです。それはわたしの不注意から起きたことで、わたしは読むときに「群衆《マッセ》」をつねに「権力《マハト》」と読んでしまった、というか、わたしはまったく読んではおらず、おそらくただもう機械的に権力のことばかり考えていたのです。誤って読むや一気に正しくなった文章に、わたしは愕然としました。文字どおり貪るように読みました。ひっくり返しの一例として、あるくだりを引用しましょう。カネッティの文章ではこう書かれています。

「このように閉じた場所からの噴出は、群衆がそのつど、突然に急速に無際限に増大することへの古えよりの喜びを取り戻そうとしていることを意味している。つまりわたしは閉じた群衆から開いた群衆への突然の移行を「噴出」と呼んでいるのである。こうした移行は頻繁に生じるが、空間にだけ関連するものとして理解されるべきではない。しばしば群衆は、充分に庇護されていた場所から都市の広場へ通りへあふれ出し、すべてを攫いつつすべてにさらされつつ、自由に動き回ろうとするかに見える。しかしこうした外的プロセスよりも重要なのは、それに対応する内的プロセスである、すなわち、参加者の数の制限に対する不満、ほかの者たちを引きつけようとする突如の意欲、すべての人びとに手を伸ばそうとする熱烈な決意である。

［……］

群衆はもはや敬虔な約束や条件などでは満足しなくなっている。群衆はその動物的な力と情熱の最大限に強烈な感覚を、みずから体験することを欲し、この目的のためなら、提供されるいかなる社会的機会や要求もくりかえし利用するだろう。

まず確認しておくべき重要な点は、群衆はけっして満腹しないということだ。いまだ捕捉していない人間がひとりでもいる限り、群衆の食欲は衰えない。［……］存続したいという群衆の企てにはいささか脆弱なところがある。存続のための唯一の有望な手段は、たがいに拮抗し合う二重の群衆を形成することである。相競い合う両者は、力と強さにおいて拮抗すればするほど、いっそう長く生きつづけることになるだろう。[1]」

このくだりでわたしは、「群衆」を「権力」に置き換えました。すると突然それは、もろもろの公の儀式、支配者たちの雛壇前の閲兵式を、独裁が必要とする事情を叙述するものになりました。群衆をめぐる文章はいまや権力をめぐる文章と化し、苛立ちは失せました。群衆という語を権力という語に置き換える——するとすべての文章が正しくなったのです。

「このように閉じた場所からの噴出は、権力がそのつど、突然に急速に無際限に増大することへの古えよりの喜びを取り戻そうとしていることを意味している。つまりわたしは閉じた権力から開いた権力への突然の移行を「噴出」と呼んでいるのである。こうした移行は頻繁に生じるが、空間にだけ関連するものとして理解されるべきではない。しばしば、権力は充分に庇護されていた場所から都市の広場へ通りへあふれ出し、すべてを攫いつつすべてにさらされつつ、自由に動き回ろうとするかに見える。しかしこうした外的プロセスよりも重要なのは、それに対応する内的プロセスである、すなわち、参加者の数の制限に対する不満、ほかの者らを引きつけようとする突如の意欲、すべての人びとに手を伸ばそうとする熱烈な決意である。

[……]

権力はもはや敬虔な約束や条件などでは満足しなくなっている。権力はその動物的な力と情熱の最大限に強烈な感覚を、みずから体験することを欲し、この目的のためなら、提供されるいかなる社会的機会や要求も、くりかえし利用するだろう。

まず確認しておくべき重要な点は、権力はけっして満腹しないということだ。いまだ捕捉していない人間がひとりでもいる限り、権力の食欲は衰えない。[……]存続したいという権力の企てにはいささか脆弱なところがある。存続のための唯一の有望な手段は、たがいに拮抗し合う二重の権力を形成することである。相競い合う両者は、力と強さにおいて拮抗すればするほど、いっそう長く生きつづけることになるだろう。」

読書はこんなふうに、一頁、また一頁と進んでいきました。わたしは文章を書き換えていきました、わたしが差し迫って必要としているものを、ルーマニアの日常にあって知らねばならないことを言ってくれるようになるまで。カネッティの群衆をめぐるイメージは、わたしのなかでつねに権力をめぐる叙述となり、すべてがしっくりするものになったのです。

カネッティの「二重群衆」、つまりわたしにおいては二重権力の箇所では、わたしは党と秘密警察のあいだの権力の結託を考えました、「人間がひとりでもいる限り」のくだりでは独裁者のことを考えました。するとすべてが引きつづき、的を得た叙述となりました、「相競い合う両者は、力と強さにおいて拮抗すればするほど、いっそう長く生きつづけることになるだろう」。そしてカネッティはこう続けます、「群衆――わたしの読みでは「権力」――の生におけるもっとも顕著な特徴のひとつに、追跡されているという感情とでも呼びうるものがある、それはいったん敵と断定した者たちに向けられた、ある種独特な、怒りを伴った敏感さ、過敏さである[2]」。

わたしはさらに群衆が、つまりわたしの頭のなかでは権力が、みずからの安定をはかるために、反復を儀式として利用することを知りました。そして群衆の目的、わたしの場合は権力の目的に関しては、こう書かれていました。「それは好んで目的をはるか遠くに、彼岸に設定する、人びとは生きている以上、そこにはすぐには入りこめず、多くの尽力と服従を通じて、それを手に入れるほかはないのである[3]」。そのとおりでした、共産主義において、わたしたちはつねに途上にありました。わたしは唖然としました、五〇〇頁にわたってカネッティが群衆と権力を取り違えていることに、何も予感しないままこの取り違えを通じて社会主義における権力を徹底的に分析し、微に入り細に入り叙述していることに。カネッティの文章をことごとく受け入れつつ、本に書かれたままにはとどめないとき、全章にわたって本に書かれた場所から引き出し、日々熟知している諸現象に頭のなかで引き寄せるとき、それは卓越した記述となりました。カネッティの文章は、まるで甲虫の脚がついているように、わたしの頭のなかをかけずり回りました。そしてわたしの眼を啓かせてくれました。群衆に関わるすべてのことが、この国では権力に当てはまりました。「次第にその方向が何より重要になってくる。目的は遠ければ遠いほど、維持される見込みは高くなる。」[4] こんな具合に一頁、一頁と進んでいきました。「群衆の諸特質」の章にはこうありました、「群衆はつねに増大しようとする。その増大には、本性からして、いかなる限界も存在しない」[5]。わたしはこう読みました、「権力はつねに増大しようとする。その増大には、本性からして、いかなる限界も存在しない」。

『群衆と権力』のような書物は独裁政権下にあっては、書かれた文章を経験に照らして再考することなしには読むことができません。カネッティは起こりうることすべてについてのある種の事典を執筆しました、潜在的なものをめぐる百科事典です。それは脳内での変換読解に熟練した場合に限り、読者を取り巻く現実的なものを説明してくれるのです。

「逃走群衆」の章では、群衆を権力に置き換える必要はありませんでした、けれどもここで群衆の概念がうまくはまったのは、カネッティが意図していたものとは幾分異なることを意味していたからでした。「逃走群衆」は読んですぐ、国境を越えての逃亡と結びつきました。しかしながらカネッティは「逃走群衆」という言葉で、ある人群れが「威嚇」を前にしてともに逃走する事態を指していました。長年にわたって国境では、国外逃亡に際して、射殺され、犬に引き裂かれ、ドナウ川に沈められ、何千人もの死者が出ました。彼らは時が**過ぎゆく**なかで、**ひとりひとり**で逃亡しました、彼らいずれもがそれぞれであり、長きにわたる時間のなかでたがいに関係はありませんでした。しかしカネッティの「逃走群衆」の概念を読んだとき、それは逃走者みなが眠る墓地となりました。というのも、そもそも彼らは当然ながらその絶望において、どこか別の場所にたどりつき、よりよき生を送るために命を危険にさらすそのやり方において、共通するところがあったのです。のみならず、カネッティの「逃走群衆」の隣には「群衆逃走」という概念も書かれていました。その言葉でカネッティは群衆のことを考え、わたしは個々人のこと、個々の人びとから成る群衆のことを考えていました。そしてカネッティが数多くの人びとから構成される彼の群衆について語ることは、わたしの念頭にある個々人についても当てはまりました。彼らは「いわば、危険から遠ざかる方向そのものと化す。身の安全を得られる目的地と、そこへの距離のみが唯一の重要な問題であり、［……］もろもろの隔たりは重要でなくなる」[6]。そしてさらに、個々に逃走する者たちから成る群衆に当てはまることがありました。「逃走中にあっては、彼らのあいだの違いこそ消滅しないものの、彼らのあいだの隔たりはことごとく消失する。[7]」

わたしはまた、ティミショアラからブカレストへ列車で移動する旅行者たちのことも考えました、彼らは列車がドナウ川に沿って走るあいだじゅう、押し合いへし合いで通路に立って、ユーゴスラヴィアのほうを眺めやります。顔は凍りついたかのように変わりません。誰もが口を閉ざし、水面を見つめ、同じことを考えています——どうやったら逃げられるのだろう。そしてこの通路の空気は違うものになります、隣に立つ誰もが、自分自身とおなじように、しばし息を止め、深々とため息をつくからです。列車の通路で、この近さで、人びとはたがいの監視を感じとります、ごく自然とすら言えよう、村の監視の一種です。ある都市から別の都市へ向かう途上の線路の上で、周囲に不意に故郷の力が立ちはだかります――しかし移動しつつあるこの列車にあって、それは逃走群衆なのであり、そこから逃げ出す者はけっしていないでしょう。それは考えていることによって成り立つ秘密の群衆であり、ごく内々にしかその素性が明かされることはありません。そのような秘密の群衆を、カネッティは想像することができませんでした。代わりに彼は「見えない群衆」について語っていて、それが意味しているのは、ときに、まとめて考えられる死者たちのことです。カネッティはこう述べます。「しかし、死者たちはますます増えていき、その密な状態をめぐる感覚が支配的になるというだけでは十分ではない。彼らは動いており、共同の企画をもくろんでいるのである。[8]」わたしはこの記述を実感することができました、死者たちのことなら十分すぎるほど知っていたのです。

そしてカネッティの記述で、先史時代における「迫害群衆」がやっていることは、わたしの場合、権力がやっていることでした。それはある種の迫害権力でした。そしてカネッティにおける「先史時代《フォアゲシヒテ》」は、わたしにとっての昨日の話《フォアタークゲシヒテ》、ときには数時間前に起きた話《フォーリゲシュットゥンデ》でした。カネッティによれば、迫害群衆の用いる手段のひとつは「追放」です。「以前、仲間だった者たちも、彼を相手にしなくなる。彼に住む場所を提供することも食物を恵むことも許されない。

彼とのいかなる付き合いも、彼らを汚し彼ら自身を罪人にする。もっとも過酷な形態を取った孤独が、ここでの極刑なのである。[9]」

まさに日々、わたしに起こったことでした。職場を出てバス停に向かうや、同僚みなが前方では追いつかれぬよう足を急がせ、後ろでは追いつかぬよう歩みを緩めました。両者のあいだで文字どおりたった一人で、わたしはこの惨めな長い道のりを歩きました。同僚たちはわたしを避けました、わたしに恐れを抱いていたからです。そして彼らが恐れを抱いたのは、権力者にとってわたしが国家の敵だったからです。つまりまず最初に権力がわたしを追放し、ほかの者たちは自己防御ゆえに権力に同調し、わたしを避けたのでした。

そしてカネッティが「祝祭群衆」あるいは「祝祭的群衆」と書くとき、意味していたのは以下のようなことでした。「一〇〇匹の豚が一列につながれて横たわっている。果実の山がいくつもそびえたっている。[……]みんながいっしょになっても食べきれないほどだ。[10]」これに対して、わたしが知っている祝祭群衆といえば、食料券と配給された基礎食品を手にした飢えた人群ればかりでした。食料の山の代わりにあったのは、スローガンと労働歌でした。演壇の上には大小の王さまたち。王さまはその姿を滅多にしか見せないことによって、ユニークな存在であり続ける、とカネッティは考えます。社会主義の王さまの振る舞いは逆でした。彼らは頻繁に定期的に姿を見せ、演壇の上から見下ろしては、民衆との違いを祝いました。行進する民衆が群衆なのだ、と言うこともできるかもしれず、それならカネッティと一致することにもなるでしょう。カネッティにとっての群衆には、増大する必要があり、方向があります。しかし社会主義における祝祭群衆は、増大しようとしていませんでした。この群衆のなかでは、誰もが逃げ出したいと考えていました。誰もが職場から招集をかけられた者たちでした。どこで、いつ、何を唄い叫ばねばならないかも命じられていました。誰もが権力の操り人形でした。群衆独自の方向など論外でした。独自と言えるものは反感のみでした。目指す方向はただただ、できれば誰にも気づかれず、次の角のところで逃げ出すことでした。いかなるデモの前でも、スローガンと旗と独裁者の肖像画が配布されました。みずからすすんで持とうとする者など一人としていませんでした、そんなものがあれば最初の角で逃げ出せないからです。人びとはデモが終わるまでいなければなりませんでした。夕方になってやっとこの煩わしいものをふたたび工場で引き渡すことができました。ほかの者たちがとうに草原に寝転んだり、飲み屋でビールを一杯やったりしているというのに、選ばれた者たちはチャウシェスクの肖像を棒の先に吊るし練り歩かなければなりませんでした。

本が二部構成になっていることからして、カネッティは群衆を権力の敵役と定めていました。たとえ直に向かい合う相手役ではないとしても、おのずと構成されてゆく、自立した人間の集団として。命じられた群衆というものを、カネッティは扱っていません。しかし、現実にはおそらくいかなる権力にも、まさしくそこに権力者の権力が立ち現れるような、命じられた群衆がいつも存在しました。命じられた群衆はしかし、権力維持の目的でなされる、権力による演出のひとつです。命じられた群衆がさして悲しげに見えないとすれば、それは群衆のカリカチュアでしょう。

わたしは当時、自問しました、いったいカネッティは東欧の独裁体制を経験した人間と、命じられた群衆について話したことがなかったのだろうか？　ナチズムをわが身で体験した彼は、独裁下の群衆について考察することに思いが及ばなかったのだろうか？

支配者たちが数十年にわたっていつも同じ口調で要求するものすべてに、国内の人びとは以下の言い回しを用いました。「わたしたちは〜しなければならない。」作業班、事業団、労働階級、人民がいました。人民の敵もいました。社会主義においてはひとつひとつがどれも相当に大きなものでした、それらは多数の人間から構成されていましたが、けっして個々人からは構成されていませんでした。個々の人間は社会主義には存在しませんでした、存在してはならなかったからでした。「個人主義」は侮蔑語でした。集団に同化せぬものは個人主義と呼ばれ、それは解雇理由にすらなりました。わたしが教職を追われた際の解雇書類の全頁に、この個人主義という言葉が記されていました。わたしは単数形で生きようとしました、しかし社会主義では複数形が支配していました。複数形が支配していたせいで、社会主義では群衆が支配していたと考える者もいるかもしれません。しかし群衆は存在しませんでした。個々人が、存在してはならなかったゆえに存在しなかったのと同様に、カネッティのいう群衆もまた、存在してはならなかったゆえに存在しなかったのです。命じられた群衆は群衆ではなく、権力の自己演出です。カネッティのいう、みずからを構成してゆくような群衆がいれば、すぐさま権力を打倒していたでしょう。そしてそれはつまるところ数年後の一九八九年に実際に起こりました、社会主義的な、つまりは命じられた群衆からカネッティのいう群衆が生まれたとき、ソビエトがもはや戦車を送らなかったからでした。

## どんな物もそれが在る場所を占めなければならないこと、わたしがそうであるところの者でなければならないこと

### M・ブレケル『すぐそばにある、ありそうにない現実から』

一冊の本をみなさんに紹介しましょう、とても印象深い本で、一九三六年にルーマニアで刊行されたときも、一九七〇年に再刊されたときも、読者を見つけることのできなかった本、M・ブレケルの『すぐそばにある、ありそうにない現実から』です。一九九〇年にようやく――エルネスト・ヴィヒナー訳で――ドイツでも刊行されましたが、ここでもまた読者を見つけることはできませんでした。一九九〇年以降のドイツにおいて、文学的強度の点でブレケルの長編小説に匹敵する本はほとんど存在しないにもかかわらず。あるいは、それこそが反響の欠如を説明してくれると言うべきでしょうか？

みなさんに納得いただくために、書物自体に語らせることにしましょう。

「人びとは輪をなして動いていた、日の当たる明るい場所と真っ暗な領域を順々に通り抜け

て、ちょうど地理の教科書に描かれていた月のように。」――とある歳の市の訪問者たちをブレケルはこのように叙述しています。かくも的確に彼の書物を叙述している文章はほかにないでしょう。外的展開を再話するのは容易ではありません。それはつねに内的展開の反映であり、憑かれたような内的独白《モノローグ》の流れであり、その独白は「わたし」の自己確証の試みのなかで告白となっていきます。登場人物「わたし」に名前はありません、まだ未成年で、ある小都市の夏の炎天下をうろついています。彼にははっきりとした目的があります、ブレケルの言葉で言えば「さまよい」ながら、自分自身と、世界内にすえられたもろもろの場所と人と物から成る陳列館《パノプティクム》との調和を求めているのです。この探求は感情の惑乱を生み、彼自身はそれを「危機」と呼び、その危機は「『わたしは誰』という恐ろしい問い」に由来しています。ブレケルにとって「この問いに対する答えは、思考の明晰さよりもさらに深く、さらに本質的な明晰さによって求められている」[1]。ブレケルの本で語り手の「わたし」はこう述べます、「[……]そしてわたし自身はみずからを、情け容赦なく事物のレベルにおいて再発見する[……]そんな瞬間わたしには、どんな物もそれが在る場所を占めなければならないこと、わたしがそうであるところの者でなければならないことが、いっそう明らかになるように思われる」[2]。

　さまざまな場所、人、物――この「わたし」はうろつきながら自分自身について唖然とするような語りを続け、それは「自分自身に対するよそよそしさ」をもはるかに越えていきます。



どんな物もそれが在る場所を占めなければならないこと、
わたしがそうであるところの者でなければならないこと
M・ブレケル『すぐそばにある、ありそうにない現実から』

というのも、ここでの語り手は、よそよそしさで二重化された状態においてすらできぬやり方で語るのです。彼は自分自身の身体の肉から、のみならず、二重化した脳内の第二の、ことによるとみずからの肌のうちにありつつ、望みのままに出入りする第三の、第五の――身体の肉から、情け容赦なく自分自身を観察します。その身体は「危機」をもうひとつの平衡状態にしています。「わたしは背が高くほっそりした青白い少年で、か細い首が上着のぶかぶかの襟から突き出ていた」と彼は書きます、「長い両手は皮を剝がれたての動物のように袖口から垂れていた。ポケットは紙切れやらなんやらでパンパンだった。街中《まちなか》の通りにきて、靴を拭うためのハンカチを、ポケットの底に見つけるのは至難の技だった[3]」。そして三〇粒を越える白い錠剤で試みた自殺未遂について、彼は言います、「もう何ひとつ続きようがないのなら、すべて終わらせるほかに道はなかった[4]」。そして言います、「何かしら任意の物事を終わらせなければならないかのようだった。わたしはいろんな物を見つけたが、それらは何の役にも立たなかった――ボタン、紐、色とりどりの撚り糸、ひどくナフタリン臭い小型本。たった一人の人間の死ももたらすことができない、もろもろの事物たち[5]」。

探求された幸福の末端にあるのは、製図版上で組織されたかのように明快な、しかしその効用に関しては見通し難い惨事です。もろもろの物の生命なき物質ともろもろの活気なき植物は神経を誘惑し、それはずたずたになりかねぬ危険にさらされます。物の「偉大なるメランコリー」

は外部にあり、頭蓋の内部では幻覚じみたイメージが流れていきます。「わたしは夢のなかで、白い家々が軒を連ねた陽光あふれる街のほこりっぽい通りにいた――ひょっとして東洋の街だろうか。黒装束に包まれ、大きな喪のヴェールを被った女性の隣をわたしは歩いていた。しかし奇妙なことに女性には頭がなかった。頭があるべき場所にはヴェールがいとも巧妙に巻きつけられていた、しかし頭の場所には欠伸のような穴が口を開いているばかり、首筋までが空っぽのまんまるだった。

わたしたちは二人とも急いでいて、並んで闊歩しつつ、救急車の十字マークがついた車を追いかけていて、その車のなかには黒装束の婦人の夫の死体があった。

戦時であることをわたしは理解した。実際、ほどなくしてわたしたちは駅に着いた。[……]突然、ある一等車のコンパートメントから、ボタン穴に勲章をつけた、太った、身なりのよい紳士が降りてきた。

彼は眼に片眼鏡を嵌め、白靴をはいていた。疎らな銀色の髪の細筋でその下の禿頭を隠していた。脂中に浮かぶ二つの瑪瑙玉のような眼をした、白い愛玩犬《ペキネーゼ》を腕に抱いていた。

紳士はしばしプラットホームをあちこち歩き、何かを探していた。ついに見つけた探しものは、花売り女だった。紳士は篭から赤いカーネーションの小束をいくつか選び、銀糸でイニシャルが施されたしなやかな財布から金を取り出し、代金を支払った。

それから彼はまた車室に乗りこんだ、窓越しに見えたのは、男が小犬を窓辺の小机に載せ、赤いカーネーションを次々に食べさせている姿で、動物はたいそう旨そうにたいらげているようだった。［……］[6]」

かくも濃密にまた精確に、ブレケルはこの本の一頁一頁にさまざまな観察を連ねていきます。ディテールがカチリカチリと嵌められていきます。髪の細筋《ハールフェートヒエン》、小瑪瑙玉《アハトキューゲルヒエン》、小机《ティッシュヒエン》、小犬《ヒュントヒエン》、小束《シュトロイスヒエン》——可愛らしい縮小形の素材の姿をとりつつ、個々の細部が怪物的なものへ向かっていきます。

M・ブレケルは——手紙のなかではマックス、マルセルなどと書いたりもしますが、作者としては匿名化されたMのイニシャルのみで現れます——ルーマニアのユダヤ人で、一九〇九年にルーマニア北東のボトシャニで生まれました。郊外に小さな陶器工場を、街中心部に陶磁器販売店を持つ一家でした。彼は医学を学びにパリへ向かいました。一九歳で骨結核を病み、短い全人生を療養所で過ごしました。両親が外国での治療費を出すことができなくなると、帰国を余儀なくされました。二九歳でブレケルは生涯を終えました。

読む者はわが眼を信じられなくなります。傑作『すぐそばにある、ありそうにない現実から』はつまり、病によってすでに衰弱した二五歳の人間が書いたのです。

ウジェーヌ・イヨネスコはルーマニアの文学界において、手厳しい批評で恐れられていました。しかし一九三六年にブレケルの本が小部数で刊行されると、イヨネスコはこれを称賛しました。しかしながらこの本は成功を収めるにはいたりませんでした。加えてその直後にはファシズムの時代が訪れました。ユダヤ人殲滅後の一九四五年にはスターリン主義がやってきました。そしてそのあとには、虚偽意識を盾に野蛮への共犯を正視しないだけでなく、反ユダヤ主義を当然の常数としてルールに組みこんだ、飼い慣らされた社会主義が続きました。国民レベルでの田舎じみた偏狭さは独裁の崩壊にいたるまで、一人のユダヤ系ルーマニア人を、最高のルーマニア作家と評価することを不可能にしました。そして一九八九年以降、ルーマニアでの反ユダヤ主義はふたたびいよいよ自由を謳歌するようになり、社会主義の縛りからも解放され、何はばからず社会主義以前のような、つまりは露骨にファシズム的な物言いを遠慮なくするようになりました。いわゆる知識人は欠片を拾い集めて、今日ふたたび狭小なおつむ向けの「国民的記憶」を組み立てたものの、それはベニア板で建てられた小部屋のようなもので、そこにブレケルのような人間はおさまりません。人びとがこの本を恐れるのはおそらく、それが胸締めつけられるような誠実さこそをよしとする書物であり、「国民的記憶」など一顧だにしないからでしょう。

「わたしと世界を分かつ隔たりは存在しない」[7]とブレケルは登場人物の「わたし」に言わせています。ブレケルの視線をかくも過激にしているのは、どんなありきたりの物のうちにも潜んでいて、見る者を虜にすべく待ち構えている官能《エローティク》です。主人公はわたしたちが人間とならばできようやり方で、もろもろの物と生きています。彼が観察するや、周囲の世界のことごとくが、ふつうは肌と肌のあいだでのみ可能なありようで官能を帯びます。彼の肉は事物の物質に滑りこんでいくようで、それは生命なき唐草模様のうちへ忍びゆく密会なのです。すると物質の側もそれに応えるように、観察者の肉のうちへ忍びゆきます。何かしら許されぬものが人と物のあいだで脈打ち、そこには近親相姦の禁断の気配が漂い、享楽のなかの倦怠、罪深さのなかの激しさがあります。自己理解を求めての探求は、きまってアイデンティティの誇張に終わります。かくも先鋭化されながら、探求は駆逐されたも同然となります。物の諸特性は代理するものとなり、答えこそ与えてはくれぬものの、「わたし」がみずからについて知りたいことすべての代わりになってくれます。

そこではジプシーの指輪についてこう語られます。「尋常ならざる鳥の装飾の数々、動物たちと花々、すべては性的魅力を昂らせるためのものだった［……］、ヒステリックにギザギザを描くペチュニアの葉先［……］。それは素晴らしいブリキの品で、繊細で、グロテスクで、汚《けが》らわしかった。とりわけ、汚らわしかった、それは愛をそのもっとも薄暗い領域で、その根幹のところでつかんだものだった。[8]」そして皮張りの安楽椅子が置かれ、抑えた照明に照らされた事務室についてはこう語られます。「一隅の薄やみにぼうっと、猫形の巨大なブリキの痰壷のシルエットが浮かんでいた。」[9]「古い床板を踏むとガラス棚がかすかに揺れた、歯噛みするようにガラス戸がカタカタ鳴った。」蝋人形部屋のクリスタルガラスの棺に横たわっていたのは「黒レースの衣裳をまとった、輝くように白い顔をした女だった。唖然とするほど紅い薔薇が胸のふくらみのあいだに置かれ、金の鬘は顳顬《こめかみ》のところが剥がれかけ、鼻腔ではおしろいの桃色が勝ち誇っていた。［……］彼女はぼくのうちのどこかしらに、思い出したくてたまらない言葉のように横たわっている、そんな具合だった[10]」。

いまだ成長しきらぬ彷徨者がもろもろの物に魅入られたのは、知覚の官能に魅入られたからです。観察を通じて、事物の陳列館《パノティクム》を見通せるようになればなるほど、彼は自分自身にとって見通し難い存在と化していきます。細部に熱くなったり凍りついたりをくりかえしつつ、その身体は事物への誘引と嘔吐のうちに棲みつくようになります。彼の肉は磁石となります。おのれに満足できない身体器官は、おのれに満足できない物を待ち伏せします。物の性質が肉を誘き寄せ、そこからもろもろの感情を搾り取り、貪り尽くします。内的なものと外的なものがたがいを犯し合う、この貪欲な出会いをいったいどちらが企らんだのか――人が物をめちゃくちゃにしたのか、それとも逆なのか――ついには判然としなくなります。足の下の道がたえず頭の中へあがりこみます。足裏と悟性のあいだでさまよい尽くした空間にあって、孤独な確認を余儀なくされます。美しいと醜い、喜ばせると苦しめるを区別すること――それはこの本のなかではもはや不可能なのです。感覚受容の強度は、垂直に頭蓋を貫いていきます。「存在の憂鬱《メランコリー》」と「どこにでもある組織された苦悶」は、慣れ親しんだ検索項目すべてを役に立たぬものにします。ここでは極端なものばかりが混じり合い、完全に新しい特性にいたります。物は慣れ親しんだかつての名前を保ちはするものの、その外見は新たに虚構されます。そして新たに感覚されたものは慣れ親しんだものすべてを一掃します。そしてわたしたちはそれに何も対置することができません、なぜなら読んでいて出会う抜け目ない観察はいずれも、頭の中で既知の事物にかつて見てきたいかなるものをも凌駕するからです。主人公は言います、「ぼんやりと感じるんだ、この世では何ひとつ終わりにいたることはない[11]」と。こう付け加えねばならないでしょう、彼にとって、ここではすべてがつねに終わりを踏み越えて進んでいくのだと。

ブレケルの感覚受容の官能は、あるひとつの事物と、ありうるなどとは思いもよらなかった別の事物との比較をたえず求めてきます。このエロス化された世界において、事物は未聞の領域へ遍歴していきます。「わたしがマルクト広場にやってくると、人びとは肉屋の屋台に肉を積み下ろしていた。彼らは亡くなった王女のように高々とそして恭しく、血に濡れた、赤色、淡紫色の牛の半身を腕に抱えた[……]、陶器の白い壁に並べて吊られたそれは、絹の潤んだ虹色の光沢、ゼラチン質の濁った明るさを呈していた。[12]」あるいは、「果物皿の上にはヘーゼルナッツがあり、それを手に取ったのはわけてもサミュエル・ウェーバーで、彼が噛み砕いたものをまれに押しこむように呑み下すと、喉仏が首のなかのゴム人形のように上下に跳ね踊った[13]」。そしてサミュエル・ウェーバーの息子オズィは「フルートのように細い腕をしている」。あるいはまた「[……]わたしのなかで沈黙はそれは柔らかに笑った、まるで誰かがわたしのなかでシャボン玉を吹きつづけているみたいに[14]」。そしてある「蒼白い女性」は、ブレケルの作品では、「音の出ないからくりの身振りと歩き方」で通りを横切ることができます。検温の際、体温計は「細い蜥蜴のように腋下へ」滑りこむことができます。そしてマラリアにかかった主人公を診察する医者は「小さな、ビロードのような眼で見つめ、小刻みな仕草と前に突き出た口はネズミさながらの外観を彼に与える。最初の瞬間からこの印象は強烈で、そのせいで彼が話しはじめるや、まるで話しながら何か見えない対象をかじるかのように、〈r〉をはっきり有声音で巻き舌で発音するのが、わたしにはまったく自然なことに思えてしまう。

彼が手渡してきたキニーネが、この医者には何かしらネズミめいたところがある、とのわたしの確信を強める[15]」。病人がミシン販売店の「キャビネット」と名づけられた奥の部屋で、客のいない時間を見計らって、慌ただしくクララと寝ると、視界の端にクララのコンパクトの上にいる一匹のネズミが映ります。「そいつは鏡のすぐそばでトランクの端っこに立ち、その小さな黒い両眼でわたしを見つめ、その両眼にはランプの灯りが金色の二つの滴を沈めていて、その滴が鏃《やじり》のように深々とわたしのうちに穿《うが》たれた。数秒間この鋭さでネズミがこちらの眼をのぞきこんできたせいで、わたしはあの二つのガラス玉めいた点から放たれた視線が小脳にまで食い入ったように感じた。ネズミはひどい誹謗中傷を浴びせかけようと企んでいるのかもしれなかったし、あるいはそれはたんなる非難かもしれなかった。[……]いまやわたしは確信していた、あの医者がやってきたのだ、わたしの秘密を探り出すべく。

同じ晩のこと、キニーネを飲んだとき、わたしの推測は揺るぎないものとなった[……]。キニーネは苦かった、一方、博士はクララがわたしに与えてくれた快楽をキャビネットで目撃した可能性があった、そういうわけで彼は、それ相応のバランスを生み出すために、ありうるなかでもっとも不快きわまりない薬を処方してきたのだった[……]。

診察の数か月後、博士が自宅の屋根裏で死んでいるのが発見された、顳顬《こめかみ》に弾丸を打ちこんだのだった。

この陰鬱な知らせを聞いてわたしが発した最初の問いは、「屋根裏にネズミたちはいただろうか?」というものだった。

この確証がわたしには必要だった。

博士が真に死にうるためには、ネズミの群れが死体に襲いかかって中身を食い尽くし、あの医者が人間という不法な存在を生きているあいだじゅう借り出していた、ネズミとしての物質を取り戻したのでなければならなかった。[16]」

「真似られたものはいずれもわたしに、深々とした印象を刻みつけた」と登場人物の「わたし」は言います。ブレケルにおける事物との近親相姦から読む者が経験するのは、もろもろの物はその存在をみずからを模倣することに負っているということ、物がわたしたちを惚れこませるには、既存の、既知の物質のほかには何ひとつ必要としていないということです。もろもろの物が模倣であり、「単純な装飾」、「哀しき表象」であるからといって、わたしたちは容赦されるわけではありません。というのも、まさにその点こそが術策だからです。物が存在する場所とわたしたちが物を観察する時間は、わたしたちを無防備にします。事物には「いやらしい秘密めかしと共犯の気配」[17]があります。対決の瞬間に取りこむことを強いられて、わたしたちは肌の下に外の世界を押しこまれ、その死した、というか、淫らにだらだら存続する物質をともに背負わねばならなくなります、わたしたちはそのために創られたのではないにもかかわらず。みずからを模倣すること、そこに世界のやっかいな独自性が隠れています。事物は優位にあります、わたしたちを捉えたとき、わたしたちとはちがって、肉を守る必要がないのですから。「事物のもっともありきたりでもっとも知られているところが、わたしをもっとも混乱させる。事物をしばしば、くりかえし見るという習慣はおそらく、ついにはその外皮が消費され尽くすという状況をもたらす、そういうわけで事物はときにわたしにとって、血が滲むほど剥き出しになったものとして、言葉にできぬほど生き生きしたものとして立ち現れる。[18]」

ある雨の日、彷徨する彼は街の境界に行き着きます。彼は休閑地のぬらぬら光るぬかるみに屈みこみ、髪を浸し、顔をこすりつけ、大の字に横たわり、衣服を泥まみれにします。それは恍惚であり、そのすぐあとになり、休閑地のぬらぬらが冷えた泥でしかなくなってしまうと、屈辱です。事物が近親相姦のあと唐突に身体に別れを告げ、ふたたびそれ自身のうちへひきこもってしまうときにいつも起こる、あの屈辱です。「わたしに容赦なく立ちはだかるもの——事物のごくあたりまえの姿形」とブレケルは書いています。そして「世界はかくも哀れにその精確さのうちに閉じこめられている」と。

ブレケルの本のなかでは**知**という語がイタリックで強調されています。それは悟性ではなく、感じとる《シュピューレン》ことによって得られています。肉によって思考されています。知はブレケルにおいて、身体によって引かれた痕跡《シュプール》なのです。

ブレケルの言語で唖然とさせるのは、感情の言葉と技術的、機械的表現の混淆です。そういうわけで、あるひとつの頭悩ませる力学が、あらゆる展開へ入りこんでくることになります。感情の痙攣は幾何学的な枠《フレーム》の上に張り広げられます。わたしたちは読んでいて、ブレケルの言葉は事物をたんに叙述しているのではない、という印象を抱きます。言葉は事物を鉤爪でとらえ、高く持ち上げ、まさしく文章のなかへ引っぱりこみます。ブレケルは主人公に、個々の言葉の有用性について語らせています。「言葉は存続しうるには、わたしが現実の人物を観察し、その後、注意深くその身振りを鏡のなかで追うときにわたしをひっとらえた驚愕のいくばくかを含んでいなければなりません。それに加えて、夢見られた転倒のよろめきのいくばくかを、忘れ難い瞬間に四肢を貫く、あの低く唸るような不安とともに。あるいはまた、水晶の球の濁りと透明のいくばくかを、そこに映し出された奇妙な光景とともに。[19]」

この本のなかでは、女性との関係が言葉の効果と、三度、比較されています。ミシン販売店のクララとは「言葉による了解よりも、もっと深くもっと速い悪癖の共犯関係[20]」があるとされています。二人目の女性はすでに触れた蝋人形館のガラス棺のなかの死者です。「[……]彼女はぼくのうちのどこかしらに、思い出したくてたまらない言葉のように横たわっている、そんな具合だった。[21]」三人目の女性はエッダです。彼女は結婚したてで、極楽とんぼの息子の妻となりウェーバー家に越してきます。この家に何年も前から出入りし隅々まで知り尽くしている主人公にしてみれば、エッダは「付け足された物であり、単純な物であり、その存在がまるでひとつの言葉のようにわたしを苛み苦しめる[22]」。彼女が主人公のうちにかきたてる性的興奮は彼を戸惑わせ、その身体を外側において木材のようにこわばらせてしまいます。

言葉の地位が、まさに女性への愛に匹敵するものにまで引き上げられているがゆえに、この本のなかの対話はいずれも、さらに短ければもはや機能しえぬほど簡潔となります。語調はそっけないものです。どの人物の会話にも嫌悪の趣があります、発せられるのが遅すぎるからです。

言葉があまりに長く舌に載せられていて、あまりに繁くわが口に呑みこまれてしまうからです。語られるのはつまるところ、語る動機が潰えてしまったときでしかありません。この本の登場人物のいずれにおいても、感情が目立って高まってくると文章は短く縮んでしまいます。ここでの伝達ルールはこうなのです——感情が熱くなるほど言葉は冷えこむ。この短縮化ゆえに会話は僅少となり、名言、アフォリズムの簡潔さを獲得します。会話はテクストのそこここでひらひら揺れています。作者が会話を省略できるのは、それが書かれぬままテクストに戻ってくるせいです、それは読む者の念頭にたえず浮かんでくるのです。

「わたしは誰?」というブレケルの問いは、内的に擦《こす》られ摩耗することでエロス化された世界に向かいます。『すぐそばにある、ありそうにない現実から』は観察の学校です。そしてそれは読者を、いかなる思いこみも捨てて眺めやるとき、おうおうにしてたどり着くあの場所へ、すなわち、覚悟を決めた諦念へ誘《いざな》います。ブレケルの作品ではこう書かれています。「あらゆる物、あらゆる人は、厳密に定義されているという、まさに厳密に定義されているという、その哀しい小さな義務のうちへ閉じこめられていた。[23]」「絶望のなか、わたしは自分が、目にした世界に住んでいることを、確認しなければならなかった。それに対してなすすべはなかった。[24]」

# 水たまりのほとりではどの猫も違った跳ね方をする

カエルは何歳まで生きるの？　コオロギは、アシナシトカゲは、ツバメは？　ノミは、ハムスターは何歳まで？　こんなことが訊きたくて、授業も終わろうという頃にわたしは手を挙げた。生物の女の先生は苛だたしげに目を剥いた、「またそんなことばっかり、手は下ろして背中のうしろ！」でも、わたしにとっては、ある生き物が駆けたり飛んだり泳いだりして、蚊やら葉っぱやら肉やらを食べて夏を過ごすのが、一回なのか三回なのかそれとも二〇回なのかを知るのはとても大切なことだった。そう訊くことで、自分自身のことを、先生のことを訊こうとしているとしても、それは無意識のことだった。先生は質問をはねつけた、死で邪魔をされたくなかったのだ。生物の本ではどの動物も、永遠に生きているのだった。

先生の剥いた白眼を思い出したのは、何年も経ってからのこと、尋問室で尋問する側が口走ったときだった。「交通事故も起こるだろう」だとか、「川に投げこんでやる」だとか。わたしは頭のなかであの文章をくりかえした、「またそんなことばっかり」。

当時、死は、任務を受けてわたしを殺すはずの、ひとりの人間の姿をとっていた。かなり若めの人目にたたぬ男で、今日のうちにも諜報機関に電話を入れて、任務完了を報告してもおかしくなかった。事を為す前に火酒を一杯あおり、事を為した後に市場で自分と妻と子にさくらんぼを一袋買う、いかにも世慣れた男だった。この想像は自分がどんなに死にたくないかを、何年にもわたって日々わたしに思い知らせた。事そこにいたってしまう前に、やつのさくらんぼに先んじるように、わたしはさくらんぼを買った。それはいわば、さきらんぼだった。

一九八九年、体制が崩壊した、世慣れた男はさくらんぼをまだ食べていなかった。さくらんぼ競争が過去の話になって一〇年が過ぎた。いまやわたしたちはいずれも、寿命が尽きて死ぬべき対等な存在である。けれども先んじてさくさんぼを食べようとする癖は深く食い入って消えようとしない。事をせくのが習いとなったわたしは、何をするにも急いでしまう、わずかなりとも生の時間を伸ばそうとするかのように。

水たまりのほとりではどの猫も違った跳ね方をする、そんな言葉をときどき歩きながら考える。死を持ち出すことなしに死について語る、好ましい文章だ。自死したひとりの友人は、わたしよりも、友人たち全員を足したよりも、もっと生きようとしていた人間だった。わたし以上に幸福を希求していた。窓から身を投げたのは死を求めたからではなかった、絶えざる生の不幸から逃れようとしただけだった。この違いをわたしは忘れないでいたい。

自死はもしや、妥協することなく幸福を追求した結果なのかもしれない。もはやとどまることが耐え難いときには、逃がれることこそ幸福なのだ。生の時間を有意義に過ごすべしと説く人たちがいる。でも、どうやって？　有意義な過ごし方とはと問われると、わたしには意味よりも時間のほうが先立つものに思える。いったい意味とはなんなのか、まったくわからなくなることがよくある。意味は生まれるかもしれないし生まれないかもしれない。意味は追い求めるや追い散らされてしまう。そのとき残るのは、ただ時間だけ、つまりは、もう食べられなくなってしまうその前に、どれだけ先んじてさくらんぼを食べるのか、ということだ。

それでも時としてある一日が、わたしに一本の鍵を差し出し、語りかけてくる——創ってごらん、この鍵に合う扉を。

# 小さな停車駅のまなざし
## ユルゲン・フックスにおける記憶の方眼紙

長編小説『流行りの髪型』の冒頭、「わたし」はもはや一民間人ではありませんが、いまだ一兵士でもありません。一マルク六〇ペニヒで超短髪に刈りこんだばかりの未成年は、入隊するために列車で出発すべく、集合場所へ歩いていきます。時はプラハの春が弾圧されてやっと一年という頃、この未成年はいま入隊するだけでは足りぬかのように、あろうことか国境警備隊へ配属されます。彼にはわかっています、そこでは形ばかりの軍事演習と射撃練習にとどまらず、この国から逃亡しようとする無辜の者たちに対する人間狩りが、いやおうなく義務として遂行されることが。

「召集令状には短髪の軍隊式髪型のことが書いてあります。それであなたは?」

「どういうものか、知りませんでした」、カンネンギーサーはおずおずと言う、息を切らせて、小さくなって、足をひきずり、頭を傾げて。彼は汗をかいている、トランクは大きく重い。

「なるほど、知らなかったと。いいでしょう、まもなく、残りの人生のあいだじゅう、知ることになるでしょうから」と同志の少佐（リンケ）が言う。「名前は何と？」

「カンネンギーサーです。」

リンケはそっぽを向く、おそらくはこういうことだ、「これ以上話すことなし。まもなく目的地到着、続きはそこで。」[1]

この名前（つまりは、カンネンギーサー）を少佐は記憶にとどめることになります。

ここでユルゲン・フックスはこの最初の衝突に、季節の情景描写を混ぜこみます。そして場面は無言劇へ変容します。言葉少なに、コメント抜きで、ひとつひとつ数え上げていくことのみを通じて、少佐に対するあふれゆく不安が外化され、拡大されていきます。

駅前通りには、茶に乾いた栗の落葉が散り敷いている。林立する繊維工場の煙突を透いておひさまが輝いている。季節は秋で、一一月で、月の四日めで、雨は降らず、風もない。

屋根の上方高く、明るく薄い、邪気のない雲が浮かんでいる。党指導部向かいの給油所わきの低い壁の上で、ひとりの少年が栗の実を数えている。太く短い棍棒がそばに置いてある。歩行者がいないのを見計らっては、木々へ放り投げる投擲弾だ。いまは歩行者たちが来るところだ。トランクを手に、奇妙な眼をして。生徒のようにも、観光客のようにも、羊のようにも、捕虜のようにも見える。制服を着たひとりが監視役であるのは間違いない。男はやけに真っ直ぐ歩き、距離を保ち、道順を知っている。上方の築堤で、キーッと宙を裂き、貨車がブレーキをかける。道の反対側へ移る者がいる？　踵を返してわが道を行く者がいる？　一台の「ワゴン式トラバント」がさして理由もなくクラクションを鳴らす。太く短い棍棒が木々に投げこまれ、太枝に触れ、激しくぶつかる。少年はどこ？　行ってしまったのか？　わからない。[2]

わたしたちがよく路上で出会うような、気持ちのよい秋晴れです。召集の時期であることが栗の実るこの時季を違うもの、脅迫的なものにしています。栗の棘だらけの厚い殻、落としてみると、中の丸い実はぴかぴか、つるつるです。命じられてほぼ丸坊主の若者たちの頭部は、剥かれた栗の実に似ていないでしょうか？　この若い兵士たちにとって、ひとり遊んでいる路上の少年は二様に作用します――少年は、栗に向かって棍棒を投げるのみならず、国家に徴発されつつある若者の生の内へも視線を投げかけます。路上の少年が落ちてくる栗を数えるように、この兵士はまもなく軍隊で日にちを数えるでしょう。こう喩えているのは作者ではなく読者です。二様の事柄はおのずとたがいのうちに陥入します、文の続き具合によって。じかに露骨に眼を向けるような鋭い観察によって。両者の対話は、言葉を交わすことと隔たってはいません。書かれた文章は語りの調子を内包しています。それは鳥肌が立つほど近づくことで、ありふれたものの裏をかきます。日、月、場所、人物——ユルゲン・フックスにおいては、すべてが明確な名前を持ち、現実に起きたとおりに保たれています。内容上の仮構はなく、表現上の虚構があるだけです。現実を写し取る方眼紙《ミリメーターパピア》の上で、作者は瞬間を正しく選びとります、それらは言及されることもあれば、無視されることもあります。さっと撫でられることもあれば深掘りされることもあり、再度取り上げられることもあれば放棄されることもあり、固執されもすれば中断されもします。この緊張感あふれる作劇法は、体験されたものから容易に掠め盗られるものではありません。言語によって虚構され、文学的に構成されねばならないものです。これがユルゲン・フックスにおいてはあまりに成功しているために、読者はこのテクストでは現実みずからが自身を書き留めたかに思ってしまいます。言語作業がかくも目立たなくなっているのは、作者の言語感覚に由来しています。作者は文と文をつなぎ合わせることで、傷つきやすいものを生み出します。読み進めていくなかで頭にひとつの像が沈殿すると、短い瞬間は長く揺れつづけます。実録詩（ドクメンターリッシェ・ポエジー）とでも呼ぶべきものが生まれるのです、召集の時期と栗の時季が触れ合うあのやり方において。

そしてまた、将校の灰色の鉄兜が、「出発が近づいた最後の日に」新兵ピルツの小さな緑の林檎と関わるようになるあのやり方においても。その日、みなは食堂でパン、チーズ、ソーセージを投げ、禁じられた自由に酔い痴れます。ピルツの手のなかの小さな緑の林檎だけがほんの一秒遅れてしまいます。投げてしまう前に、鉄兜が食堂に入ってきます、「あご紐を締め、ホルスターを開け、身をかがめて」――その態勢で林檎に向かって走ってきます。ピルツはまだ何も犯していません、投げようとして構えたところです。しかし、すでに投げられゴミとなって散乱するものすべての代わりに、林檎を握った手の動きにすぎないものが罰せられるのです。「静まりかえる、屈みこむ」とユルゲン・フックスは書きます。「動きがとまる。［……］投げられたものがそっと机に、皿に、戻される、それからズボンの脚のそばで落ちるにまかされる。［……］チーズが壁に張りつき、ひき肉ソーセージの輪がランプを飾り、パン切れと「ザーナ」印マーガリンの染みが油じみた灰色の床を彩る。[3]」

それから観察は飛躍し、さらにひとつを加えます。それは関わった者みなにとって、わずかな自由な午後、無為な時間であり、誰もが他の者たちのあいだをぶらついています。連行されたのはピルツただ一人です。彼は緑の林檎を携えていきました。もはや誰も彼のことなど考えていません、彼はいまやみなの代わりに責め苛まれるのです。「不安はなんとすばやくやってくることか」とユルゲン・フックスは書いています。［……］「わたしたちは何人だったことになるのだろう。一〇〇人か、一五〇人か。ピルツを入れて一五一人だ。[4]」

　いかなる不安であれ、抱いてしまえば劣勢になります。それゆえ、忘れ去らねばなりません、いずれ従属しなければならないのなら。「わたしはそのことを［……］点呼で知っていた、過度に精確な任務遂行こそが、完璧な形式での挨拶が、スローモーションで折れ曲がる腕が、略帽の縁を掠める手が、上官にじっと注がれる両眼が、従属を帳消しにできるのだ、なぜなら、それは最重要事たる不安とは無縁のまま、事を為すのだから。[5]」

　何年もが過ぎ去り、緑色の林檎恐怖《アプフェルアングスト》は白い林檎《アプフェル》への恐怖に変わります。それは、ユルゲン・フックスが――彼の言葉で言えば――友人たちをシュタージ文書から「掘り出す」べく座っていた、ガウク機関の「ハンカチ室」のなかで起こります。彼はひとりで座っていながらひとりではありません、四人は――かつての彼はそうだったわけですが――記憶のなかをぎこちなく歩きます。かつて在ったものを見ます。「ドアののぞき窓に監視する眼が、眼球《アオクアプフェル》が見える、あれを摘むことはおまえにはできない。[6]」

　拘留されていた時期の話には、妻がはじめて拘置所を訪れた際に持ってきたいくつかの林檎も出てきます。それは林檎以外の何か別のものを意味するのかもしれません。「わたしは林檎《アプフェル》とネーブル《アブフェルジーネ》を数える」とユルゲン・フックスは書きます、「そしてそれに対応する文字をアルファベットのなかに見つけようとする。うまくいかない」[7]。

現実に対する忠実を言語的に維持するユルゲン・フックスの書き方は、ありきたりの出来事をセンセーションにします。文章のなかで細部は驚くべき形で交差し合い、ほかの順番で瞬間を並べていくなどありえない、と感じさせるほどの説得力で追体験されることになります。ここに書かれているこのひとつの言葉の響きこそ、まさに必然なのだと。

ユルゲン・フックスの文学は感情を通じて記録します。ユルゲン・フックスの作品には、国家の遂行する措置に平行しつつ、みずからの生の時間の私的、個人的所有の危機がつねに綴られています。だからこそ描かれた肖像には、こうしたいくつもの層が含まれているのです。そうした肖像がおのずから複雑となるのは、作者がそれを徹頭徹尾、出来事から切り離さないからです。逆にユルゲン・フックスは外の舞台を内へ組み入れます。四囲のことごとくが内的意味を獲得します。登場人物は取り巻く事物のうちに据えられ、そして取り巻く事物はあまねく登場人物に浸透されます。登場人物は場に参与しているのです。両者の混じり合うこのセットから、状況は構成されます――つねにきわめて小さな空間で、無駄な言葉は費さず。文章は必然のみを、成し遂げます。

しばしば多くの人物がたがいに歩み寄ります、どの人物も次第に認識可能になってきます。

人物は大きな関係のうちに長らくとどまり、それから作者はその人物を際立たせ、しばしその人物から枠を取り払います。するとひとりの人間が不意に個別に、何に囲まれるでもなく、見つめるために借りてこられたように、つかのま文中に立ち上がります。というのも、次なる文章は人物を、その傷つきやすさのままに関係のうちへ送り返し、それから不意に事のただなかで、再度、明示するのです。

I 「こんにちは、フックスさん、コーヒーを一杯いかがですか?」
いいえ、結構です。

I 「おや、何か入っているとでもお考えなのですね。ふむ、おわかりいただきたいのですが、よその秘密警察、たとえばCIAやら、またスターリン時代のGPUやらでは、おくすりちゃんで仕事をしたものです、きっとそのことをお考えなのでしょう。でも、ご安心ください、われわれにはそんなものは必要ないのです、つまるところわれわれには時間があるのですから。こいつがどんな仕事をしてくれるのか、そのうちおわかりになるでしょう。[……]」
(歩哨がコーヒーを持ってくる。)

I 「あなたのコーヒーですよ。」

いいえ、結構です。

I 「どうぞお飲みください、何も入っておりませんから、それに仮に入っていたとしても発明したのは階級の敵ですから……」（笑う）[8]。

舞台上のワンシーンのように、ユルゲン・フックスはこのくだりを書き上げています。読者は頭のなかで場面を演出しつつ自問します、この尋問者は弱気なのか、どうかしてしまったのか、囚人とコーヒーを飲もうだなんて？ 上機嫌なのか、それとも誇大妄想の縮小形たる「おくすりちゃん《ミッテルヒェン》」という言葉で毒物に触れ、囚人の反応を観察したいのか？ 尋問者は柔和な態度を演じることで、囚人に吐き気を催させます。尋問者はわかっているのでしょうか、毒殺への恐れではなく主義主張から、拷問する者とされる者がおなじ行為をして親密さが生じるのを避けるべく、コーヒーが拒まれていることが？ 同一の身振りは、囚人によって却下されます。おなじカップをおなじように扱い、おなじように腕を曲げ伸ばしして取ったり置いたりすること。おなじように口を開け、カップの端に口をつけ軽く飲むこと、飲み下す際におなじように喉仏が上下すること――そうなればすべてが尋問者と瓜二つになっていたことでしょう。そうした同一性を囚人は、自分自身まといたくないし、相手に見たくもないのです。

尋問者は頭がおかしいわけではありません、コーヒーカップにとどまらず、まったく別の手段が用意されています。「肖像撮影日時」という不可視の手段が、嘔吐、不快、虚脱状態を引き起こします。先の文章が言っていたのはこの手段のことです、「われわれにはそんなものは必要ないのです、つまるところわれわれには時間があるのですから」。本当のところは彼はこう言ってしかるべきなのです――おまえの死の時間はわれわれの手中にあると。
　ホーエンシェーンハウゼンの東ドイツ国家保安局《シュタージ》の刑務所には、かつてのシュタージ長官ミールケが――ユルゲン・フックスの言葉を借りれば――「わが身で彼自身の建物を知るようになった」一九八九年の壁の崩壊直後の時期、見学コースがありました。

〔……〕バスが何台も乗りつけてきて、ジャーナリスト、政治家たちが、ちょっとのぞいてみたがった。わたしも小走りで駆けていった、鍵束を持ったひとりの紳士が説明をしていた、職員、管理人であって、かつての囚人ではない。わたしは自分がいたことのある房に目を走らせた、一〇七、一〇六、三三二、三〇六、三〇七、一一七、ごくごく短く、ほんの一目だけ。青い上っ張りを着た男が、尋問者のいる側翼へ通じるドアを開けた、わたしがそこを開けてくれるよう頼んだのである。彼はわたしを寸時、見つめた、瞬きするほどのあいだ。〔……〕わたしたちは知り合いではなかった、だが、おたがいを認識した。おまえは向こう側にいた人間のひとりだ、こちらもあちらも、そう考えた。[9]

そして一頁後、わたしたちは壁の外にいて、こんなくだりを読むことになります。

> 男がひとり、なお中庭に立ち、人群れから離れていた。中にいたんだ、とわたしは訊ねた。男は頷いた、わたしたちは話しはじめた。デトレフ・グラベルトという名前だった。［……］何をしたんだい、わたしは訊ねた、彼はためらった。［……］若造の頃納屋に火をつけたことになってる、破壊工作さ、放火の罪を着せられたんだ、何か犯《や》ったってことになった、わかるだろう、どんな具合にそうなるか、やつらがどうやってそうするか。［……］ああ、わたしは答えた。本当につけたのか？　いや、彼は言った。［……］生意気こいて携帯ラジオで大音量でリアス［ベルリン米占領地区放送］を聞いて、西ベルリンへ出かけたんだ。［……］

話はさらに続きます。先に挙げた引用箇所で、現実の栗や現実の緑の林檎が超現実的なものに高められたように、何もないところから一匹の現実の小猫が、場面の真ん中に入りこみます。

> 空調の効いた観光バスが静かにわたしたちのそばを曲がり、敷石を弾ませ、走り去った。［……］ギィーッという音を立てて大きな門が閉まりはじめた。歩哨所のなかには、ガラ

ス窓の向こうに、あの上っ張りの男が座っていた、彼は微笑み、瞬時、門を押さえた、猫が一匹入ろうとしていたのだ。［……］今日は終わりになり、人びとはいなくなり、小猫は中に入り、かつての住人二人はなお立ち尽くしている。[11]

ユルゲン・フックスが物語るや、凡庸なものが心動かすものと化します。どんな些細なものも、それならではの傷つきやすい神経を持つようになります。

『流行りの髪型』での国境連隊への列車の旅で、ユルゲン・フックスは将校の顔に「小さな停車駅のまなざし」を見ています。この言い回しがわたしの脳裏を去ることはありませんでした。わたしはこれを将校から奪い去り、ユルゲン・フックスに返さなければなりませんでした。というのも、彼の観察のありようにとって、この記録するポエジーにとって、「小さな停車駅のまなざし」以上に優れた表現は存在しないのですから。もっとも、おなじく優れた、これも彼自身による、最後の書物『マグダレーナ』の冒頭頁の表現、「今この瞬間が示していたのは彼の誇大妄想だった」を除けばの話ですが。

そうなのです、固い板張り寝台に横たわる囚人の静かな頭蓋に、胸締めつけるほどにたおやかな妻の肖像が浮かぶとき、それは静けさが生み出す誇大妄想なのです。投獄された孤独のなかで彼がこの肖像をひとりつぶやくとき、読者はこの孤独な人間の舌が白い文字が書かれた石盤になってしまうのでは、と不安に襲われます。ここでふたたび登場するのが、あの混ぜこみです――恋人への一文、続いて、監視女への一文。それはテクストに視覚的に記された、アクロバティックな綱渡りです。愛する女への言葉はそのつど引用符で括られ、読み進めるにつれ不意に睫毛のように見えてきます。もう一人の女である監視女には、文を区切る斜めの角材が与えられます。そのようにして睫毛文から角材文へのせわしい交替は、読む者の頭のなかで不意に、廊下に響くコツコツという音と化します。頭のなかの親密な想いが廊下をゆく足音で妨げられるさまは、このテクストではグラフィカルに表象され、一文字たりとも無駄に使われていません。このテクストを正当に読むには、二つの異なる語る声が必要なのかもしれません。あるいは、やはりそうではなくて、このテクストで語っているのはただひとりの男で、その男はあの女のものでいたいのになれないでいる。国家が男を女から切り離し、閉じこめているからです。

《いちばん美しいのはL、躊躇うときの》／女がひとり廊下に立っている／《いちばん美しいのはL》／女がひとり廊下に立っている、制服を着ている／《躊躇うときの》／女がひとり廊下に立っている、見張っている／《いちばん美しいのはL、躊躇うときの》／女がひとり廊下に立っている。[12]

別の箇所で作者ははっきりと書いていています、牢獄のなかでの「愛の窮乏」について、強制された同性愛と自慰という代償行為について、「そのことを人びとは語らない――監視下の毛布下での痙攣、それはささやかな緊張緩和へ向かって忙しなくすてばちに急ぎ、見られることなど欲していない」。

『尋問の記録』、『記憶の記録』から『流行りの髪型』、『自由の終焉』、数々のエッセイを経て、『マグダレーナ』にいたるまで、ユルゲン・フックスの書物は、かくも自明で、信頼の置ける、倫理的態度によって結びつけられているために、さまざまな本からごちゃまぜに引用すると、それらの文章はおたがいを根拠づけます。それらはたがいのために書かれていて、あるひとつの明確な条件を示します。個人の礼節です。どのようにその条件が示されるかと言うとき、わたしの頭におのずと浮かぶのは、国境警備兵となる孫に宛てて祖母が書き送った手紙の文面です。「おまえが入隊しなければならないとしても、いいかいユルゲン、殺してはいけないよ。[13]」可愛い孫を軍隊を出たあとも愛しつづけたいがゆえに、このエルツ山地生まれの農婦はこの愛情にかくも実践的に彼女なりの条件をつけ、このうえなく素朴な文章で伝えたのです。

今日では統計によって、一〇日に一人は逃亡者が、国境警備兵によって殺害されたことがわかっています。今日、言わねばならないのは、少なくとも一〇日に一人の警備兵が、こうした手紙に背いてしまったということです。

　かくも簡潔な短い手紙には長期にわたる効用があります。それは兵士が任務を終えて、すでに叛逆者や囚人となって数年が経過したのちもなお有効なのです。同房の囚人はスパイであり、まさに東ドイツ国家保安局《シュタージ》が教えこんだやり口で「監房戦争」を仕掛けてきます。相手の自己抑制を転覆させようとします、自重した態度を絶え間なくかき乱そうとします。祖母の課した条件が、この度はまったく武器もなく素手でありながら、無視されかねぬ状況が訪れます。

> ある暖かなよく晴れた日——牢獄は暴力と指示でいっぱいの沈黙する檻だった——わたしは殺そうとした。わたしは起き上がり、本をわきに置き、板張り寝台に手をつき、彼をじっと見つめた。そのときわたしは彼の眼に不安を認めた。不安はがっしりした幹についた虚ろな眼球《アオクアプフェル》だった。［……］死が監房へやってきた。彼は慄いた。わたしは慄いた。
> 　あの暖かなよく晴れた日が、わたしは、怖い。[14]

そういうわけでユルゲン・フックスはのちになって書いています、すでに「ガウク機関」が設立されたあとの時代です——「非常に近しい何かが、ハンカチ室へやってきた。ほかの者たちはこれについて何も知らない[15]」。

それはすでに見渡しの時期です。「わたしたちのそばには幾人もの死者も浮かんでいた、押しのけることはできた、しかし彼らはくりかえし浮かび上がってきた。カーチャの姉のエーファ、リーロの母、マティアス・ドマシュク、ペーター・バイトリヒ……」ドマシュクは理由なく東ドイツ国家保安局《シュタージ》によって列車から連れ去られ、車に押しこめられ、騙され、逮捕され、問い詰められ、自白を強要された。「乗っちゃダメだ、マティアス。やつらはスピードを上げて何か企んでる」とユルゲン・フックスは書いています。マティアス・ドマシュクは縊死の状態で発見されました。どうしてそうなったかは、誰も知りません。「おまえは乗っちまった、マティアス」とユルゲン・フックスは惜しんでいます。『マグダレーナ』のなかでも、もっとも息つかせぬ、熱情的な物語のひとつです。

　みずからを殺すこと、殺されること、他者を殺すこと。最後の行為は、紙一重で他者を殺すところまで赴いたユルゲン・フックスが告白するように、彼を慄かせました。そして、同房の囚人の肖像はこうです。

　ハンカチ室のなかには、文書記録が机の上に置かれていたあいだに、突如あらゆる物音が戻ってきた、廊下の監視人の歩み……同房の囚人、彼のパイプ煙草の匂い、彼の眼鏡の形状、彼の上半身、囚人服の下着、トレーニングウェア［……］、彼が両手を動かし、頭を支え、鏡の前で薄くなった髪をとかす様子[16]。

読んでいてわたしは、この人物について多くを感じとりました、作者が数え上げるにとどめ、何ひとつ叙述していないからです、両手のことも、細々した持ち物のことも。彼はもろもろの特徴で気を逸らしはしません。ここの文章で重要なのは言われていないこと、すなわち、殺しへの近接です。ある人間が自尊心が傷つけられ、あまりに長く従順でいて、そして最後の瞬間に自分自身に慄かぬとき、いかに速やかにそうしたことが起きてしまいうるか、ということです。

　ユルゲン・フックスは自分自身を前にしての慄きで、みずからの言語を測りました。そしてそれと並行して経験しなければなりませんでした、国家の言語はただただ引用するほかないことを、付加された言葉はいずれもそれを和らげたり、耐えられないイメージを手なずけたりしてしまうことを。ユルゲン・フックスは東ドイツ国家保安局《シュタージ》の官僚言語を、「放射能物質投与による障害」に関する最終報告から引用しています。

「感覚受容のための感官の不調によって認識される高い犯罪学的重要性、すでに長い潜伏期に出現した不可逆的な障害、マイクロからミリグラム領域！においてすでに効果的な線量。」ミリグラム領域のうしろにエクスクラメーションマークがついています。「高度な隠蔽可能性」

と「窃盗による調達／核技術施設からの非合法的獲得」のあいだに読みこむことができるのは、ユルゲン・フックスの死因となった病です。「危険状態にある（目的）器官には衰弱につながる血液／骨髄障害と癌。[17]」

引用した資料は、「一九八七年一〇月五日、依頼者、ベルリン・フンボルト大学、犯罪学教室」というものです。わたしは自問します、放射能の人体に対する影響は、後に東ドイツ国家保安局《シュタージ》が主張したように、本当に荷物や手紙の開封のためだけに研究されるものでしょうか？

「人はひとつの経験を二度しなければならないのだろうか？」とユルゲン・フックスは問うています。そして答えています、「そのとおり、それがわかるようになるまでは。どうして自分が加担したのか、わかるようになるまでは。」

それから輪はさまざまなヴァリエーションで回転します。

やつらがおまえからつくりだすもの
おまえがおまえからつくりだすもの
おまえがおまえからつくりださせるもの
おまえがほかの者たちとなすこと

まるで動詞の文法がテーマであるかのような、さまざまなヴァリエーションです。しかし、ここで問題になっているのはわたしとおまえの、おまえとやつらの、そして主体の振る舞いの文法です。いかなる行為もそのさなかで評価するこの行為の文法を、ユルゲン・フックスはけっしてなおざりにしませんでした。そして、他人をそれで測らずにいられなかったのは、何よりもまず自身をそれで測ったからでした。

そうすることで彼は、ほかの誰にもまして、剥き出しになりました。多くの人びとが彼のことを、自分にひきつけて考えずにはいられませんでした。その人たちの名前のもとで彼が語っている者たち（わたしもそのひとりです）からは、賞賛されています。彼の真実に耐えられない者たちからは、今日にいたるまで憎悪され、中傷されています。その姿において彼は、一方の者たちに確証を与えますが、ほかの者たちにあっては、その人生の嘘があらゆる確立済みの正当化もろとも、崩れ落ちてしまうのです。どちらの側にとっても、ユルゲン・フックスは象徴となりました。そしてどちらの側もしきりに政治的人物としてのユルゲン・フックスについて語りますが、その文学のクオリティーについてはまず語りません。

彼の本に書かれている極度に切迫した振る舞いの文法において、ユルゲン・フックスの文学作品は脇へ押しやられました。これは敵意ある者たちにとっては、ただもう好都合だったはずです。賞賛する者たちにとってもそれで十分でした。それはユルゲン・フックスを傷つけたはずです。

彼の文学は「小さな停車駅のまなざし」を備えた言語芸術であり、社会主義のなかでのひとつひとつの生の、感情による接写であり、記録するポエジーです。そのテクストは教導することなく眼を見開かせる。それは真正であることによって育ててくれる、とためらうことなく言うことができます。独裁における権力と無力の外と内をのぞきこみたい者は、読まないわけにはいかない書物です。

ユルゲン・フックスは、虚構で粉飾することをけっしてよしとしませんでした。彼はジョルジュ＝アルトゥール・ゴルトシュミットが「自己虚構《オートフィクション》」と呼ぶものを書いたのです。もろもろの経験が彼を作家にしました。テーマが彼を選び、その逆ではありませんでした。そして彼はそのテーマを受けて立ちました。そして彼はそのテーマを言語の起伏に変容させました。唯一無二の貫かれた構造へ、稀に見るほどに真っ直ぐな道へ変えました。沈黙についての彼の言葉は、彼自身の言語の特徴を雄弁に物語っています。

五〇回めの尋問のあとだったろうか、沈黙が訪れた［……］奇妙なまでに真っ直ぐな道が内に向かって伸び、そこには色彩と音色があり、起伏があった。[19]

# わたしの身体がわたしを見捨てるとき
## E・M・シオランの死に寄せて

「時間がわたしを責め苛むと、わたしはいつもひとりつぶやく、どちらかが砕け散るしか道はない、この残酷な睨み合いを果てしなく続けていくのは不可能だ……」E・M・シオランの言葉である。

ついにそれがやってきた、シオランがなみはずれて精緻な鋭利な言葉によって、口を封じてきた死が。かつて死がみずからの企みを前に身震いせずにいられなかったことがあったとすれば、今回がおそらくそれだろう。死はひとり残されることに耐えられないだろう、かくも超然と死から恐怖を奪い去った者を、如才なき世渡りを挫折の芸術に変容させてみせた者を前にして。

E・M・シオランは一九一一年にルーマニアで、ルーマニア人司祭の息子に生まれた。父の職業は生と死に付き添うことだった。人びとが生きようとあがきながら、いたるところで破れ去り死んでいくのが自明な環境だった。一方には、あからさまな俗信と詩情豊かな民謡に浸った日常での寄る辺なき生。もう一方には、神の前に無条件にひざまずいてのよどみなき祈り。この絡み合いを頭に抱えつつ、彼は一九三七年、学業のためにパリへ向かった。そして彼が抱えていたのは、いかに祈りのふちで生が躓くかということだった。そしてその際、いかに何ひとつ言うことも、問うことも許されないかということだった。なぜなら挫折とは在るのだから――有無を言わせず。

シオランが故国に踏み入ることは二度となかった、不誠実な者たち、同国人たちがたえず入りこんでくる扉、略取横領の扉を、彼は意識的に打ちつけ塞いだ。ルーマニア語を頭蓋内に閉じこめ、外に向けて発することをみずからに禁じた。チャウシェスク政権が打倒されたあとに国賓として招待されるとこう言った、「彼らは何を考えているのか、わたしは国賓として自分の国を訪れるつもりはない。しかし、言語はわたしに復讐をする、歳をとるほどにルーマニア語で夢を見ることが多くなった。そしてわたしはそれを拒むことができない」。

そしてフランスでシオランは無国籍者でありつづけた、フランス国籍の提供をけっして受け入れようとしなかった。

そして、にもかかわらず彼は、わたしがはじめてパリを、それもほんの短期で訪れたとき、会いに来てくれた。そして理由のひとつは、もっとも重要な理由だったかもしれないが、あらゆる面で挫折したあの国が、わたしに貼りついていたことだった。彼は、何かを禁じることが自分に許されるのなら、あなたの帰国を禁じるだろうと言った。彼は、あらゆる資産の思慮なき浪費のことを、自分の青春時代のことを、その時代に破壊されてしまった存在すべてのことを語った。才能があるのに作品を書かないで飲んでばかりいた友人のことを。夜更けに二人が開け放たれた窓辺に立っていたことを。シオランに非難された友人は星の瞬く夜空に向かってこう言ったのだった、「神よ許したまえ、わたしがルーマニア人であることを」。

会いに来るときに、シオランは公園を抜けて歩いてきて、凍りついた道で転んでしまった。膝が擦りむけて血が流れていた。しかし凍った道が転倒の原因だとは言わなかった。なかなか受け取ろうとはしなかったハンカチを膝に巻きつけたあとで、こう言った、「あなたに会おうとするや、もう転んでしまった、やはりわたしはルーマニア人なのです」。

シオランは、ほかに例を見ぬほどに、故国を捨てていた。しかし過去との個人的なつながりは保たれていて、事物はそこで極度に固有なものと化し、もはやそれとは認識できなかった。彼は、切り刻まれた近さという隔たりのなかで生きていた。そして、人間が利用されることに対する考え抜かれた拒絶のなかで生きていた。それは、ルーマニア・ファシズムへの共感という若き日の政治的過誤から導き出された過激な結論だった――(ミルチャ・エリアーデも含めた）同時代の多くのルーマニア知識人と同様、彼は一九三七年に著した『ルーマニアの変容《ラ・ファタ・ア・ロマニエイ》』のなかでファシズムを弁護したのだった

立ち去ること、その後は抱えてきたものを締め出すことによってのみ、集団に取りこまれ集合的に挫折することを免れてきたのだ、と彼は言った。彼は自身の足のみで立つことにより、挫折を要求することができたし、挫折がわたしたちを急襲すべく隠しつづけようとするその無意味さを、挫折の顔に書きこむことができたのだった。

シオランはあらゆる行為の無意味さを、すでにわが身で学んでいた。生に対する嫌悪は、彼においては、生への飢えだった。しかし老いは、その進行してゆく肉体上の障害によって、仮借なくみずからに向けられた健やかな悟性にとって、スキャンダルとなった。彼自身がかつて生きていた若き身体を、諸活動が機能するリズムを、いくらシオランが軽蔑しようと、老いがもたらす苦難は彼にとって屈辱となった。つまるところ、死について書かれたどの文章からも得られたシオランの卓越性は、肉体上のルーティーンの崩壊を人目にさらすこと、他の人びとの目にさらすことを困難にした。他の人びとなら黙って甘受するだろうものを、彼は言葉のなかで拡大してみせた。彼は嘆くことなく、これに人びとの注意を向けた。会話で別の話題へ移ってゆく前に、人はこれを知らなければならないのである。そこに立っていたのは、足が体を支える代わりに引きずられている、手がコップに注ぐ代わりに滴を垂らしている、口が呑みこむ

代わりに噛んだものを零《こぼ》している、そんな人間だった。シオランはこれを見過ごさぬようにと主張した。そう主張したのは、労わることが意味を持つだろう唯一のやり方で、労わろうとしたからだった。すなわち彼は、労わりを必要にさせるものを、明晰にのぞきこんだのだった。食事をするために人とおちあう。そんな瞬間、シオランのこの文章がテーブルの上に、はっきりと見える。「わたしの身体がわたしを見捨てるとき、わたしは自問する、こんな腐肉でどうやって器官の退役に抗えというのかと。」

ナイフとフォークに、コップに手を伸ばし、そこでつかんだのはこの文章だった。

# 不安は眠りにつくことができない

## テオドール・クラーマーの詩に寄せて

ナチ体制下のユダヤ人にとって迫害の行き着く先は、強制収容所か亡命のいずれかでした。そうなるまでには何年にもわたって、人の近寄らない物置や人里離れた家屋に身を潜めなければなりませんでした。誰もがそこで体験したのが、日々、自明性が奪われつづける状況でした。これがテオドール・クラーマーの詩の二つめの大きな主題です。一つめの大きな主題は、第一次世界大戦の塹壕のなかでの死の恐怖です。クラーマーは一九一五年に士官候補生として召集され、一九一六年に口、上顎から肩までを撃ち抜かれる重傷を負いました。医者にも手の施しようのない状態でしたが、それでも一命はとりとめました。一九一七年には再動員されハンガリーで戦争捕虜監視の任務につきました。その一年後に帰郷を許されると予備役少尉になりました。それからウィーン大学哲学科に入学し、四か月後にはふたたび召集されました、今度はイタリア戦線に投入されました。フリウリからウィーンへの徒歩行軍で、彼の戦争は終わりました。第一次大戦を生き延びたクラーマーに残されたのは、損なわれた健康と安定することのない神経でした。

「いま楽にやれているのは、かつて大変だったせいかもしれない」――これがエルヴィン・フヴォイカとコンスタンティン・カイザーが編集したテオドール・クラーマーの伝記のタイトルです。そこでは、迫害、潜伏、亡命、不安のなかでの晩年の帰郷と続くクラーマーの人生が、短い要約と彼の手紙、そして彼宛ての手紙によって素描されています。追い立てられつづけた彼の生をありありと描き出す、いかなる注釈も不要と思わせる書物です。

一九三六年、クラーマーは書いています、「誰もが『人種問題』にひそかに悩まされているのは明らかだ。わたしには、実践のみならず理論においても、何の解決策も見えない。わたしの場合、抒情詩人でドイツ語に深く結びつけられているという事情がこれに加わる、愛着があることは言うまでもない」。そしてこうも書いています、「通常、長編小説が与えるものを、抒情詩の形式において、いくらかなりとも与えてみたい」。一九三六年にはまだこう書いています、「わたしの作品にいまだに曲がつけられていないのは、悲しいことだ」[1]。

一九三七年にはすでにこう書いています、「わたしの詩に曲をつけてくれた人がいた、ところが『ドイツ式挨拶をそえて』と書き送ってきた。双方ともに、非常に気まずい話になるだろう」[2]。

というのも、一九三六年七月にはヒトラーとオーストリア首相シュシュニクのあいだで協定が結ばれたのです。これにより一九三三年以降オーストリアで禁じられていたナチ党は半ば合法化され、オーストリアにおける影響拡大は加速しました。

一九三八年三月、ヒトラーのウィーン進駐は歓呼とともに迎えられました。

五月、クラーマーと妻のインゲ・ハルパーシュタムは自宅を出て、クラーマーの母の家に越すことを余儀なくされます。

六月、クラーマー夫妻はアメリカ総領事館で合衆国への移住申請を提出。

七月、クラーマーは虚脱状態に陥ります。

八月、クラーマー自殺未遂。

九月、彼は妻と母とともに別の住居へ移されます。出国に必要な多数の証明書のひとつを入手すべく路上に並んでいて、ナチ親衛隊員に踝を踏みつけられ、長期間にわたり腱炎症に苦しみます。

クラーマーの友人のひとりが手紙に書いています、「二度の転居および突撃隊兵舎での乱暴な扱いのため、彼の健康状態はひどく悪化している。まるで奇跡のように逮捕はなお免れている」。

一九三九年、クラーマーの著書すべてが「有害で望ましからざる書籍リスト」[3]に掲載されます。

一九三九年二月、クラーマーの妻は、英国での使用人滞在許可が下り、ウィーンを出ることができます。

七月末になりクラーマーもオーストリアを出国しますが、母はウィーンに残ります。母はその後いくつもの集合住宅《ザンメルヴォーヌンク》に転居させられたのち、一九四二年にテレージエンシュタットへ移送され殺害されます。クラーマーが母の死を知ったのは一九四六年になってからのことでした。

英国に到着後、クラーマーと妻は外国人審査法廷に出廷。自由行動範囲は半径五マイル内に限定されます。それ以上居住地から離れる場合には、そのつど警察に申請し許可を得ることが必要とされます。

一九三九年、クラーマーは手紙に書いています、「英国でのわたしたちは家内労働のみを認める滞在許可に縛られていて、その労働市場はこの地では極度に悪化している。ここでわたしたちができたのは臨時の仕事だけだった。わたし自身は、石のようにカチカチの土地を耕すことを強いられた」[4]。

一九四〇年のクラーマーの手紙にはこうあります、「クリスマスのあと、わたしたちは引っ越さなければならなかった、今わたしが住んでいるのは醜い、氷のように冷たい部屋だ。[……]

唯一の希望は、イギリス到着後に一年半の休止期間を経て、一連の本当によい、新味のある詩を書いたことだ」[5]。

一九四一年から四二年にかけて、数か月間、クラーマーは病に臥します。

一九四二年の手紙にはこうあります、「病気、郷愁、絶望についての個人的な詩、数篇の新たな色合いの時事詩、数篇の奇妙に幸福感あふれる恋愛詩を書いた。あとから読み返しても、これまでの殻の外に踏み出した驚きは忘れられない［……］、しかしその一方でなおも越えられない一線があって、それを前にしてわたしは内に閉じこもり、恥じらっている」[6]。

一九四三年以降、クラーマーは南イングランドのギルフォード工科大学で図書館員として働いています。しかし、ある友人の手紙によれば、この職に就くためには「妻との別居」が必要でした。これが数年後の結婚生活の破綻につながります。

一九四六年、クラーマーは書いています、「今ならウィーンで職を見つけられるかもしれない［……］、あとになればあの地で自分向きの仕事を見つけるのはひどく難しくなるだろう。しかしちゃんと食べて薬も飲めなければ、わたしはほどなく破滅してしまうかもしれない。向こうでは印象を受けとめ形にしていかなくては、さらには同胞たちと生活をともにしていかなくてはならないだろう、わたしはドイツ語で詩を書きつづけていて、いまなお自分自身をオーストリアの詩人と考えているのだから［……］」[7]。

一九四七年、彼は書いています、「近くウィーンに帰るなんて、まったく出来ない相談だ［……］」[8]。一九四七年以降ロンドンの世界ユダヤ人会議の事務所で働き、クラーマーとも親交のあったフリッツ・ブラスロフはこう書いています。「彼は高く評価していたエーリヒ・フリートともっと頻繁に会いたがっていた、テクストの彫琢を手助けしてもらうためだ。そのことを彼は『磨く』と言っていた。食後ほどなくしてクラーマーは席を立った、好色げに目配せつつ言ったところでは、『悪徳』の街区たるソーホーを見物するそうだ。」

一九四八年、クラーマーは手紙に書いています、「未彫琢とはいえ、材料はまだたっぷりある。イングランドの部厚い一巻（［……］難民詩［……］）のための。わたしの作るものとしてすでに知られている暴飲暴食を唄う一巻のための。私家本限定でなら刊行できよう一巻のための（娼婦、レズビアン、そのほかもろもろの逸脱を扱ったもの）。［……］この作品のほんのひとかけらを生きているうちに出版する可能性さえ、わたしにはまったく見えてこない［……］」[9]。

一九五〇年、彼は虚脱状態に苦しみます。

一九五二年、クラーマーは手紙で、自分がなぜウィーンに残った――ナチ時代にはゲッベルスも出ていたある会議に出席したこともある――旧友と、もはや友人でいられないかを説明しています。「他人に殉教者たれと要求する権利など、誰にもないのは確実だ。しかしとりわけ第一次世界大戦以来、思うに、作家は司祭や医者にも似た職業規定を遵守すべきなのだ。そうした場合、人はみずからの良心そのものなのであり［……］[10]」

一九五四年、クラーマーは書いています、「あなた方に言っておかなくてはならないだろう、わたしはいまなお民主主義者だが、党が意味するところの社会主義者ではない。わたしがマルクス主義者だったことは一度たりともない。わたしは悪名高い臆病者だが、詩人としての資質において、独裁に反抗するためなら命を危険にさらすだろう[11]」。一九五六年、クラーマーは顔面麻痺に苦しみます。

一九五七年四月、虚脱状態。彼は精神病院に入所させられます。

世界ユダヤ人会議ロンドン支部職員、フリッツ・ブラスロフは、報告しています。「居住権のあるオーストリアの役所と協力して、先方の費用負担でクラーマーをウィーンへ連れていく。とても一人では旅行できなかっただろう。［……］担当の女性医師から彼を預かる。十二分に鎮静剤を投与したと医師は請け合った。[12]」

ある友人が、一九五七年九月の帰郷について問われ、国選付添人フリッツ・ブラスロフについてこう語っています。「空港からタクシーで彼とクラーマーを連れてきたときのことは憶えている。クラーマーは黙りこみ、汗をかいていて、不安だったのか、ちらちら横目でわたしを見ていた。最初にブラスロフが口にした言葉は、『さあ、連れてきましたよ』だった。（クラーマーが横目でわたしを見た。）タクシーのなかでは、でっぷり太りたっぷり着こんだクラーマーの隣で、狭かったことを憶えている。彼は黙ったまま汗をかきつづけ、おずおずとわたしを見ていた、ブラスロフが病状と状況を説明しているあいだじゅうずっと。ブラスロフはクラーマーの面前で、遠慮することなくすべてを話した。［……］最後にブラスロフが言った。『これからしばらく、日に一度はクラーマーといっしょに食堂に食べにいらっしゃるでしょうから、知っておいていただかなくてはなりません。クラーマーにはお金がありますから、自分の分は払わなくてはなりません。』（クラーマーの横目。）このブラスロフの念押しをどう考えればよいのか、わたしにはすぐにはわからなかった。[13]」

一九五八年二月、帰郷してまもないクラーマーは書いています、「自分の作品を見ると病的な自己嫌悪に満たされてしまう。あまりに書きすぎ、推敲しなさすぎで保管してあるせいで、病状のこともあり、作品は危険にさらされている。これほど大部分の作品を、刊行することなく、未推敲、未整理のまま放り出している芸術家をわたしはほかに知らない。見てのとおり、わたしは過去の自分のことを言っているのである」。

その二か月後の一九五八年四月三日、クラーマーは亡くなります。

その詩作品は一万二千篇に及びます。

ここで短く素描した伝記が映し出しているのは、自明性の絶えざる剥奪です。自明性とは、わたしはこれをテオドール・クラーマーの詩から理解したのですが、わたしたちがもっとも無理なく持てているものです。そうと気づいていないときにのみ、わたしたちはこれを持っています。それは瞬間のうちにあって名づけることができません、それが存在するには意識されてはなりません、そのなかにあってわたしたちが自身を意識しないでいられるからです。クラーマーの詩は切り取るようにくっきりと指し示します、いかにして自明性は失われてしまうのか、政治的恣意によって破棄されてしまうかを。いかにして神経がだめになってしまうかを――慣れ親しんだ事物が、そのうちに安らっている落ち着きが、失われてしまうことによって。われわれが目を向けるや事物は脅すように見返してきます、自身の生に敵対するように。それは不安をもたらします、死の不安すらもたらします。そうなると生全体が火花を散らします。時間的にも空間的にも、ひりひり刺すような瞬間に収縮してしまうのです。

テオドール・クラーマーの詩は、ありきたりのものに頭を垂れ、自明性を呼び覚まそうとします。これらの詩はリズム、韻律、詩節のせいで、一見したところ単純なものに思えます。頭のなかでおのずと唄われるようで、ペアで韻を踏む子どもの頃に唄った詩行を思わせます。このごく当たり前のように近づいてくる形式のうちに、クラーマー特有の驚愕が潜んでいます。イメージは、指をパチンとやるリズムで転がっていき、向かってきたかと思うと、もう後ろにあります。唄い終えて背後にあると思うと、もう目の前にあります。旋律としては穏やかな形式が、内容としては剥き出しの神経に触れています。思うに、まさにこの因習的な形式こそが、読む者を戸惑わせ、つっかえさせるのです。まさにこの滑らかな形式においてこそ、言われたことがすさまじいものとなるのです。そしてまさに既成の型の反復によってこそ、ごく平凡な歌の相も変わらぬ裁断においてこそ、クラーマーは言われたことをかくも切迫したものにするのです。そこで語るものは、日常と変わらず率直に話し、ひそかに詩情を作り出します。ついでのように未聞のことが口にされます、まるで予期せざる偶然がその激しさを生み出したかのように。あたかもそれ自身を知らぬかのように、かくも衒いなくふとそこにあるもの、それはしかしながら手加減を知らぬなげやりなものであり、テクストの下には妥協なき手仕事が横たわっています。凝りに凝ったぞんざいさとでも言うべきものが、彼の美学なのです。あたかも書きつけられた名詞、形容詞、動詞が、あるがままを意味しているにすぎぬといったふうに、彼の詩行は振る舞います。しかし読み進めるうちに、刻む拍子は音の渦となり、言われざるものへ注ぎこみます。クラーマーの作品において、直接性の下で秘密が生まれ落ちるさまには、唖然とさせるものがあります。秘密はテクストのなかではなく頭のなかで作られます。そのぶんいっそう唐突に姿を現します。

テオドール・クラーマーの詩を読むといつも、ルーマニア民謡の素朴なメロディーと底知れぬ中身が思い出されます。そんな民謡のひとつとクラーマーの詩のひとつを、わたしは頭のなかで続けて奏でてみることができました。たがいを知らぬはずの歌と詩は、かつてよくそうやってみたとき同様、たがいにうまく調和しています。

世界、世界、わが愛しき世界
わたしがあんたに飽きちまうのはいつ
わたしのパンがカチカチになっちまうとき
グラスを持つ手がわたしを忘れちまうとき
そうなったときあんたに飽きちまうのかも
［……］
生まれちまうと不幸を連れてくる
くたばっちまうと腐り消えてゆく

ルーマニアの歌はここまでにしましょう、クラーマーの詩はこうです。

夜の歌

サクラランに風がそよぎはじめた

ぼくら二人が出会ったあの時刻から。
カーテンを脇へ寄せ、ぼくは夜に唄おう
一曲きみに、だって眠らなくちゃいけないだろう。
安楽椅子の上にぼくの古着が垂れ下がっている
部屋を貫いてちっぽけな置物たちが光っている。
低く唸る廊下灯はとうに黙りこんだから
けれど眠りはぼくらから逃げ出したまま。

静かに——ぼくは夜に唄おう、一曲きみに
ぼくは前へ進もう、明け方に列車で遠くに。
朝、どこかしらの俗物がきみの宿にだらしない格好でいる
それでもぼくは、まるできみが好きみたいに振る舞っている。
もう真っ暗だ、外のお月さまから光が滴る
まるでメロンからあふれる泡みたいにこぼれる。
月が輝いてからぼくは、休みながら進んでいる
そして時としてぼくは、進みながら住んでいる。

詩は簡潔に力強く、三連にわたって語り、最後の三行へ行き着きます――

そして星々はみな港にやすらう
そして輝く光もなく、なお進む歩みもなく
さあいい子、眠れないのは不安だけ。[14]

不安は眠りにつくことができません。クラーマーの存在には、国家によって生み出されつづけた、数多くの時代特有の不安がつきまとっています、なぜならそれは多くの人間を、選ぶところなく、同じ状況へ追いやるのですから。クラーマーはしかしそうした不安を、ひとつひとつその破滅的な帰結の形で、目に見えるものにしました。クラーマーの詩は示しています、強制収容所でのユダヤ人の殲滅がはじめてのスキャンダルなのではなく、先立つ数年に起きていた同調者多数によるカフェでの、商店での、電車での、公園での自明性の剝奪が、すでにスキャンダルであったことを。国民社会主義においては確信者たちにとどまらず、唯々諾々と従った者たちも政治を行なっていたことを。かつてどこにもなかったほど多数の人間が政治を行なっていたことを、というのも不安にさせるという点で、迫害される者にはパン屋も、牛乳配達人も、郵便配達人も、隣人も、通行人も、肉体を備えた政治とならないではいなかったということを。これに逆らわなかった者たちは、ことごとくこの政治の一部となっていたのです。このような洞察を与えられて、人びとはクラーマーの迫害詩から放免されます。まさに行間に書きこまれているがゆえに、いかなる回避するすべも与えられぬまま、読者はこれを学ぶことを強いられるのです。そして読者は知ることになります、強制収容所に比べるなら大きな幸運と呼べるだろう、この亡命という事態は、親しみ慣れた人びとと事物すべてから不安定かつ自由に切断されつづけていく、とどめようのない存在の横滑りであることを。

［……］ああ、誰が夜、ぼくとハイド・パークを歩いてくれるのか
だって愛でるべき緑の野には風がそよぎはじめ
灯火管制のなか、明かりは緑に瞬くのだから。

ぼくには職がなく、家がなく、体のうちでは
腑《はらわた》がすり減り……できることといえば
誰ひとりしないやり方で詩を書くこと。
ロンドンのどこにもぼくに唸えかかってくる犬はいない。

ああ、誰が夜、ぼくの顔にガツンと一発喰らわしてくれるのか
だって心臓は弾けそうなほどにばくばくしていて
灯火管制のなか、明かりは緑に瞬くのだから。

その音楽性、親しみやすさにもかかわらず、クラーマーの詩が一九四五年以降、広く知られることはありませんでした。えてして心性はそのままに、シャツのみを取り替えた犯罪者たち、共犯者たちは、これを回避しました。長年にわたる回避を糊塗するための、さしさわりのない表現には、今日こと欠きません。人びとは言いました、クラーマーの詩は一九四五年以降「忘れ去られた」と。こうした言い回しは改められねばなりません、真実にふさわしい別の言葉があるのですから——クラーマーの詩は一九四五年以降、避けられたのです。避けられたのは、飲んだくれを唄った、娼婦を唄った、身体の早期引退と脳内の変わらぬ愛欲とともにある老いを唄った、風変わりで悲しげな詩の数々でした。テレージエンシュタットで殺害された母親を持つ、亡命によって生き延びた息子の書いた、老いのエロスを歌った詩に対して、人びとは今日なお、戸惑った反応を見せています。

わたしはルーマニアのドイツ人マイノリティの出身で、父親はこの時代とこの地域のたいていの息子たち同様、ヒトラーの親衛隊に所属していました。子ども時代のわたしの眼には、父

はおとなしい農民で、それは一番好きな父の姿でした。彼の内なる親衛隊兵士はすでに時効となっていました。けれど一五歳になるとわたしは街から帰省する形で家を訪れるようになり、父は父で村の大酒飲みとなっていて、素面時の戦争をめぐる沈黙と酩酊時にがなりたてる唱歌は、入れ代わり立ち代わりわたしを苛立たせるようになっていました。というのも、千鳥足でおらぶ歌詞にナチ軍歌と親衛隊兵士への逆戻りを聞きとれるくらいには、わたしはすでに街で十分、本を読んでいたからでした。わたしにはこうした歌を我慢することはできず、唄う人間を軽蔑せずにはいられませんでした、近傍から押しのけないではいられませんでした。こうした父の逆戻りもあって、クラーマーの詩の言葉はいっそうわれを照らし出すように感じられました。父を思い出すことなしに読むことはできませんでした。それだけではありません。チャウシェスク時代の秘密警察の挽き臼のさなか、不安を抱えて生きていくなかで、わたしは自分の不安をナチズムと取り違えることはありませんでした。それでいてたびたび、わたしはクラーマーの詩を頼りにしました、それは不安を呼び覚まし、そして取り去ってくれました。それはなんらごまかすことなく、わたしを支えてくれたのです。

クラーマーの詩を通して、わたしは個人的不安と政治的カテゴリーでの考察をつなぐことを学んだのです。

そしておととい、別の機会に、わたしはまたクラーマーの詩のことを考えないではいられなくなりました。ブダペスト空港の市営ベンチに、コソヴォからきた二組の農民の家族が座っているのが眼にとまったのです。膝下までのゆるいズボンにスカーフをかぶった二人の祖母は声を洩らさず泣いていて、涙の伝う頬ばかりが床を見つめているようでした。両親二組は乾いた放心状態の顔で、ぶかぶかの施しものの服を着た子ども三人は石の床で空気で膨らませた飛行機で遊んでいました。

故郷での戦争から逃げてきたのだ、とわたしは思いました、たしかに足は彼の地をあとにした――でも、頭は？

#「世界、世界、わが愛しき世界」
## わたしが唄うのを聴く人は、あたまが空っぽと思いこむ
### マリア・タナセと彼女の歌

「わたしはもはやルーマニア国内にはいなかった。ドイツにいながら遠方にいるピジェレ大尉から、電話と手紙で殺害予告を受けていた。［……］わたしは手紙を凝視した、大尉が放った刺客が行間に隠れこちらをうかがっているはずだと言わんばかりに。［……］それからテレーザがやってきた。［……］キッチンでテレーザが言った、ねえ、誰がわたしを送りこんだかわかる。ピジェレよ。——何が目的でここに来たの？——わたしがあなたに会いたがったからって悪いことばかりじゃない、テレーザは言った、ピジェレには何の役にも立たないことを話すことにする。何を話すかはわたしたちで決めればいい、あなたとわたしで。あなたとわたし。テレーザはわかっていなかった、「あなたとわたし」がすでに壊れていたことを。「あなた」と「わたし」がもはや対《つい》では言えないことを。わたしが動悸のあまり口を閉じていられないことを。」

長編小説『心獣』からの引用です。語られているのは、人としてのこのうえない親しさとスパイ活動の混在です。わたしにはわかっています、内なる欲求からくる親しさと任務を受けての裏切りが絡み合うとき、いかに友情が窒息してしまうかということが。この本のなかでもっとも私的であるがゆえにもっとも書くのが辛かったこの章のなかに、わたしはそのまま、マリア・タナセの歌を組みこみました。書いていくうちに文章はおのずから、長年聴いてきた、頭のなかで唄ってきた歌に流れこんでいきました。それは民謡で、一番古いバージョンでは「蛇の這まわり」、のちのバージョンでは「愛していながら去るものは」と題されています。このような歌詞です。

愛していながら去るものは
神さまの罰を受けるでしょう
神さまはやつを罰するでしょう
蛇の這まわりで
虫のあゆみで
風のうなりで
土のほこりで

この歌からわたしは、そのままわたし自身の文章に戻っていきました。「罵りがほとばしる、でもどの耳にむけて？　今日は、わたしが「愛」という言葉を口にすると、草が聞き耳を立てている。この言葉が自身を偽っているように感じられる」。

わたしが載せたのは、歌詞のごく一部にすぎません。陰鬱な願望を連ねる、続きの歌詞もやはり詩情あふれるものです。

蟻は噛むでしょう
その体は太く
頭は小さく
胴は細く
地の下を蠢《うごめ》き
約束を果たす
でもわれら洗礼を受けたものは
それでもたがいを信じていない
愛していながら去るものは

神さまの罰を受けるでしょう
神さまはやつを罰するでしょう
蛇の這まわりで
虫のあゆみで
風のうなりで
土のほこりで

この罰が下されるとき、肉体に蟻が、蛇が、虫のあゆみが這いこむとき、そのときはわたしたち自身が、そう、土なのです。この美しい呪いは罰として死を要求します。唄うものはすぐには気づかず、ずっと終わりになってようやく気づきます。「死」という言葉をひとりつぶやくことになります——歌はこの言葉を避けているのです。

この歌は、伝承されてきたルーマニア民謡の、著名で優れた蒐集人にして保管人たる、音楽学者ハリー・ブラウナーによって筆録されました。彼はまだ若かったマリア・タナセを発掘し、助言と知識を与え、生涯親密な友人として付き添いました。蛇の這まわりの歌はとても古く、由来はおそらく一八世紀にさかのぼります。あるトランシルバニアの小村の歌で、地域の記憶からはとうに消えていて、その地域を越えては知られていなかったものです。ハリー・ブラウナーはこれを一九三二年に筆録しました、ある老婆が唄ってくれたのです。マリア・タナセの歌唱によってこの歌は国内全土で有名になり、ルーマニアでもっとも人気のある民謡のひとつとなりました。

マリア・タナセはブカレスト近郊の貧しい街、マハラの出身で、軒を連ねたみすぼらしい粘土小屋の一軒で生まれました。音楽教育などむろん論外で、独学で学び、郊外の酒場で唄っていました。ハリー・ブラウナーが二〇歳の彼女を見出したときにはもう、美しいだけの存在を超えていました。彼女には独特の魅力があり、もろい朗らかさのようなものが感じられました。その身ぶりはいつも少なめで、声がずばぬけてすばらしく、あらゆる曲を唄いこなしました。その歌い方には大胆と臆病が混在していました。彼女が唄うや、勝ち気な農婦、塞ぎこんだ農婦が、蓮っぱな場末のおてんば娘が、優雅な大都市の淑女が立ち現れました。田舎育ちから貴婦人にいたるまでのこのふところの広さは、演じて出てくるもの、学んで身につけたものではなく、本性に由来するものでした。それは彼女自身の三つの生の局面――貧民街の子ども、育ちきらぬ少女、成熟した都会人――にすぎなかったのかもしれません。彼女は、粘土小屋からアスファルトの路端へ、アスファルトの路端からレストランのテーブルへ、レストランのテーブルからコンサートホールの舞台へ、場所を変えつつ唄ってきた人でした。公演先はニューヨーク、パリにも及びました。パリでは曲の一部をフランス語で唄いもしました。曲に潜む可能性を即座に見抜き、一気に取り出すさまに、ハリー・ブラウナーはいつも驚かされていました。加えて、彼女は自分自身にけっして満足しませんでした――リハーサルでは時を忘れました。憔悴するほど仕事にのめりこむ完全主義者でした。どの歌にもとことん惚れこんでいたのです。わが声を囁かせ、喋らせ、呪わせ、嘲らせ、嘆かせ、乞わせましたが、そんなのは造作ないことまるで練達の芸ではないかのようでした。ハリー・ブラウナーに言わせれば、既成の型に敬意を表しはしても、機械的に真似たりはしない歌い手でした。どんな歌であれ、はじめて唄うときにはもう、口になじんだ彼女の歌でしかありえぬものとなっていました、本能的に自分ならではのものに仕立て直したのは、ほかに仕様がなかったからでした。彼女は唄いはじめるやもう没頭し、われを忘れれば忘れるほど、われ自身になったのでした。

それゆえ、これを人びとがマリア・タナセの歌として聴いたのも、蒐集され筆録された民謡であることを忘れたのも、不思議はありませんでした。そして他の歌い手がおなじ歌を唄うと、民謡を唄っているのではなくマリア・タナセの歌を唄っていることになりました。人びとの耳がマリア・タナセの歌を忘れることはもはやありませんでした。それは物差しであり、他の歌い手たちは模倣者でした。今日にいたるまでタナセに敵うものはありません。ある歌で彼女は唄っています、「唄うからって、憂いがないわけじゃない、その反対」。言えないことはいくらでもある、でも唄えないことは何もない。これが彼女の変わらぬ信念でした。

わたしが唄うのを聴く人は
あたまが空っぽと思いこむ
だけどあたまはいっぱいで
いっぱいなのでおもたくて
おもたいやつがつまってて
つまってるのがきつきつで
きつくわたしをうちのめす
外の板べぃに釘のあたまを
きつく打ちこむいきおいで

マリア・タナセは一九一三年に生まれ、一九六三年に肺癌で、五〇に届かず亡くなりました。大戦間の時期はたいてい、お祭りやレストランで唄っていました。レストランで演奏する楽士は、当時よくある職業でした。それなりのレストランならどこでも、オーケストラの演奏コーナーとダンスフロアがありました。食事中に曲が奏でられダンスが踊られるのは約束事でした。独裁制が終わるまで変わらずそうでした。意識のなかで変わらないままでした。というのも、こうした習慣が続けられたことにこそ、この国の悲惨は示されていたのです。人びとが晩方にちょっと「普通に」外出したがったことにこそ、「普通」などもはやありえないことが露呈していました。「普通」にしがみつく行為のことごとくが、下手な演出に堕していました。夕刻には数時間にわたって電気が止まり、メニューなど遠い昔話で、基本食料品すら国内では手に入らなくなっていました。レストランは裂けたカーテン、傷んだテーブル、揺らめく蝋燭、ちらつく懐中電灯があるばかりの、飲み屋、踊り場と化していました。誰もが欲していた週日と労苦からの逃避もうまくいきませんでした。悲惨そのものがテーブルの友でした。どんなに上機嫌になろうと、そいつがどや顔で、国と生の現実を突きつけてきたのです。音楽は頑なに奏でつづけられたものの、メニュー同様、伝統民謡も姿を消していました。集団の幸福を謳う同志の耳には、疑わしいものに聞こえたのです、なにしろそれは、進歩のためにせかせか働きつづけ、生をコンバインやコンベヤーに捧げた運転手や労働者ではなく、冥府巡りとしての生を唄っていたのですから。

世界、世界、わが愛しき世界
わたしがあんたに飽きちまうのはいつ
わたしのパンがカチカチになっちまうとき

グラスを持つ手がわたしを忘れちまうとき
そうなったときあんたに飽きちまうのかも
棺の板が打ちつけられるのが聞こえるとき
やつらがわたしを墓穴にはこんでゆくとき
だって世界ははかなくて
なぜって誰かが今生まれ
そして誰かが死んでゆく
生まれちまうと不幸を連れてくる
くたっばちまうと腐り消えてゆく
世界、世界、わが愛しき世界

「新兵たちは明日《あした》発つ」と題された、別の歌ではこうです。

干からびた胡桃の緑の葉っぱ
新兵たちは明日発たねばならぬ
父母《ちちはは》は駅に見送りに行くだろう

だって息子が愛おしいのだから。
けれどもそのとき
わたしはひとり
わたしの父は老いていた
でも胡桃がわたしを運んでくれた
そして父は呆けた口でこう叫んだ
神さま、細き道をお示しください
兵舎の上には
星かげもありません
そうなれば大尉さんにこう言えます
わたしの子どもをぶたないでください
あの子に見張りをさせないでください
小さなあの子は塔の上で眠ってしまう

これらの歌詞をドイツ語に訳そうとすると、無数の嘆きの響きやら恋人や子どもの愛称やらがすっぽり抜け落ちてしまうことに気づきます——あの簡潔なオノマトペの定型句、あの言語の彼方の、直接的で、およそ言葉でありえぬような表出の数々。ルーマニア語の歌詞には、一貫して痕跡のように、感情の文法とでも呼べようものが流れています。この感情の記号がドイツ語の歌詞にはありません。ドイツ語に見出しうる他の何ものによっても、それを埋めることはできません。愛する女、愛する男を表現しようとして見つけうる言葉といえば、「最愛の《リープステ／リープスター》」「わたしの大切な《マイン・リーブ》」でしょう。でなければ、例の聞くだに気まずい「わたしのお宝《マイン・シャッツ》」ですが、あれは感情の文法においては場違いに聞こえかねぬもので、音も硬いし、「ッツ」の響きも尖っています。それに「わたしのお宝《マイン・シャッツ》」は物としての富を、かつて花嫁側に贈られた婚資をいつも連想させます。ルーマニア語では「わたしのお宝《マイン・シャッツ》」の代わりに、たとえば、「わが眼の光のあなた」という言い方をします。愛の文法は美しくはかないもののうちにこそ、求める言葉を見出そうとします。なんといろいろな葉っぱたちが、愛の舞台で活躍することでしょう、胡桃の葉、ハシバミの葉、檸檬の葉、白樺の葉、アカシアの葉、ポプラの葉。それになんとたくさんの繁茂する雑草の葉が——刺草、薊、木苺が、いくつもの棘々した茂みが、感情の文法のなかで美しくなることでしょう。ハインリヒ・ハイネの詩のように、「あなたは花のよう／かくも愛らしく美しく汚れなく」と言いたいのではありません、そうではなく「あなたの口の匂いは花のよう、そしてあなたの鼻の匂いも」。あるいはまた「あなたの眼を飲みたい、石英のグラスで」なのです。こうした歌での喩えはどれもどぎつく細部に入りこみます、言語イメージは最短距離で迫ります。そこには甘美な高揚も英雄じみた高揚も受けつけぬ刺激があります。「故郷」、それはこれらの歌では国家などではまったくなく、そこら一帯であり、生い茂る土地であり、実存的に確保されていない場所なのです。語られるものが直接的になるほど、調べはいっそう恍惚となり、歌詞はいっそう短くなり、反復はいっそう大胆になります。そこでは軽やかさと無気味さが一体化するのです。

歌はたいていとても古く、一八世紀、一九世紀から伝えられてきたものです。無名の作詞家、楽士たちです。彼らを鍛えたのは、数知れずくりかえされてきた失敗以外ではなかったでしょう。求められた生に処することができないという、日々突きつけられるどうしようもない事実。不幸を前にするや人は愚直に立ち尽くします。この愚直さが歌を真正なものにします。その愚直さは剥き出しで、それゆえ手に負えぬものなのです。途方に暮れた眼差しは、草の緑にあふれ、やっかいな雪を抱えた大地が送るめくばせに目をみはります。外の世界の美しさは、思考を追い立てます。思考は自身を包みこむ外皮を求めるからです。これらの歌で内面は、外面によって捉えられます。不意打ちばかりが歌詞のなかで起きています。詩的なものへの飛躍は思いがけなく、それ自身を知らず、準備されたものでもなく、無駄になることもありません。文中で何かが、すぐれた抒情詩はいずれもそうであるように、なんとも激しく逸脱します。旋律においてもそうで、鈍いところがなく、紋切り型もキッチュもありません。たいていの歌詞は二度続けて、こう言えばいいでしょうか、自身を追いかけるようにもう一度唄われます。この反復のうちに時がぶら下がっているのです、顳顬《こめかみ》の脈動、心臓の鼓動が、わたしたちの個人的状況を、一般的にも拘束力あるものへずらすために必要な時間が。そしてその反対も言えます。いかなる隙間もなく、長い詩行にわたって、これらの歌はただただ細部だけを信じています。それだけでもう、ここに理論やイデオロギー的言辞の入りこむすきはありません。婚姻の持参金を唄う歌はこうです。

母さんが言います
いつか結婚したらあげますよ
二〇の大きなクッションを
ちくちく刺す虫でいっぱいの。
二〇の小さなクッションを
うようよ動く蟻でいっぱいの。
二〇の柔らかなクッションを
ぶよぶよ腐った藁でいっぱいの。
二〇のまんまるの小さな樽を

底もなければ栓もない。
二羽のよたよた歩きのアヒルを
それに牝牛をたくさんそえて
そいつはどれもミルクでいっぱい。

一〇代半ばでわたしは街へやってきました。幸運だったのは知り合いにこうした歌を教えてくれた音楽家がいたことでした。わたしは耳を疑いました。今まで知っていたバナート・シュヴァーベン地方の民謡となんと違うのでしょう。それは村では「ブリキ音楽」と呼ばれていました。妙に見下した感があるとはいえ、どんぴしゃの名前に思えました。それは正直な命名でした。村人たちはきっと気づいていなかったのでしょう、気づいていたら別の呼び方をしたはずです。わたしはマリア・タナセが唄うのを聞いて、民謡が何でありうるのかをはじめて理解しました――はじめて民謡を真剣に受けとめたのです。この音楽ならいつも、好きな作家たちの詩の前でも後でも間でも聴けました。彼女の歌はわたしにとって、読めばすべてを信じられる詩に、断絶することなく連なるものでした。それはこれらの詩同様に、頭のなかで思考が――言葉とは違うやり方で――みずからと対話する場所へ連れていってくれたのです。そこにはテオドール・クラーマーの詩に通じるものがあるように思えました、彼の「大きな子どものための」子守唄に。彼の詩においても、日々の「これ以上のわからなさ」を、植物が二重化しています。子守唄のひとつに、こんなくだりがあります。

サクラランに風がそよぎはじめた
さあ、おやすみ、もしも眠れるものならば

そしてクラーマーの子守唄はこう終わります。

そして星々はみな港にやすらう
さあいい子、眠れないのは不安だけ

マリア・タナセの歌では、恋する男は恋する女から、林檎、洋梨、木の実をもらいます。肉体的なものは果実でやりとりされます。喩え抜きで、彼女の体、彼の体とわかるのです——愛はまさに肌の上で果実を摘みます。川の水はまさに足を切り取り、老いはまさに重たい上着です。なぜ独裁がこうした歌に耐えられなかったかは、自明と言っていいでしょう。それは心と頭に沁み入るのです。生は鍵のかかった荷物として現れ、これが自身にとってのわたしたちです。

わたしたちはこの肌に包まれてあちらこちらへ運ばれます。それでわかることといえば、どんな人間になりたいか／でもなれないか、どんな人間でいなければならないか／でもいたくないか、でしかありません。生にとってこうした歌から学べることはただひとつ、人は自身に割り当てられ、ほかに選択肢はないということです。一生とは生をすり減らすことにほかならず、日々はみずからを食いつぶしていきます。そして自分という荷物がひとたびこの世に送り出されると、ありうる受け取り手はただひとり、死のみです。こうした歌から学びうるのは、誰であれひとりひとりは、どんな些細な痛みを加えるのも惜しい存在であることです。わたしは今日にいたるまで、自分自身に引きつけて考えてみて、わからないでいます、これらの歌はどうやって、救いようのなさを通じて心を楽にしてくれるのか。長い年月を経てわたしは自分自身だけに限らず、これらの歌が事態を無害に見せることなく、憂いを受けとめていることに気がつきました。それはおそろしく細い尾根に立つものの支えともなっていて、だからこそわたしたちは、感じとるのかもしれません、感情が、思考を通じて、このうえなく美しく哀悼していると。

こうした歌に対して支配者たちが――文学に対して同様――不安を抱いたのも不思議はありません。彼らはそこここで検閲で対応しました。検閲はいかなるものであれ馬鹿げていますが、マリア・タナセを禁止しておきながら「プロレタリア独裁」を自称するなど皮肉のきわみです。

四〇〇の歌を唄うマリア・タナセほどにルーマニア人の根本感情ひとつひとつを、日常が抱えこんでしまった二重性一般を、説得力ある形で具現していた存在はなかったのですから。タナセは小さき者たちのスターでした。一九五〇年代、歳の市で彼女の出演が禁じられたとき、登場を待ちわびていた人の数は数千に及びました。彼女が来ないとアナウンスされても、人びとはともかく帰ろうとしませんでした――秘密警察は公用車を飛ばして、自宅から舞台へ彼女を連れて来るしかなかったのです。彼女の葬儀を撮影した記録映画があります。周到に準備された国葬を目にすると思うかもしれません。その反対です。何千もの人びとが棺につきしたがい、公然と露わにされた悲しみに街が覆い尽くされるのを、国家は押しとどめることができませんでした。国家の手による演出ではありませんでした、国家に対する政治的抗議でもむろんありませんでした、それは黙したままの自明な行為であり、死者への敬慕にほかならなかったのです。

「老いていくのよ、重たい衣装は」という題の歌があります。

老いていくのよ　重たい衣装は
おさらばできたらどんなに楽か

だって一日一日は過ぎ去って
そしてあたしも過ぎ去って
それがあたしにゃ辛いから
若いってのは値の張る上着
破れるなんてありゃしない
でも一年一年が過ぎ去って
そしてあたしも過ぎ去って
老いてゆくそれが辛いから
死にたいよ、でも死は来ない
生きたいよ、でも誰のために
ひとの命なんてどれだって
ひゅうと吹きゆく一陣の風

6 Fuchs, Jürgen: *Magdalena*, Berlin 1998, S. 40
7 Fuchs, Jürgen: *Vernehmungsprotokolle*, Reinbek 1978, 20.12.
8 *Vernehmungsprotokolle*, 25.11.
9 *Magdalena*, S. 131
10 *Magdalena*, S. 133
11 *Magdalena*, S. 133
12 *Vernehmungsprotokolle*, 2.1.
13 *Fassonschnitt*, S. 36
14 *Magdalena*, S. 287 f.
15 ebd., S. 288.
16 *Magdalena*, S. 287
17 *Magdalena*, S. 410 f.
18 *Das Ende einer Feigheit*, S. 12
19 *Magdalena*, S. 71

### 不安は眠りにつくことができない

1 Chvojka, Erwin/Kaiser, Konstantin (Hg.): *Vielleicht hab ich es leicht, weil schwer, gehabt*. Theodor Kramer 1897–1958. Eine Lebenschronik, Wien 1997, S. 40 f.
2 ebd., S. 42 f.
3 ebd., S. 47 f.
4 ebd., S. 56
5 ebd., S. 56 f.
6 ebd., S. 67
7 ebd., S. 80
8 ebd., S. 81
9 ebd., S. 87
10 ebd., S. 91
11 ebd., S. 93
12 ebd., S. 102
13 ebd., S. 102 f.
14 Kramer, Theodor: *Gesammelte Gedichte*, hg. von Ervin Chvojka, Wien, München und Zürich, Bd. 1, S. 279
15 ebd., S. 323

## どんな物もそれが在る場所を占めなければならないこと、わたしがそうであるところの者でなければならないこと

1 Blecher, M.: *Aus der unmittelbaren Unwirklichkeit*, a. d. Rumänischen von Ernest Wichner, Berlin 1990, S. 6
2 ebd.
3 ebd., S. 88
4 ebd., S. 106
5 ebd.
6 ebd., S. 105 f.
7 ebd., S. 14
8 ebd., S. 50
9 ebd., S. 64
10 ebd., S. 49
11 ebd., S. 14
12 ebd., S. 79
13 ebd., S. 82
14 ebd., S. 104
15 ebd., S. 17
16 ebd., S. 27 f.
17 ebd., S. 13
18 ebd., S. 12
19 ebd., S. 14
20 ebd., S. 23
21 ebd., S. 49
22 ebd., S. 82
23 ebd., S. 125
24 ebd., S. 14

## 小さな停車駅のまなざし

1 Fuchs, Jürgen: *Fassonschnitt*, Reinbek 1984, S. 19
2 *Fassonschnitt*, S. 19 f.
3 Fuchs, Jürgen: *Das Ende einer Feigheit*, Reinbek 1988, S. 16
4 *Das Ende einer Feigheit*, S. 17
5 *Fassonschnitt*, S. 26

# 註

## いらないことは考えないこと

1 Semprún, Jorge: *Schreiben oder Leben* (*L'Ecriture ou la vie*), a. d. Französischen von Eva Moldenhauer, Frankfurt am Main 1995, S. 44–48

## 図体はこんなに大きく、モーターはこんなに小さい

1 *Niederungen*, München 2010, S. 7

## 誰かがしかし姿を消すと、小犬がしかし泡からそびえたつ

1 Pastior, Oskar: *Das Hören des Genitivs*, München und Wien 1997, S. 82
2 Pastior, Oskar: *Der krimgotische Fächer*, Erlangen 1978, S. 32
3 *Das Hören des Genitivs*, S. 16
4 *Der krimgotische Fächer*, S. 17
5 Pastior, Oskar: *Gedichtgedichte/Höricht/Fleischverlust*, München 1982, S. 21
6 *Gedichtgedichte*, S. 66
7 *Gedichtgedichte*, S. 107
8 Pastior, Oskar: *Wechselbalg. Gedichte 1977–1980*, Spenge 1980, S. 10

## 人はつかみかかってくるものを見ようとする

1 Canetti, Elias: *Masse und Macht*, München und Wien o. J., S. 21 f.
2 ebd., S. 22 f.
3 ebd., S. 25
4 ebd.
5 ebd., S. 30
6 ebd., S. 59
7 ebd.
8 ebd., S. 47
9 ebd., S. 55
10 ebd., S. 70

*Gelber Mais und keine Zeit*
Zürcher Poetikvorlesung am 29. November 2007

*Ist aber jemand abhandengekommen, ragt aber ein Hündchen aus dem Schaum*
Rede zum siebzigsten Geburtstag von Oskar Pastior am 20. Oktober 1997 im Literaturhaus Berlin

*Aber immer geschwiegen*
unveröffentlicht

*Man will sehen, was nach einem greift*
Vortrag im Literaturhaus Graz am 23. Juni 2005

*Dass jeder Gegenstand den Platz einnehmen muss, den er hat – dass ich der zu sein habe, der ich bin*
Vortrag Darmstadt 25. Oktober 2002, Deutsche Akademie für Sprache und Dichtung

*Am Rand der Pfütze springt jede Katze anders*
Neue Zürcher Zeitung, 14. Dezember 1999

*Der Blick der kleinen Bahnstationen*
Laudatio auf Jürgen Fuchs zur Verleihung des Hans-Sahl-Preises am 30. September 1999 im Literaturhaus Berlin

*Wenn mein Körper mich im Stich lässt*
die tageszeitung, 23. Juni 1995

*Die Angst kann nicht schlafen*
Bonner Poetikvorlesung am 30. Juni 1995

*»Welt, Welt, Schwester Welt«*
Vortrag in der Sternwarte der ETH in Zürich am 19. Juni 2001

## 初出一覧

*Jedes Wort weiß etwas vom Teufelskreis*

Rede zur Verleihung des Nobelpreises in der Schwedischen Akademie in Stockholm am 8. Dezember 2009, ©The Nobel Foundation 2009

*Tischrede*

Tischrede nach der Verleihung des Nobelpreises am 10. Dezember 2009 im Stadthaus von Stockholm

*Denk nicht dorthin, wo du nicht sollst*

Dankrede zur Verleihung des Hoffmann-von-Fallersleben-Preises für zeitkritische Literatur in Wolfsburg am 27. März 2010

*Cristina und ihre Attrappe*

erweiterte Fassung des Artikels aus DIE ZEIT vom 23. Juli 2009, zuerst veröffentlicht im Wallstein Verlag, Göttingen 2009

*Lalele, Lalele, Lalele*

Dankrede zur Verleihung der Ehrengabe der Heinrich-Heine-Gesellschaft in Düsseldorf am 27. September 2009

*So ein großer Körper und so ein kleiner Motor*

Dankrede zur Verleihung des Walter-Hasenclever-Literaturpreises in Aachen am 20. Juni 2006

*Immer derselbe Schnee und immer derselbe Onkel*

Dankrede zur Verleihung des Berliner Literaturpreises in Berlin am 4. Mai 2005

*Die Anwendung der dünnen Straßen*

Klagenfurter Rede zur Literatur am 23. Juni 2004

# 訳者あとがき

本書は、Herta Müller: *Immer derselbe Schnee und immer derselbe Onkel.* Carl Hanser 2011. の翻訳である。

ヘルタ・ミュラーの作品は、これまでに初期短編集『澱み』(原著 *Niederungen.* 1984. 山本浩司訳、三修社刊、二〇一〇年)、長編小説『狙われたキツネ』(*Der Fuchs war damals der Jäger.* 1992. 山本浩司訳、三修社刊、一九九七年、[新装版二〇〇九年])、『息のブランコ』(*Atemschaukel.* 2009. 山本浩司訳、三修社刊、二〇一一年)、『心獣』(*Herztier.* 1994. 小黒康正訳、三修社刊、二〇一四年)、『呼び出し』(*Heute wär ich mir lieber nicht begegnet.* 1997. 小黒康正、髙村俊典訳、三修社刊、二〇二二年)が翻訳刊行され、主要作品についてはほぼすべてが日本語で読めるようになっていると言っていいだろう。

それに加えて、今回、このエッセイ集の翻訳を思い立ったのは、生の経験と虚構作品の「あいだ」に位置し、両者の容易には架橋し難い関係の機微について語るエッセイという散文形式においてこそ、長編・短編小説とはまた趣きの異なる、知と情から織り上げられたヘルタ・ミュラーならではの文章の魅力が伝えられるのではないかと考えたからである(ここで「エッセイ」

という概念は、つれづれなるままにしたためられた形式を欠いた随筆といった日本的文脈で理解するのではなく、ヨーロッパ文学の文脈において、すなわち、理性の暴力に抗しつつ、生の襞、曲折、亀裂を表現にすくいとる試み《エセー》として理解していただきたい)。

ヘルタ・ミュラーは最初期の『悪魔は鏡のなかに座っている——いかに知覚は虚構されるか』(*Der Teufel sitzt im Spiegel: Wie Wahrnehmung sich erfindet*. 1991.［未邦訳］)以来、十数冊のエッセイ集を刊行しており、それらは、上述した長編・短編小説、十数冊が刊行されているコラージュ作品(雑誌、新聞などから切り抜いた単語を貼りつけて構成された作品)とならんで、三大ジャンルのひとつとして、彼女の作品世界を構成している。家族、友人、死者たち、書物たちをめぐる記憶とそれを語ろうとする言語とが、一文一文のレベルにおいて突き合わされ吟味されているエッセイは、ヘルタ・ミュラーの作品世界に踏み入るための格好の入口であると同時に、彼女の文章表現の一翼を担う重要な形式なのである。

以下では、本書を読むために必要な伝記的背景の基本ラインをあらためて確認したうえで、所収されているテクストそれぞれについて、簡単な解説を付すことにしたい。

ヘルタ・ミュラーは一九五三年にルーマニア西端のドイツ人マイノリティの居住するバナート地方で生まれたドイツ語作家である。一九八七年にドイツへ移住し、以後は主にベルリンで執筆活動を続けている。ヘルタ・ミュラー自身は、この「年代」、「場所」、「出自」をめぐる事情を、いくぶんぶっきらぼうに、以下の一文で言い切っている。「わたしは第二次世界大戦後、故郷に帰ってきたナチ親衛隊兵士によって種付けされ、スターリニズムの世界へ生まれ落ちた。」(『飢えと絹』[*Hunger und Seide.*] 1995.) ナチズムとスターリニズムという二〇世紀に決定的な傷跡を残した二つの全体主義に生を翻弄されたこと、これは程度の差はあれ、中東欧において広く共有された経験である。とりわけルーマニアのバナート地方、および隣接するジーベンビュルゲン地方に居住するドイツ人マイノリティにとっては典型とも言えよう歴史経験である。本書に所収されたエッセイは、ヘルタ・ミュラーの父母、祖父母から、詩人オスカー・パスティオールを経て、作家ユルゲン・フックス、詩人テオドール・クラーマー、歌手マリア・タナセにいたるまで、いずれも一つもしくは二つの全体主義の刻印を受けた人びとの生を描いたテクストということができるだろう。

では、各編の原題と初出情報をあげ、短い解説を添えておこう。

**●どんな言葉も悪魔じみた回帰に無縁ではいられない　Jedes Wort weiß etwas vom Teufelskreis.**　ノーベル文学賞受賞講演、二〇〇九年一二月八日、スウェーデン学術院、ストックホルム。

ヘルタ・ミュラーならではの意想外な散文の展開が、不意打ちの驚きと静かな感動を呼ぶ講演原稿である。冒頭、母親の抑制された愛情の証として提示されたハンカチは、独裁国家ルーマニアにおける陰湿な排除とそれに対する抵抗、第二次大戦末期における収容者パスティオールとロシア人の母親の二重性を抱えた交流、ナチズムに加担した伯父の結婚写真と死亡写真……と二〇世紀のもろもろの個の非常事態に際し、くりかえし浮かび上がってきては、それらを緩やかに結びつけていく。この亡霊じみた回帰の運動を指し示しているのが、講演タイトルにも登場する Teufelskreis《悪魔の輪》 という単語である。一般的には「悪循環」を意味するにすぎぬこの慣用句が、ここでは生のさまざまな局面で人を不意打ちする、事物と言葉の予測不可能性、制御不可能性を指すヘルタ・ミュラー固有の言葉となっている。本書ではこれに「悪魔じみた回帰」という訳語をあてた。また、工場での主人公の抵抗を描く場面でも、通常は「タイミングを逸して思い浮かんだジョーク」を意味する慣用句 Treppenwitz《階段のジョーク》(フランス語の esprit d'escalier からの借用語)が、事務机を奪われ階段で翻訳を続ける「わたし」の行き場のない状況を指す固有の表現として使われている。こちらには「(段上の)くだらない冗談」という訳語をあてた。独裁政権下における生の出来事ひとつひとつを、それを伝える言葉そのものの異質な手触りとともに読者の記憶に刻みこむ、凝縮度の高いエッセイである。

●**テーブルスピーチ　Tischrede.**　ノーベル文学賞受賞テーブルスピーチ、二〇〇九年一二月一〇日、ストックホルム市庁舎。

ヘルタ・ミュラーの生の軌跡と、彼女の考える文学言語の可能性が簡潔に素描された講演原稿である。ノーベル文学賞受賞者ヘルタ・ミュラーは、「幸せであること（Glücklichsein）」と「幸運であること（Glückhaben）」という二つの生の僥倖を区別しつつ、たまたま後者に与《あずか》ることができた自分に課された使命を、誤解の余地のない明晰な言葉で述べている。二〇世紀の全体主義社会の細部をつぶさに描いてきたヘルタ・ミュラーの眼差しがいっそうアクチュアリティを持ちつつある現在に、今、わたしたちが生きていることを考えさせるスピーチである。講演映像は、ノーベル賞の公式ホームページで観ることができる。

●**いらないことは考えないこと――時代批判文学に贈られるホフマン・フォン・ファラスレーベン賞への謝辞　Denk nicht dorthin, wo du nicht sollst: Dankrede zur Verleihung des Hoffmann-von-Fallersleben-Preises für zeitkritische Literatur.**

ホフマン・フォン・ファラスレーベン賞受賞講演、二〇一〇年三月二七日、ヴォルフスブルク。

ホフマン・フォン・ファラスレーベン（Hoffmann von Fallersleben　一七九八－一八七四）はドイツ国歌の作者としても知られる文筆家である。故郷のバナート地方の村で唄い継がれ、ほとんど風景の一部と化していたファラスレーベンの歌詞をめぐる想い出から始まり、個人史と近現代史の絡み合いのなかで、歌が演じた役割が、さまざまな側面から論じられていく。個人の感情に強く訴えかけ、集団の記憶貯蔵庫としても機能してきた歌謡は、一方で独裁体制に利用され数々の蛮行にも随行し、他方でそれに対する抵抗の支えとなってきた。標題として、また最後の祖母の言葉として、テクスト全体を挟みこんでいる「いらないことは考えないこと」という一節は、批判的思考を断念した迎合と、歴史を生き延びる民衆の知恵の双方を包含しつつ、玉虫色の輝きを放ちつづけている。歌の両義性をめぐる考察は、本書後半のマリア・タナセ論でさらに展開されている。

**●クリスティーナとそのまがいもの、あるいは秘密警察の記録文書に載っていること／いないこと　Christina und ihre Attrappe oder Was (nicht) in den Securitate-Akten steht.**

ツァイト紙掲載評論（二〇〇九年七月二三日）に加筆したもの。本書掲載の形態での初出は、同タイトルの書籍（ヴァルシュタイン社、二〇〇九年）。

ヘルタ・ミュラーがみずからの秘密警察文書をめぐって記したエッセイである。本書中、もっとも事実に則しつつ書かれたテクストであり、冒頭の「どんな言葉も……」や後出の「いつもおなじ雪……」の内容的に対応する箇所と対照させつつ、さらには長編小説『心獣』の登場人物テレーザとここでの親友ジェニーの関係と並べつつ、読み合わせてみると興味深いだろう。ヘルタ・ミュラーの作品がいかなる意味で「自己虚構《オートフィクション》」であるのかを理解する手がかりとなるはずである。しかし、本編の眼目はやはり、独裁国家ルーマニアにおける監視、盗聴、中傷、共謀といったスパイ活動、そしてその文書化（＝非文書化）、歴史の隠蔽の実態をめぐる細部の叙述にある。これは過去の事実の問題であるだけでなく、ヘルタ・ミュラーにとって、なお現在の問題なのである。

ここで指摘されている独裁政権時代のルーマニアと現代ルーマニアとの連続性の問題は、近年公開されたアレクサンダー・ナナウ監督のドキュメンタリー映画『コレクティヴ 国家の嘘』（二〇一九年）において主題となっていることも書き添えておきたい。このエッセイは講演原稿ではないので、書き言葉の文体で訳出した。

●**ラレレ、ラレレ、ラレレ、あるいは生は美しいのかもしれない、無に等しいほどに　Lalele, Lalele, Lalele oder Das Leben könnte so schön sein wie nichts.**　ハインリヒ・ハイネ協会名誉表彰、謝辞講演、二〇〇九年九月二七日、デュッセルドルフ。

ハイネ協会による表彰を機に、ヘルタ・ミュラーは、誰もが知るハイネの詩「ローレライ(Lore-Ley)」を、「ロマン派名詩選」的な文学の棚から抜き出して、チャウシェスク独裁政権の抑圧下を生きた者の眼差しから読み直す。そのときこの詩行は、内容的には、正当にも、反ユダヤ主義とともにあった過去の歴史の歪曲、逃亡を試みた者たちの抹殺とその隠蔽を想起させるものとなり、音声的にはルーマニア語でチューリップを意味する単語「ラレレ（Lalele）」への連想から、日々訪れる尋問者のシャツのチューリップの刺繍、抑圧体制にあって生きられなかった生、悼まれなかった死を惜しむ、哀悼の呪文「ラレレ、ラレレ、ラレレ」へスライドしてゆく。末尾での、生は「他に無いほど（wie nichts anders）」美しいのではなく、「無に等しいほど（wie nichts）」美しいという亡き友の言葉が、たんなる虚無とは異なる、容易には意味づけできぬ余韻を残す、忘れ難いエッセイである。wie nichts は口語では「あっというまに」を意味しうる言い回しでもある。

**●図体はこんなに大きく、モーターはこんなに小さい　So ein großer Körper und so ein kleiner Motor.**　ヴァルター・ハーゼンクレーファー文学賞受賞講演、二〇〇六年六月二〇日、アーヘン。

表題となっている文章は、人口に膾炙した諺でも有名な警句でもなく、修理中のトラックを眺める隣人の口から飛び出た、たまさかの言い回しにすぎない。しかしこの言い回しは、そのゆるさ、おおまかさゆえに、作者の生におけるさまざまな事象を呼びこむ「二重性」の「寓話」となる。配給で行列する人びとの麻痺したような停滞とそのひとりひとりのうちにもある（かつてはあった）はずの軽やかさを想起させるゴキブリの敏捷な動き。隣のシャワー室で泣くとも笑うともつかぬ呻き声を洩らしながら、それがすでに当たり前と化している同僚の日常。この世にあって鈍重に空間を占拠しないわけにはいかない「死せる物体」としての存在と、その内部にあって繊細に活動を営んでいるはずの傷つきやすい「生ける何ものか」との二重性とでも言えばいいだろうか。

もう一つ、忘れてはならないのは、父のトラックに由来するこの言い回しが、父の存在様態と重ねられつつ回帰する言い回しであることだろう。だからこそ、この言い回しは、親衛隊兵士だった父の姿が脳裏をよぎる場面においても、逆に父の生き方を身体的に拒絶するかのように「わたし」が学園祭での党賞賛詩の朗読に失敗する――失敗しおおせてみせる――場面においても、想起されるのである。本編のみならず他のいくつかのエッセイでもくりかえし言及されているように、ヘルタ・ミュラーにおいて書くことは、父の死から始まっている。父の死が彼女に、みずからについての、みずからが存在することについての、省察を強いたのである。

● **いつもおなじ雪といつもおなじおじさん　Immer derselbe Schnee und immer derselbe Onkel.**　ベルリン文学賞受賞講演、二〇〇五年五月四日、ベルリン。

本書のタイトルともなっているこの講演の冒頭頁で、ヘルタ・ミュラーはこう述べている。「叙述に際して精確であろうとすると、全然違う何かを文中に見出すことになる」（一一八頁）――一見したところ、いわゆる「メタファー（比喩）」をめぐる、レトリック一般に関わる議論に思えるかもしれないが、本編においては、それをはるかに越えてゆく、創作の核心に触れる虚構論が展開されていく。よく知られているように、ドイツ語は長い複合名詞を作ることに長けた造語力の高い言語であるが、ここではその特徴も活かしつつ、「蛇木（Schlangenholz）」、「墓地蛇（Friedhofschlange）」、「銀匙（Silberlöffel）」、「雪うらぎり（Schneeverrat）」というおよそヘルタ・ミュラーのテクスト以外では出会うことのない造語が作り出されてゆく。これらの語は、彼女の生の一回的体験が、経験における反復と、表現における精錬を経て結晶化した表現であり、そうであればこそ彼女に固有でありながら、他者の読みにおいて展開可能な潜在力を秘めているのである。

フレーズのレベルでこれに匹敵する表現が、タイトルの一部ともなっている「いつもおなじ雪」である。ドイツへの国外移住の道行きで母が呟いたこの言葉には、ミュラー家が運命的な状況にみまわれるとき――一九四五年の強制移送、一九七八年の父の死、そして一九八七年のドイツへの移住――くりかえし決定的な役割を演じてきた「雪」に対する母の怨嗟がこめられている。しかし、母の口から洩れたこの言い回しはさらに横滑りしていく。ルーマニア語の単語 **nea** が「雪／おじさん」の両者を意味しうる両義的な語であるために、これが「いつもおなじおじさん」をも意味しうる言葉であることに気づくことによって、「雪」をめぐる想念は、ヒトラー親衛隊兵士の伯父マッツへ、さらには故郷バナート地方の無数のおじさんたちへ広がっていき、二〇世紀ルーマニアにおけるドイツ人マイノリティ全体の運命までも覆うものとなる。「いつもおなじ雪といつもおなじおじさん」は彼女たちの運命を語ると同時に、言葉の予期せぬ逸脱についても、すなわち言葉を通じて運命に抵抗する可能性についてもひそかに語る、歴史的深みと言語的表層の両者にまたがるフレーズなのである。本書全体のタイトルにまことにふさわしい、ヘルタ・ミュラー固有の表現と言えるだろう。

**●細い通りをたどること　Die Anwendung der dünnen Straße.**　クラーゲンフルト文学講演、二〇〇四年六月二三日、クラーゲンフルト。

人間が意思どおりに動くために不可欠な神経を切断され寝たきりになった祖父の話から始まる本編は、いつしか、自由に考え、振る舞うことを奪われたわたしたちの状況に重ねられてゆく。「わたしたちは細い通りをたどることを強いられ、なお足を乗せることができる通路は自分自身の神経だけでした」（一四七頁）。しかし作者はその不自由のなかにも、わずかな意思の発現可能性を見てとっている。ベッドに寝たきりの祖父が寝椅子の上に置かれた子牛に向けるすさまじいまでの「眼飢え」は、対象をぐいと引き寄せ精確に見ることを可能にする創作上の方法論に読み直される。「書くことには眼飢えが関わっているのです」（一四一頁）。さらには、この「眼飢え（Augenhunger）」という言葉そのものも、長編小説『息のブランコ』での「ひもじさ天使（Hungerengel）」や「心臓シャベル（Herzschaufel）」同様、そうした異化的実践から創り出された造語のひとつなのである。例外状況において通常ではありえないようなレベルで自由を奪われるとき、その状況でしかありえないような変質が言葉にも訪れるのである。

「わたしが自身の細い通りを持つようになると、母は手を握ることのみを通じて、損傷を外に洩らすようになりました、それが見破られぬことを願いつつ」（一五〇頁）。祖父と祖母に始まり、母そしてパスティオールの収容所経験を経て、独裁政権下のわたしたちにいたるまで、あるがままに生きることが奪われた存在たちの「眼飢え」と「細い通りをたどる」行為が、緩やかに結びつけられていく所作が印象的な佳作である。

## ●トウモロコシは黄金色、時間がない　Gelber Mais und keine Zeit.　チューリヒ詩学講演、二〇〇七年一一月二九日、チューリヒ。

ノーベル賞受賞の契機となった長編小説『息のブランコ』の執筆プロセスの細部について語りつつ、ともに小説を紡いだオスカー・パスティオールの言葉と身振りを想起し、その喪失を追悼しているエッセイである。クリスマスの樅の木をめぐる忘れ難いエピソードから始まった二人の対話は、総体としては現実から虚構への、手を携えての共同の作業でありながら、その細部においては絶えざる逆向きの運動だった。「オスカー・パスティオールはいつも収容所から出てこないわけにはいかず、そしてわたしはいつも入りこまないわけにはいかなかった」（一七四頁）。そうした虚構への歩みの段階のひとつひとつを、ヘルタ・ミュラーは、読者にとってすでに小説の風景の不可欠な構成要素となっている「メルデクラウト」、「蓄音機トランク」、「心臓シャベル」といった言葉の形成プロセスに即して教えてくれる。そして、オスカー・パスティオールの死が、虚構の言葉をさらにどのように変えていったのかを。「わたしは［……］虚構しなければなりませんでした。死に言及することなく、死が棲みついたイメージを」（一七二頁）。

ここでの内容そのものとは直接に関係はないが、「山の子ども」パスティオールが山岳の語彙で語っていた小説の舞台のドンバス地方が平地であることを、二〇二二年以降の読者はウクライナ戦争の報道映像によって知っている。わたしたちは期せずしてニュース報道を通じて虚構作品の舞台について学び、その一方で虚構作品を通じて現在ウクライナ東部に位置する場所の歴史経験を学んでいると言うこともできるかもしれない。二〇一四年のロシアによるウクライナ併合当初より現在にいたるまで、ヘルタ・ミュラーが明確な言葉でプーチンの独裁を批判しつづけていることも言い添えておこう。

●**誰かがしかし姿を消すと、小犬がしかし泡からそびえたつ——オスカー・パスティオールのありきたりではないありきたり　Ist aber jemand abhandengekommen, ragt aber ein Hündchen aus dem Schaum: Die ungewohnte Gewöhnlichkeit bei Oskar Pastior.**　オスカー・パスティオール生誕七〇年記念講演、一九九七年一〇月二〇日、ベルリン文学館。

実験的なパスティオールの詩を、全体主義政権下での現実生活の実態に引きつけ、圧倒的な説得力で読み解いている詩論である。彼女の解釈と併せ読んでみると、一見、「コミュニケーションを拒んで」いるかのような、パスティオールの言語遊戯が、実は仮借ない、同時に朗らかな言葉の連なりであることが体感できるだろう。「蚊遣り」をはじめとする引用箇所は、騙されたと思って、ぜひ声に出して音読していただきたい。そうしたもろもろの詩の作法を問うている結びの言葉「いったいどんなふうにやったのか」は、本書でのエッセイの配置において、後続するエッセイ「なのに、ずっと黙っていた」の直前に置かれることで、パスティオールの死後に文書から判明した、彼の秘密警察への協力をめぐる重い問いともなって響いている。

●**なのに、ずっと黙っていた——オスカー・パスティオールと「石のオットー」　Aber immer geschwiegen: Oskar Pastior und »Stein Otto«**　本書初出。

セクリターテ文書の解読により、パスティオールが秘密警察の非公式協力者であったことが判明したことを受けて書かれたテクストである。全体主義体制に対するヘルタ・ミュラーの揺るぎない態度と虚構をともに紡いできた畏友に対する深い理解と共苦の併存が、痛切である。この文章も書き言葉の文体で訳出した。

**●人はつかみかかってくるものを見ようとする――カネッティの「群衆」とカネッティの「権力」**
**Man will sehen, was nach einem greift: Zu Canettis »Masse« und Canettis »Macht«.** 講演、二〇〇五年六月二三日、グラーツ文学館。

ノーベル賞作家エリアス・カネッティ（Elias Canetti 一九〇五‐一九九四）の主著『群衆と権力（*Masse und Macht*）』（一九六〇年）の特異な読書体験について語っているエッセイである。そもそものところ読むという行為は個人的な行為であり、書物はそのつどの読者に異なる意味を伝達する。しかしながら「群衆」を「権力」に置き換えてしまうここでの大胆な読み替えは、そのような読書論一般をも置き去りにする過激な意図的誤読である。しかしそのような誤読によってこそ、このカネッティの名著は、それが見逃していたもう一つの二〇世紀世界――全体主義世界――をも叙述しうる書物に拡大される。

「人はつかみかかってくるものを見ようとする」――ここでもヘルタ・ミュラーならではの読解は、オスカー・パスティオール論同様、焦眉の急から生まれ落ちている。作品の読みにおいて、読者の動機がいかに大きな役割を演じるかをあらためて感得させるアクロバティックなエッセイである。

●**どんな物もそれが在る場所を占めなければならないこと、わたしがそうであるところの者でなければならないこと――M・ブレケル『すぐそばにある、ありそうにない現実から』Dass jeder Gegenstand den Platz einnehmen muss, den er hat - dass ich der zu sein habe, der ich bin: M. Blecher, Aus der unmittelbaren Unwirklichkeit.** 講演、ドイツ言語文学学術院、二〇〇二年一〇月二五日、ダルムシュタット。

ルーマニアの作家マックス・ブレケル（Max Blecher 一九〇九‐一九三八）は、生前こそごく限定的な評価しか与えられなかったものの、独裁体制崩壊後のルーマニアにおいては一九九九年には作品集が、その翌年には書簡集も刊行され、現在では知る人ぞ知る二〇世紀の古典作家となっている。一方、ドイツ語圏でのブレケルは、本編で論じられている数作の翻訳があるだけのマイナーな作家にとどまっている（ちなみに日本語訳は存在しない）。

ヘルタ・ミュラーはここで全体主義体制について多くを語らない。むしろ「書物自体に語らせる」ことにより、カフカにも比せられることのあるこの小説家の真価を読者に示そうとする。その際、彼女の関心が向かうのは、事物の細部に注がれるブレケルの眼差しである。「人びとは肉屋の屋台に肉を積み下ろしていた。彼らは亡くなった王女のように高々とそして恭しく、血に濡れた、赤色、淡紫色の牛の半身を腕に抱えた［……］陶器の白い壁に並べて吊られたそれは、絹の潤んだ虹色の光沢、ゼラチンの濁った明るさを呈していた。」「彼が噛み砕いたものをまれに押しこむように呑み下すと、喉仏が首のなかのゴム人形のように上下に跳ね踊った」（二四六頁）。すさまじい描写であり、引用である。このような言葉とものの官能的な交感、圧倒的な細部描写を実現している作品こそが、いわば裏側から、政治・社会体制を測る物差しとなる。「ファシズムの時代」から「飼い慣らされた社会主義」を経て「一九八九年以降」にいたるまで、「人びとがこの本を恐れるのはおそらく、それが胸締めつけられるような誠実さこそをよしとする書物であり、「国民的記憶」など一顧だにしないからでしょう」（二四三頁）。

この連関で、二〇一六年にルーマニアのラドゥ・ジューデ（Radu Jude 一九七七－）監督が、ブレケルの生涯を描いた映画『若き詩人の心の傷跡』（原題は Inimi cicatrizate. 2016.［傷ついた心］）で、肉体という監獄に閉じ込められたサナトリウム患者の世界を豊穣な映像美で描き出していることを言い添えておこう。このような試みこそ、現代ルーマニアにとっての希望であることを、このエッセイは間接的に語っていることになるだろう。

**●水たまりのほとりではどの猫も違った跳ね方をする　Am Rand der Pfütze springt jede Katze anders.**　新チューリヒ新聞、一九九九年一二月一四日。

この短いエッセイでも、ヘルタ・ミュラーの眼差しは死をめぐっている。かつて学校の生物の授業で自分の質問が封じられた記憶、「さくらんぼ(Kirschen)」が「さきらんぼ(Vorauskirschen)」となってしまったみずからのせっかちな性癖、路上の猫の仕草をめぐる人口に膾炙した何気ない言い回し、そのいずれもが、ここでは独裁政権下における生と死のせめぎあいの証言とならないではいない。

**●小さな停車駅のまなざし——ユルゲン・フックスにおける記憶の方眼紙　Der Blick der kleinen Bahnstationen: Das Millimeterpapier der Erinnerung bei Jürgen Fuchs.**　ユルゲン・フックスのハンス・ザール賞受賞への祝辞講演、一九九九年九月三〇日、ベルリン文学館。

ユルゲン・フックス(Jürgen Fuchs 一九五〇－一九九九)は、旧東ドイツ出身の作家、社会心理学者、そして著名な反体制活動家である。一九七六年に詩人のヴォルフ・ビーアマン国外追放に対する抗議活動に参加して逮捕勾留され、その後、国外退去を強いられてからは、西ベルリンにおいて執筆活動、反体制活動を継続した。東西ドイツ統一後は、東ドイツ国家公安局《シュタージ》の犯罪解明に尽力した。一九九九年に白血病で死亡した際には、かつて勾留された時期に、意図的に放射線にさらされた疑惑が生じ、このエッセイの後半でもこれに関わるシュタージ文書が引用されている。

ヘルタ・ミュラーは政治的活動においては著名であっても、文学作品は正当に読まれてこなかったこの人物を、あくまでも後者の観点から評価しようとする。現実を精確に観察し、虚構において映し出す強度を備えた作品こそ、全体主義体制に対する無力ながらも可能な抵抗であることをわが身で知っているからである。記憶の方眼紙（Millimeterpapier）に記されたかのような精確な叙述のみが、ミリグラム領域（Milligrammbereich）において致命的線量を照射する暴力に対する、わずかながらもありうる抵抗なのである。フックスがその最後の作品『マグダレーナ』（*Magdalena*. 1998.［未邦訳］）で主人公にみずからに潜む殺意を仮借なく直視させるとき、そしてそこで初期作品『流行りの髪型』（*Fassonschnitt*. 1984.［未邦訳］）で祖母が孫に書き送った言葉、「いいかいユルゲン、殺してはいけないよ」が潜在的に想起されるとき、フックスの文学的抵抗は、最高度の政治的抵抗となっている。

**●わたしの身体がわたしを見捨てるとき——E・M・シオランの死に寄せて　Wenn mein Körper mich im Stich lässt: Zum Tod des Schriftstellers E. M. Cioran.**　ターゲス・ツァイトゥンク紙、一九九五年六月二三日。

エミール・ミハイ・シオラン（Emil Mihai Cioran 一九一一－一九九五）は、日本でも『悪しき造物主』（金井裕訳、法政大学出版局、一九八四年）、『告白と呪詛』（出口裕弘訳、紀伊国屋書店、一九九四年）を皮切りに、数多くの著書が翻訳され、その皮肉と毒舌に満ちた特異な断章を愛読してきた読者は少なくない。本編で描かれたヘルタ・ミュラーとのただ一度の出会いでも、シオランは祖国ルーマニアをめぐって呪詛の言葉を吐きつづける。「あなたに会おうとするや、もう転んでしまった、やはりわたしはルーマニア人なのです」（二七九頁）。ルーマニア・ファシズムへの共感という過誤を背負いつつパリ在住の無国籍者でありつづけた思想家は、ルーマニアをあとにしつつなおルーマニアが貼りついている亡命作家に、「何かを禁じることが自分に許されるのなら、あなたの帰国を禁じるだろう」（同頁）と告げに、老体に鞭打って会いに来たのである。短文ながら、二〇世紀ヨーロッパの経験が凝縮されているかに思える珠玉のエッセイである。

●**不安は眠りにつくことができない——テオドール・クラーマーの詩に寄せて　Die Angst kann nicht schlafen: Zu den Gedichten Theodor Kramers.**　ボン大学詩学講義、一九九五年六月三〇日。

ナチ体制下の迫害を生き延びたユダヤ系の詩人テオドール・クラーマーもまた、文学史においてほぼ顧みられることのない作家である。ヘルタ・ミュラーは、時代に翻弄されたクラーマーの不遇な生を淡々とたどりつつ、ルーマニア民謡を連想させる彼の素朴な詩行に、自明性を剥奪された生の唯一無二の証言を聞きとっている。そしてここでも読解はミュラー自身の生と緊密に結びつく。「父を思い出すことなしに読むことはできませんでした。［……］チャウシェスク時代の秘密警察の挽き臼のさなか［……］わたしはクラーマーの詩を頼りにしました。」（二九七頁）二つの全体主義と対峙する彼女を支えてくれた言葉は、本編末尾においてもごく当然のように、コソヴォから到着したばかりの難民家族の姿と対話をし始める。

●**「世界、世界、わが愛しき世界」わたしが唄うのを聴く人は、あたまが空っぽと思いこむ――マリア・タナセと彼女の歌　»Welt, Welt, Schwester Welt«: Wer mich singen hört, glaubt, ich habe nichts im Kopf –Maria Tănase und ihre Lieder.**　講演、二〇〇一年六月一九日、チューリヒ工科大学天文台。

ルーマニアのエディット・ピアフとも呼ばれた国民的歌手マリア・タナセ（Maria Tănase 一九一三―一九六三）とその歌をめぐるエッセイである。驚かされるのは、過去数世紀のルーマニア民謡の伝統に連なるタナセの歌詞そのものの圧倒的魅力と、それに対するチャウシェスク独裁政権下の民衆の圧倒的支持である。歳の市で彼女の出演が禁じられたとき、数千の群衆が帰ろうとせず、政府は公用車を迎えに走らせるしかなかったというくだりを読むと、カネッティ論で示されていた「独裁政権下において自発的群衆は存在しなかった」というテーゼすら部分的修正を必要とするのではと思えてくる。本編でヘルタ・ミュラーは長編小説『心獣』で親友の裏切りを描いた痛切な箇所に、出典を挙げることなくタナセの歌「愛していながら去るものは」を引用したことに触れている。「クリスティーナとそのまがいもの」で報告しているのとは別の形での、人間の強さと弱さ、友愛と裏切りをめぐるヘルタ・ミュラーからの応答であり、詩的言葉を介しての哀悼だろう。

死をめぐって紡がれつづけた本書全体を結ぶ言葉が、「死にたいよ、でも死は来ない／生きたいよ、でも誰のために／ひとの命なんてどれだって／ひゅうと吹きゆく一陣の風」という、ほとんど演歌の一節でもありうるような言葉で結ばれているのも印象深い。「トウモロコシは黄金色、時間がない」で彼女が「民謡や流行歌やオペレッタについても、キッチュの偉大な意味についても」（一八〇頁）語っていたことを想起してもいいだろう。本書によって、「存在のゼロ地点」をめぐる日本の読者の想像力はわずかなりとも拡大されるのではないかと思う。

以上、さまざまな対象と書物を扱っている本書での講演、エッセイについて簡単に解説を加えた。ヘルタ・ミュラーの長編小説を読み解くためのサブ・テクストとして、また、彼女ならではの創作論、読書論、歌唱論として読んでいただければ幸いである。ヘルタ・ミュラーのドイツ語は、手でつかめそうなほどに具象的でありながら、個別の事例を越えて普遍へいたるような高度な抽象性を備えている。短く簡潔でありながら、背後に深い経験、広い世界を感じさせる。その究極の形が、たとえば、あの「雪うらぎり」だといえば、あるいは「トウモロコシは黄金色、時間がない」、「図体はこんなに大きく、モーターはこんなに小さい」だといえば、わかりやすくなるだろうか。こうした、いわば〈もの〉そのものにひとつひとつの生の経験、さらには歴史経験を語らせるような、凝縮度の高いドイツ語原文での語りを実現すべく、翻訳に際しては意味のみならず、言葉の響きに配慮することを心がけた。ヘルタ・ミュラーはことあるごとに「わたしは言葉を信じていない」と記す、きわめて注意深い書き手である。しかしながら、そう書いている彼女の文章は、読み手のうちに疑いなく言葉への信頼をもたらしてくれる。このパラドクスが拙訳において、わずかなりとも生じてくれることを祈るばかりである。

翻訳に際しては、あとがき冒頭に挙げた既訳を参照させていただいた。深く感謝申し上げたい。小説タイトルなどについては、日本の読者のなかで連続性が保たれるよう原則として既訳を引き継いでいるが、個々の引用箇所については――異なる読者が読む以上、当然のことではあるが――既訳とは異なる読み方、書き方をしている箇所も数多くある。拙訳が加わることで、ヘルタ・ミュラーの読解可能性がわずかでも広がるようなことがあれば、これにまさる喜びはない。

翻訳出版に際しては、これまで多くのヘルタ・ミュラー作品の邦訳で編集を担当されてきた永尾真理さんのお世話になりました。原文とつきあわせての懇切丁寧なお仕事に加えて、最後まで執拗につづいた修正作業に付き合ってくださったことに心より感謝いたします。ありがとうございました。

新本史斉

## 著者紹介

**ヘルタ・ミュラー（Herta Müller）**

1953年、ルーマニア・バナート地方、ニッキードルフにドイツ人マイノリティとして生まれる。作品は50以上の言語に翻訳され、日本語訳には、短編集『澱み』（山本浩司訳、2010年）、長編小説『狙われたキツネ』（山本浩司訳、1992年／2009年新装版）、『息のブランコ』（山本浩司訳、2011年）、『心獣』（小黒康正訳、2014年）、『呼び出し』（小黒康正・高村俊典訳、2022年）がある（いずれも三修社より刊行）。1987年にルーマニアからベルリンに移住。クライスト賞（1994年）、ノーベル文学賞（2009年）など多数の文学賞を受賞。近年の受賞に、「理解・寛容賞」（ベルリン・ユダヤ博物館、2022年）、「国際かけはし賞」（ヨーロッパ都市ゲルリッツ／ズゴジェレツ、2022年）などがある。ここ数年はコラージュ作品を精力的に刊行するとともに、ロシアのウクライナ侵攻、イスラエル・ガザ紛争について論評を発表するなど、全体主義体制に対する仮借ない批判を続けている。

## 訳者紹介

**新本史斉（にいもと　ふみなり）**

1964年、広島県に生まれる。明治大学教授。専門はドイツ語圏近現代文学、翻訳論、ヨーロッパ越境文学。著書に『微笑む言葉、舞い落ちる散文――ローベルト・ヴァルザー論』（鳥影社、2020年）、『ドイツ語圏のコスモポリタニズム――「よそもの」たちの系譜』（共著、共和国、2023年）、訳書に『ローベルト・ヴァルザー作品集1 タンナー兄弟姉妹』（共訳、鳥影社、2010年）、谷川俊太郎／ユルク・ハルター『48時間の詩／ Das 48-Stunden-Gedicht: Ein Kettengedicht』（共訳、Wallstein、2016年）、イルマ・ラクーザ『もっと、海を――想起のパサージュ』（鳥影社、2018年）、ソーニャ・ダノウスキー『スモンスモン』（岩波書店、2019年）、カール・ゼーリヒ『ローベルト・ヴァルザーとの散策』（白水社、2021年）などがある。

**いつもおなじ雪《ゆき》といつもおなじおじさん**
**ヘルタ・ミュラー　エッセイ集**

二〇二五年二月二八日　第一刷発行

著者　ヘルタ・ミュラー
訳者　新本史斉
発行者　前田俊秀
発行所　株式会社　三修社
〒150-0001　東京都渋谷区神宮前二-二-二二
TEL　〇三-三四〇五-四五一一
FAX　〇三-三四〇五-四五二二
振替　〇〇一九〇-九-七二七五八
https://www.sanshusha.co.jp
編集担当　永尾真理
DTP　ロビンソン・ファクトリー（川原田良一）
印刷所　萩原印刷株式会社
製本所　牧製本印刷株式会社
装幀　宗利淳一

©2025 Printed in Japan ISBN978-4-384-06028-7 C0097